L'Île des Cigognes fanées

Frédérick Durand

L'Île des Cigognes fanées

Collection Le Treize noir

La Veuve noire, éditrice
145, rue Poincaré, Longueuil, Québec J4L 1B2

La Veuve noire, éditrice remercie le Conseil des Arts du
Canada pour l'aide accordée à son programme de publication

Conseil des Arts   **Canada Council**
du Canada   **for the Arts**

Dépôt légal: 2004
Bibliothèque nationale du Canada
Bibliothèque nationale du Québec

Données de catalogage avant publication (Canada)

Durand, Frédérick

L'Îles des Cigognes fanées
(Collection Le Treize noir)

ISBN : 2-9808096-8-3

I. Titre
PS8557.U732I43 2004   843'.54   C2004-940874-7
PS9557.U732I43 2004

Illustration de la couverture :
Pascal Lareau

Conception de la maquette :
Robert Dolbec

Distribution au Canada : Prologue

Première partie
Ferme les yeux
quand la nuit t'aveugle

1 : Un matin coincé entre deux nuits

Tout a commencé avec l'arrivée de ce nain bizarre nommé Otto del Mar. Debout dans une pirogue, il pagayait dans ma direction en me fixant d'un regard haineux. Je ne me rappelais plus trop comment j'étais arrivé là, au bord de l'eau, perdu dans ce paysage de brume, mais je commençais à sentir les poils de mes avant-bras se hérisser. J'ai entendu un bruit derrière moi et je me suis retourné.

Quand je *les* ai aperçus, j'ai senti mon cœur s'emballer. Pourtant, à première vue, *ils* ne paraissaient guère dangereux : qui se serait méfié de ce groupe de jeunes gens d'allure tranquille ? Un examen plus attentif révélait cependant une lueur étrange dans leurs yeux. Ce que j'y lisais ne laissait aucun doute : ils ne voulaient pas que je m'en tire. Le seul moyen de fuir aurait été de m'enfoncer dans l'eau, en direction du nain… mais il attendait que je passe à sa portée pour s'en prendre à moi, sans doute à l'aide de l'un des

9

maudits chapeaux dont il se servait pour décapiter ses adversaires.

Je me suis tourné de nouveau vers les jeunes gens, qui marchaient du même pas décidé. Le premier d'entre eux m'a regardé calmement.

— Monsieur Dalenko, a-t-il prononcé sans émotion, nous n'avons rien contre vous, mais nous devons vous tuer, vous comprenez ? Nous sommes nés pour le meurtre et le deuil. Nous sommes ceux par qui les funérailles arrivent, ceux qui font de chaque homme son propre meurtrier…

J'ai placé mes mains sur mes oreilles pour ne plus entendre. L'adolescent a continué son monologue en s'approchant, et le son de sa voix me parvenait malgré moi.

— À quoi bon vivre, monsieur Dalenko ? continuait-il. La vie n'est que souffrance, pertes, malheurs. Un jour de joie coûte une éternité de soucis. Partout, la mort, l'avidité, la cruauté, la peur et la faiblesse vous attendent. Si Dieu existe, c'est un sadique ou un imposteur. Dans les deux cas, il nous expose au Mal et au désespoir.
Vous imaginez-vous encore en train de poursuivre longtemps votre triste existence, monsieur Dalenko ? Qui sait quels revers s'embusquent, tapis au pied de votre destin, n'attendant que votre passage pour mieux vous happer entre leurs mâchoires rouillées ?

Ces paroles se plantaient dans mon esprit, et je commençais à défaillir. J'étais figé, tremblant, tel un animal qu'on traque. Chaque mot du garçon sonnait trop juste, chaque parole touchait trop bien son but. Aux propos du garçon s'ajoutaient sa façon de parler, son regard, son intonation… et quelque chose d'autre, quelque chose d'indéfinissable qui en multipliait la force. Il me poussait à agir au plus vite afin de mettre un terme à cette pression qui devenait insupportable.

Dans la poche de mon pantalon, je sentais le manche du poignard dont je devais me servir pour que les paroles cessent. Le moyen était simple, n'est-ce pas? Il suffisait de retourner la lame contre moi et de la planter dans ma poitrine… ou alors de trancher mes veines, de couper mes joues, de frapper n'importe où, encore et encore, et de mourir dans un grand jaillissement de sang.

Derrière moi, Otto s'approchait. Que faire? Foncer vers les jeunes gens? Courir vers le nain? La brume se levait, et j'apercevais un peu partout des pierres tombales, des silhouettes immobiles vêtues de noir, des cadavres d'animaux, des hommes et des femmes pendus aux branches des arbres, des aveugles crucifiés sur des croix inversées.

Les larmes me montaient aux yeux. J'ai plié les genoux, je me suis laissé tomber par terre en sentant un grand frisson me traverser.

J'ai regardé le ciel, et les étoiles qui le peuplaient. J'ai eu l'impression de voir l'une d'entre elles s'éteindre. N'était-ce pas la mienne, l'étoile de mon existence, perdue parmi un million d'autres vies sans importance ? Quelqu'un venait d'en trancher le fil, et ce quelqu'un... c'était moi.

Je l'ai compris plus que jamais en sentant l'acier froid piquer ma chair. L'acier de mon propre couteau...

Je me réveille en sueur.

Quand j'allume ma lampe de chevet, j'aperçois la statuette représentant Otto del Mar, sur ma table de nuit. Comme toujours, un curieux sourire lui étire les lèvres. Il faudra que je me débarrasse de cette babiole...

Dumont boit une gorgée de café. Je m'attends à ce que le liquide presque bouillant lui donne quelques couleurs, mais rien ne change : il a toujours le teint blême. Depuis quelques semaines, ses traits tirés révèlent une fatigue grandissante. Ce matin, je me demande s'il tiendra le coup encore longtemps.

— Quand j'étais élève, raconte-t-il, mes profs disaient que le métier d'instituteur était épuisant. Je croyais qu'ils exagéraient. J'avais entendu parler de leur salaire, je les trouvais calmes, souriants. Quand ils nous jugeaient trop turbulents, ils nous envoyaient au bureau du directeur, ou ils contactaient nos parents. Bref, je ne prenais pas leurs plaintes au sérieux. Depuis que j'enseigne, j'ai changé d'avis, tu comprends ? Quand on aboutit de l'autre côté, quand on se retrouve sur l'estrade, à l'avant, nos perceptions changent, surtout lorsqu'on travaille auprès d'une classe… *spéciale*. Je commence à me poser des questions. Peut-être que je ne suis pas fait pour ce boulot, tu piges ? Et, dans ce cas-là, je vais devenir quoi, s'ils me renvoient ? J'ai essayé d'en parler à Herminia, mais elle n'a pas répondu.

Je ne m'en étonne pas : quand on l'interroge, la directrice fournit très peu d'explications, ou alors elle s'emporte et nous sermonne. Je jette un regard au cadran mural, placé au-dessus de la porte d'entrée. Dans quelques secondes, la sonnerie fatidique va retentir et nous devrons nous séparer, Dumont et moi, pour nous diriger vers notre classe respective. Cette idée suffit à me soulever le cœur. Je partage les angoisses de Dumont sur une échelle moins vaste, peut-être, mais je m'interroge, moi aussi. Heureusement que l'année scolaire tire à sa fin. On mérite tous nos vacances. Vraiment.

Le regard dans le vague, mon interlocuteur se perd dans ses pensées, m'évitant d'avoir à prononcer les banalités que ses commentaires auraient suscitées si nous avions poursuivi notre discussion. Je regarde les autres professeurs, dispersés dans la pièce. Quelques-uns semblent préoccupés, d'autres bavardent avec animation ou, au contraire, se recueillent en adoptant des allures de pénitents en pleine prière.

Les cloches tintent enfin, et nous quittons la salle des enseignants. Clés en main, je marche jusqu'à ma classe, cette grande salle bien éclairée dont les fenêtres donnent sur une cour intérieure. Il m'arrive d'avoir à tirer les rideaux lorsque les distractions du dehors accaparent l'attention de mes élèves.

Ces derniers ne sont pas encore arrivés. Après la première sonnerie, ils disposent encore de dix minutes pour se présenter. Dormiront-ils sur leurs pupitres, aujourd'hui ? C'est possible. Le lundi matin, les monstres sont fatigués. Quoi de plus normal, pour des « créatures des ténèbres » ? Quelques professeurs donnent d'ailleurs leurs cours la nuit, car certains monstres ne tolèrent pas la lumière du jour. Les collègues qui se plient à cet horaire prétendent que la nuit rend nos élèves surexcités et qu'il devient difficile de les contrôler et de maintenir leur intérêt… d'où la « prime de nuit » qu'ils obtiennent. Je les admire car, même si j'enseigne ici depuis déjà deux ans, j'éprouve encore un certain malaise devant mes élèves, malgré l'expérience que j'ai acquise.

Lorsque je suis arrivé à Noireterre, j'avais dix-sept ans, mais je me croyais mature. Quand j'y repense, ma prétention m'arrache un sourire. Mes débuts ont d'ailleurs été difficiles : j'ai commencé par enseigner à une classe de clowns fous, qui m'ont valu beaucoup de déboires. Le jour où j'ai décidé d'arriver déguisé en clown, moi aussi, j'ai réussi à gagner leur respect. C'était la première étape vers une amélioration notable, mais des périodes de doute et de découragement l'ont suivie.

Pour balayer les sentiments que ces souvenirs provoquent, je m'empare d'une craie, avec l'intention d'écrire le programme du cours au tableau. À ce moment, le premier *suicideur* franchit le seuil en m'adressant un regard neutre. Drôle de jeune homme, ce Gert. L'air prématurément vieilli, il ressemble presque à un comptable caricatural. Mallette noire à la main, il m'observe, derrière ses grosses lunettes carrées dont les montures emprisonnent son visage. Ses cheveux noirs et sans éclat sont aplatis sur son crâne, il porte un chandail vert démodé et voûte les épaules.

Je le salue :

— Bonjour, Gert. En forme ce matin ?

— Un peu fatigué, répond-t-il avec un sourire d'excuse. De quoi vous nous parlez aujourd'hui ?

— Vous ferez surtout du travail pratique. Ça vous réveillera ! L'examen final arrive à grands pas, et tu sais que je ne pourrai pas y être pour vous aider. Les gens du gouvernement vous évalueront. Les meilleurs du groupe seront engagés à la Maison Blême et ailleurs. Je l'ai dit souvent pendant l'année, mais je le répète : il vaut mieux que vous réussissiez l'examen, sinon vous risquez d'obtenir un emploi minable, ou de finir enfermés dans un musée ou dans une prison d'état.

— Je le sais, soupire-t-il. Ce n'est pas juste ! On naît *suicideur*… Ce n'est pas notre faute, mais on est traités comme des criminels.

— Si tu te retrouves au gouvernement, ce sera le moment ou jamais de faire valoir les droits des autres *suicideurs*.

D'autres élèves entrent en bavardant. Ils ont tous le même aspect timide. Je les aurais qualifiés de *nerds* à l'époque où je vivais au Québec. Je ne me fie pas à leur apparence inoffensive, car je les connais trop bien. Après tout, voilà des mois que je leur enseigne !

Lorsqu'ils excellent dans leur domaine, ces êtres peuvent pousser à peu près n'importe qui au suicide, en peu de temps. Ils sont utiles dans diverses situations : prises d'otages, conflits armés, grèves illégales. Leurs pouvoirs les rendent très dangereux.

Ceux à qui j'enseigne maîtrisent leur art à différents niveaux. Les moins bons ne parviendraient pas à convaincre un enfant de bouger. D'autres, comme Gert, ont tant développé leur talent naturel depuis septembre dernier que je redoute parfois de les voir le retourner contre moi.

Je pense à mon cauchemar de la nuit dernière. Mes appréhensions s'y sont manifestées de manière évidente. Il me faut écarter ces mauvaises pensées si je veux jouer mon rôle de professeur. Les élèves repèrent vite les enseignants qui doutent d'eux-mêmes.

D'ailleurs, ils n'ont aucune raison de s'en prendre à moi, n'est-ce pas ? J'ai maté les mauvais éléments, au début de l'année. Moi qui déteste la violence, c'est avec répugnance que j'ai utilisé le long fouet de cuir noir qu'on m'avait confié… Je frémissais au son des lanières qui striaient la peau, je me sentais mal devant l'expression horrifiée que je lisais dans les yeux, mais avais-je le choix ? La directrice m'avait prévenu qu'il fallait d'emblée leur montrer qui était le maître.

Les élèves indisciplinés ont d'ailleurs été aussitôt châtiés, punis par une visite au caveau des dentistes hurlants. J'ai intercédé en leur faveur et j'ai pu réduire leur peine. À leur retour, ils se sont empressés de me remercier, refusant de raconter ce qu'ils avaient subi là-bas. En les observant, il n'était cependant pas difficile de constater qu'ils avaient vécu des expériences pénibles. Cette sentence exemplaire a découragé toute velléité de révolte.

Ils n'ont donc aucune raison de vouloir se mesurer à moi maintenant, surtout à quelques jours des vacances. D'ailleurs, en cas d'urgence, il me suffit d'appuyer sur le bouton rouge intégré au bureau. Je ne sais pas pourquoi je m'en fais tant. Sûrement des lambeaux de rêve encore suspendus à mes pensées.

La seconde sonnerie retentit. Le cours va commencer. Je sollicite l'attention des élèves, fais preuve d'indulgence en leur laissant encore quelques secondes pour terminer leurs conversations. Voilà.

Comme je l'avais prévu, je parle de l'examen du M.E.S. (Ministère de l'Éducation Spectrale), j'en rappelle les exigences et je propose une mise en situation fictive.

— Iris et Francesco, montez sur l'estrade. Iris, vous allez tenter de persuader Francesco de s'étrangler avec sa main droite. Si vous réussissez, vous interromprez le processus au moment où sa main touchera son cou. C'est très important de ne pas aller plus loin. Je vous accorde ma confiance ! Soyez prudente.
Francesco, vous tenterez de résister de votre mieux. Ne facilitez pas la tâche d'Iris, surtout. La simulation doit se dérouler comme dans la réalité. Si vous aviez à persuader quelqu'un de se suicider, il ne vous aiderait pas !
Les autres, vous prenez des notes, et vous jugez vos collègues selon la grille d'évalua-

tion qui se trouve dans votre cahier, page 123. Soyez francs et justes. Il n'est pas question d'être trop sévère ou trop indulgent. Ça vous va ?

Tous acquiescent.

Crayon en main, je m'installe à un pupitre vacant, à l'avant de la classe. Iris et Francesco montent sur l'estrade. La jeune femme lisse sa jupe bleu marine. Elle paraît douce et réservée, presque enfantine, en raison de ses cheveux courts, d'un blond tirant sur le blanc.

Francesco, lui, a l'air d'un « bon gros » naïf.

C'est d'une voix flûtée qu'Iris prend la parole, mais je reconnais aussitôt son pouvoir de persuasion. Ces deux-là sont très forts, et je ne les avais jamais opposés l'un à l'autre jusqu'à maintenant. Le résultat promet d'être intéressant. La classe est aussi attentive qu'intriguée. Brillante, Iris commence par complimenter Francesco. Elle connaît le pouvoir qu'exercent souvent les femmes sur les hommes. Son adversaire s'en méfie-t-il ? Sa raison et ses sentiments doivent livrer bataille, en ce moment. La première se méfie de la tactique d'Iris, mais les seconds, souvent imprévisibles, risquent de le perdre, s'ils prennent le dessus. Francesco deviendrait alors vulnérable. La pensée d'Iris pourrait s'infiltrer par cette brèche et dominer l'esprit de son adversaire.

Le garçon se concentre en déployant des efforts considérables. Il suffit de le regarder pour s'en rendre compte : son visage s'empourpre, il fronce les sourcils, adopte une expression fermée. Il n'est pas assez sûr de lui, peut-être parce qu'il se mesure à une jeune femme et qu'il n'en a pas l'habitude. Il veut tant ne pas se laisser vaincre qu'il ne prête pas suffisamment attention aux paroles d'Iris, qui risquent d'envahir son esprit d'une autre façon, quasi subliminale.

Pour tenir tête à un *suicideur*, il faut se concentrer pour rendre son esprit étanche, mais aussi prendre conscience de ses arguments et les détruire au fur et à mesure… Si Francesco néglige cet aspect, lui qui connaît pourtant très bien sa théorie, c'est sûrement parce qu'il doute de lui-même, parce qu'il craint Iris. Ses appréhensions lui nuisent doublement, car, en plus d'affaiblir ses défenses, elles consolident l'assurance de la jeune femme.

— Je t'aime, Francesco, lui dit-elle soudain en plantant son regard dans ses yeux. Je t'ai aimé dès que je t'ai vu, et je t'ai désiré tout de suite. Je t'ai voulu dans mon lit, sur mon corps, j'ai voulu te toucher, t'embrasser, te laisser me prendre… J'ai voulu sentir tes mains sur mes seins, ta bouche sur la mienne…

Les propos de la jeune femme deviennent de plus en plus crus et déconcertants. Ils prennent une tournure obscène que Francesco n'avait pas prévue et, suscitant une émotion, ils atteignent leur but : le jeune homme relâche son attention et son mur mental s'effondre. Iris l'a compris et elle attaque déjà, frappant l'esprit de son adversaire :

— … pour mieux te montrer à quel point tu ne vaux rien. Jamais tu ne donneras de plaisir à une femme. Tu es trop maladroit. Ça se voit, juste à te regarder. Tu te sens petit, hein, Francesco ? Petit et démuni comme un enfant. Tu essaies de refermer ton esprit, mais il est trop tard. Je suis là. J'ai écarté ces barrières. C'est moi qui te viole, Francesco. Tu es mon objet, maintenant, et je vais te montrer ce qui t'attend.

La solitude. Les pleurs. L'abandon. L'incompréhension. Tu te sentiras frustré, tes fantasmes envers les femmes deviendront de plus en plus puissants, de plus en plus incontrôlables, mais comme je t'ai toujours haï, depuis le moment où je t'ai vu, comme j'ai toujours voulu ta perte, comme j'ai toujours voulu t'empoisonner, te contaminer, je vais te poursuivre partout… Tu te souviens de ta visite au caveau des dentistes hurlants ?

Francesco serre les dents. La tactique d'Iris est efficace, mais la jeune femme a commis une erreur de taille : elle doit agir comme si Francesco était un inconnu, afin de créer une simulation proche de la réalité. Or, cette allusion au passé du gros garçon ne tient pas compte de cette règle. Troublé, il perd le contrôle de lui-même. Ses yeux s'agrandissent, ses mains commencent à trembler, la sueur perle sur son front. C'en est fait, il est sur une pente de plus en plus glissante. Il ne s'en tirera pas. Iris attaque, impérative :

— Étrangle-toi, Francesco. Prends ta main droite. Allez, lève-la.

Il obéit.

— Tu vas la refermer autour de ton cou. Voilà…

J'adresse un signe à Iris. C'est suffisant. Il faut arrêter, maintenant, sinon elle risque de blesser Francesco. Elle m'a vu, j'en suis sûr. Pourtant, elle continue.

— À présent, Francesco, tu vas commencer à serrer. Vas-y, serre. De plus en plus fort…

J'adresse un second signe à Iris, plus vif, cette fois. Elle m'ignore toujours. Je me lève et j'ordonne :

— Iris, ça suffit !

Elle plante son regard dans le mien, et j'ai l'impression d'être repoussé sur ma chaise par une main invisible. Elle a perdu pied, se laissant dominer par ses pulsions, par sa nature de… *suicideur*!

— Vous allez refermer votre main autour de votre gorge, tous ! s'écrie-t-elle alors.

Je ne peux pas me retourner pour le vérifier, mais je suis certain que personne dans la classe n'avait songé à se protéger d'Iris. Nous la connaissons depuis le début de l'année, et nul n'aurait pu soupçonner qu'elle se laisserait ainsi subjuguer par un simple exercice. Pourtant…

J'essaie de me débattre, et elle me foudroie d'un regard acéré. C'est vers moi qu'elle dirige ses énergies, à présent.

— Monsieur Dalenko, serrez votre gorge de toutes vos forces. Je veux que vous mouriez maintenant !

Pendant l'espace d'une seconde, je repense à mon cauchemar de la nuit dernière. La situation ne se déroule pas de la même manière, mais le résultat est identique. C'était un rêve prémonitoire ! J'ai lu dans l'avenir et je vais mourir ici, au milieu de la classe, dans quelques secondes.

Ma main se crispe autour de ma gorge comme un étau. J'éprouve une douleur fulgurante, une sensation de brûlure me met les larmes aux yeux, et des étoiles rouges dansent dans mon champ de vision. J'ai sous la langue un goût d'incendie qui s'éteint. Je ressens une douleur vive derrière le crâne, et tout explose.

2 : On récompense toujours les mauvais professeurs

Voilà deux secondes, il n'y avait rien. J'étais dans le vide, dans le noir.

Puis, je me suis mis à émerger… et à ressentir la douleur. La souffrance a grandi et s'est localisée en un endroit précis : ma tête. Elle élance, comme si je m'étais enivré la veille et battu ensuite contre une bande de lutteurs professionnels.

J'ouvre les yeux. Les néons du plafond m'aveuglent en plantant leur couteau de lumière dans mes prunelles. Je referme aussitôt les paupières en gémissant. Où suis-je donc ? Que se passe-t-il ?

J'essaie de me frayer un passage mental à travers la brume qui pèse sur mes pensées. Je me rappelle : le cours, l'exercice entre Iris et Francesco. Au moment où je commençais à m'étrangler, j'ai senti un coup violent et… plus rien. Je ne suis pas sûr de comprendre, et mon incertitude m'inquiète. J'ouvre les yeux de nouveau.

Ah ! Cette lumière. Si quelqu'un pouvait la tamiser !

À ma droite, une voix féminine et joviale retentit :

— On se réveille enfin, monsieur Dalenko ? Bigre ! Il était temps. Vous êtes dans le cirage depuis quelques heures, mais, comme on dit, « mieux vaut tard que jamais », n'est-ce pas ?

J'articule à peine :

— Pouvez-vous fermer la lumière, au plafond ? Elle me donne mal aux yeux.

La femme répond :

— Oh ! mais bien sûr ! Je l'avais allumée parce que je lisais en attendant que vous vous réveilliez. Vous comprenez, garder un patient qui dort, ce n'est pas toujours passionnant. On a beau vous observer et vous sourire, il vient un moment où on s'ennuie. Alors on feuillette un bouquin ou une revue. Ça aide à passer le temps.

Je ne réponds pas. Je l'entends se lever, faire quelques pas, puis, derrière mes paupières, je devine la lumière qui s'éteint. J'ouvre les yeux. C'est beaucoup mieux, malgré ce mal de tête qui continue à me dévorer le crâne. Bon sang ! je me sens vraiment à côté de mes souliers. Un petit clic se fait entendre, c'est une lampe de chevet que la femme allume. Je la distingue, à présent.

C'est une Noire d'une quarantaine d'années, vêtue d'un habit d'infirmière. Son large sourire dévoile des dents très blanches et souligne sa personnalité joyeuse.

— J'en ai vu passer ici, des professeurs malades, vous savez, reprend-t-elle. C'est normal, avec votre clientèle. J'ai même déjà soigné des monstres. Ils ne sont pas toujours commodes, mais vous, vous m'avez l'air de bonne foi. La docteure Locquin viendra vous voir bientôt.

Je retrouve mon sens de l'humour et lui dis :

— Même si je voulais mal me comporter, je ne pourrais pas. J'ai une de ces migraines. Qu'est-ce qui s'est passé ? Et comment vous appelez-vous ?

— Je peux vous dire mon nom, mais pas le reste. Je m'appelle Sylvia. Madame Herminia m'a confié la tâche de vous veiller et de l'appeler quand vous reprendriez conscience. C'est déjà fait.

— Hein ? Mais je ne vous ai entendu parler à personne !

Elle me désigne un curieux pendentif qu'elle porte autour du cou. Il s'agit d'un bouton rouge incrusté dans un cercle de plastique. Il lui suffisait d'appuyer au milieu du collier pour alerter la directrice. Elle l'a sans doute fait alors que j'avais encore les yeux fermés.

Il me suffit de songer à Herminia pour sentir un début de colère monter en moi. Après tout, c'est à cause de cette femme que je suis devenu professeur à Noireterre et que j'ai failli mourir voilà quelques heures. C'est elle qui m'a repéré et m'a forcé à devenir l'un des enseignants qui travaillent dans son école. J'aurais fui l'endroit depuis longtemps si ce n'était du sort qui m'adviendrait dans ce cas-là : les habitants de Noireterre qui s'en éloignent se transforment lentement en monstres, et le processus est parfois irréversible.

J'ai déjà songé à fuir l'école, mais où irais-je ? Je sais que les dangers sont nombreux, ainsi que les journaux et certains documentaires me l'ont appris. L'école est une sorte de « cocon » qui emprisonne, mais qui protège.

J'ai la gorge sèche. Je demande un peu d'eau à Sylvia. Elle prend un pichet, posé sur la table de chevet, et m'en verse un verre, qu'elle me tend. Ma main tremble quand je prends le récipient. Je renverse du liquide sur les draps. À côté de moi, Sylvia émet un petit rire. Je bois trop vite, je m'étouffe, je crache.

— Du calme, monsieur Dalenko ! conseille l'infirmière. Vous voyez ce qui arrive, quand on veut tout en même temps, dans la vie ? Soyez sage.

L'eau me fait du bien. Je pose le verre sur la table de nuit et passe une main sur mon front. Il est chaud, mais je ne me sens pas fiévreux. Juste ce mal de tête et cette impression d'avoir été tabassé. Mes pensées sont encore confuses.

Je regarde le livre de Sylvia : *Feline Lady contre l'homme aux mains fondantes*. Drôle de titre. La couverture représente une jeune femme vêtue d'un collant noir, en train de suspendre un singe à un champignon géant, sous le regard d'un cyclope aux allures de golem.

Je soupire. Après deux ans passés à Noireterre, je ne devrais pas m'étonner de voir une aimable infirmière se livrer à ce genre de lectures. Pays surnaturel et bizarre surgi au milieu de la France à la suite de circonstances singulières[1], Noireterre se prête parfaitement à ce type de roman. Dans le couloir, j'entends des pas se rapprocher de ma chambre. Une voix décidée salue l'un des employés, et la docteure Locquin franchit le seuil de la pièce.

C'est une femme assez jeune dont le visage est constellé de nombreuses taches de rousseur. Elle se soucie peu de mes regards, d'ailleurs, me posant une foule de questions auxquelles elle ne me laisse pas toujours le

---

[1] Voir *Dernier train pour Noireterre*, dans la même collection.

temps de répondre. Elle finit par esquisser un sourire, en lançant :

— Sylvia, on peut donner son congé à ce monsieur.

Elle me souhaite une bonne journée et s'éclipse dans le couloir. Je l'entends saluer une autre femme, que j'identifie aussitôt d'après sa voix : c'est Herminia. La directrice me donne raison en entrant dans la chambre peu après. Elle porte un tailleur prune et une chemise blanche. Comme d'habitude, elle a relevé ses cheveux blancs en chignon. Je suppose qu'elle doit y gagner en autorité. Flegmatique, elle m'adresse un signe de la tête.

Loin de se laisser démonter par cette retenue, Sylvia se met à parler avec enthousiasme, se moquant gentiment de moi.

— La docteure Locquin avait raison, conclut-elle entre deux rires. Ce monsieur a eu plus de peur que de mal et il pourra reprendre ses fonctions sous peu.

L'exubérance de Sylvia finit par vaincre l'indifférence de Herminia, qui la remercie de son zèle. Elle l'envoie ensuite « au rapport » et à sa supérieure immédiate, qui se chargera de lui assigner sa prochaine tâche. Sylvia me regarde puis, d'un geste spontané, plaque un baiser sur ma joue droite en me souhaitant bonne chance. Elle quitte ensuite la pièce en courant presque. Drôle d'endroit, cet hôpital.

Herminia s'approche du lit, balaie la pièce du regard, et me dit :

— J'ai entendu le verdict de la docteure. Vous passerez me voir en fin d'après-midi, à mon bureau. Venez vers 17 heures. On doit se parler.

Ses paroles vagues suscitent une angoisse diffuse en moi. J'ai l'impression que le pire m'attend. Je voudrais m'impatienter, protester, mais je me sens fatigué, et mon mal de tête m'empêche de clarifier mes pensées. Je parviens juste à l'interroger :

— Qu'est-ce qui se passe ? Il y a un problème ?

— On s'en reparlera cet après-midi. Tout est sous contrôle, maintenant. C'est Griffin qui se charge de votre classe.

Griffin ? Cet Anglais sec et blême dont j'ai déjà dû subir les cours ? Mais de quoi se mêle-t-il, celui-là ? J'aurais envie de poser la question à Herminia, mais cette dernière ne m'en donne pas l'occasion. Elle tourne les talons après m'avoir salué sans chaleur.

Son attitude m'a mis de mauvaise humeur, et je n'ai même pas eu le temps de m'indigner. En rogne, vêtu de la traditionnelle chemise de malade, je me dirige vers une armoire de métal beige dont j'ouvre les battants. Je découvre mes vêtements, posés et pliés sur des tablettes. Je ferme et verrouille la porte de la chambre, puis je me change. Je refais le lit et quitte enfin la pièce. Au bout d'un couloir froid, j'aperçois une secrétaire-réceptionniste assise derrière un large comptoir.

— Monsieur Dalenko ? demande-t-elle en me voyant.

Je confirme mon identité d'un signe de la tête.

— Veuillez signer le registre de départ, poursuit-elle en me tendant un cartable.

Je remplis les formalités et quitte la bâtisse.

Une fois à l'extérieur, je me retourne pour observer l'hôpital privé. La bâtisse grise et triste n'est pas très vaste, mais elle prouve l'autonomie de Noireterre.

Le vent du dehors m'apaise. J'ai toujours mal à la tête, mais la fraîcheur de l'air contribue à atténuer la douleur.

Les mains dans les poches, je marche dans la rue déserte, en direction de l'École de l'épouvante. Je connais le trajet par cœur, mais, pour passer le temps, je regarde les différents commerces : supermarché hanté, experts en sinistres et lugubres, chaussures nucléaires, pharmacie des guillotines, optométriste à pointes, marché aux puces géantes… Rien de neuf dans les vitrines, depuis ma dernière promenade. Au *Café des Goules*, des habitués sont attablés sur la terrasse.

J'arrive enfin devant le mur d'enceinte élevé qui entoure l'école. Je le longe jusqu'à la porte cochère électrifiée. J'appuie sur le bouton qui déclenche la sonnette dans la guérite de monsieur Klein. Avec un déclic, la porte se déverrouille. Je la pousse et j'aperçois le gardien aux cheveux ras, vêtu de son uniforme beige. On dirait qu'il vieillit à une vitesse ahurissante, depuis quelque temps. J'ignore pourquoi. Je discute un peu avec lui, je prends de ses nouvelles, il s'informe de ma santé. Il ignore l'incident survenu pendant mon cours. C'est mieux ainsi. Je ne tiens pas outre mesure à ce que cet événement s'ébruite.

Une fois dans ma chambre, je sonne le valet William, un curieux personnage aux manières de robot. Je lui demande d'aller me chercher quelque chose à manger dans les cuisines et de me l'apporter. Comme d'habitude, il se contente d'émettre une réponse monosyllabique, mais je sais pouvoir me fier à lui. Il s'éclipse bientôt.

Je m'étends sur le lit, les mains croisées derrière la tête, et je laisse mes pensées vagabonder. Je songe à tout et à rien, à l'année qui vient de s'écouler, aux *suicideurs*, à ma compagne Florence. J'ai l'impression que ma vie s'en va n'importe où. Je n'aurais jamais prévu échouer comme enseignant dans une école de monstres et je m'y ennuie un peu, preuve qu'on s'habitue à tout. Je devrais pourtant être dépaysé par ce décor exotique, les monstres que je côtoie et l'environnement inusité dans lequel j'évolue chaque jour.

C'était jadis le cas. Je m'étonnais de voir la technologie voisiner avec des objets d'un autre âge, ou de découvrir un homme habillé à la mode du XIXe siècle en train d'utiliser un téléphone cellulaire.

Toujours est-il que ma vie s'enlise, que je m'ennuie. Ma relation avec Florence en souffre. Au début, c'était l'amour fou entre nous deux. J'aurais pu passer des heures à la regarder, à la toucher, à l'écouter parler, à respirer son parfum. Elle m'avait aidé à oublier mon ancienne vie, le Québec où j'ai grandi, les rues que j'ai arpentées, les gens que j'ai connus, ma famille et mes amis avec qui je ne peux plus communiquer…

Maintenant, on n'a plus rien à se dire, on s'ignore presque, et je la trouve beaucoup trop avenante envers Malignac, un autre professeur qui lui tourne autour depuis quelque temps. Si on continue de cette façon, l'idéal serait de convenir d'une trêve, afin de faire le point sur notre couple, sinon, on risque de perdre notre temps et d'aboutir à un échec.

On frappe à la porte, et j'interromps le flot de mes réflexions. C'est William, que je remercie de sa rapidité. Après un repas frugal, je décide de dormir un peu. Me reposer fera peut-être passer mon mal de tête, et je me réveillerai plus dispos, prêt à mon entretien avec Herminia.

Je règle la sonnerie du radio-réveil à 16 h 45, et je m'étends en pensant à Florence, mais j'arrive seulement à imaginer le visage fermé et préoccupé qu'elle adopte depuis des semaines. Disparus, le sourire et la légèreté d'antan. Désormais, l'heure est à la gravité.

Malgré mon amertume, mes pensées se diluent et je m'endors sans m'en rendre compte.

— ... Nouveau film sensationnel, *Les belles dérives de la ballerine morte*, mettant en vedette Étoile et Jean-Philippe. Il faut le dire : c'est absolument terrifiant, et même les monstres les plus blasés seront étonnés de découvrir ce long métrage qui témoigne du talent de son réalisateur.

J'appuie sur le bouton *off* de mon radio-réveil. Je m'assois sur mon lit, me frotte les yeux en un geste qui attendrissait Florence, au début de notre relation, puis je me lève. Mon mal de tête a diminué, mais il ne s'en est pas complètement allé.

Je me coiffe, réfléchis à la situation, me dirigeant ensuite vers le bureau de la directrice. En chemin, je me persuade de ne pas me laisser impressionner par sa sécheresse et son attitude intransigeante. Il faut me tenir debout, lui dire le fond de ma pensée. Malgré mes résolutions, en arrivant devant la porte noire garnie d'une plaque de bronze, je ne peux m'empêcher de ressentir un pincement au cœur. Prémonition ? Imagination ? Difficile de démêler les deux et de déterminer si j'ai raison de m'inquiéter, ou si je m'en fais pour rien.

Je frappe trois coups, selon la tradition. Derrière le battant, une voix féminine m'enjoint d'entrer. Je tourne la poignée, pousse la porte et pénètre dans son bureau. Assise derrière sa table de travail, Herminia me dévisage, toujours flegmatique.

— Bonjour, Alain, me dit-elle. Assieds-toi.

Je m'exécute, pris d'une hâte grandissante de savoir enfin ce qu'elle me veut.

— Tu devines sans doute pourquoi je t'ai convoqué, dit-elle après un silence trop théâtral pour être innocent.

— Oui : probablement pour faire suite aux événements survenus dans ma classe ce matin. Je me demande d'ailleurs comment je m'en suis tiré.

Elle prend un ton docte et explique :

— Tu dois remercier Francesco et Bruno, l'élève assis derrière toi. Ils t'ont sauvé la vie. Lorsque Iris a commis l'erreur de s'en prendre à toi, les autres ont pu libérer leur esprit, car elle avait cessé de se concentrer sur eux. Francesco a appuyé sur le bouton d'alarme, avant de jeter Iris par terre. Bruno, lui, t'a assommé d'un coup de cartable sur le crâne. Il craignait que tu n'exécutes l'ordre d'Iris et que tu t'étrangles.

Les gardiens sont rapidement arrivés. On a emmené Iris à l'infirmerie. Elle s'est excusée, elle a pleuré et se sent très malheureuse. Ce n'est pas sa faute. Tu sais à quel point les monstres dépendent de leur nature. Ils sont « programmés » pour agir d'une certaine manière.

Agacé, je hoche la tête négativement, pour lui dire d'arrêter de s'attarder sur des évidences et sur des détails que je connais déjà depuis longtemps.

— Qu'en penses-tu ? me demande-t-elle alors.

J'hésite : devrais-je dire la vérité ? Quel sort me réservera-t-elle si je me plains ? Qu'advient-il des professeurs renvoyés de l'école ?

Le temps presse et je dois me décider. J'opte pour la franchise. On dit que c'est toujours le meilleur choix. Voyons si j'ai raison.

— Je commence à en avoir assez de ces histoires-là. L'affaire aurait pu mal tourner. Je n'ai jamais demandé à devenir professeur, et je suis obligé d'en subir les conséquences.

— Tu me l'as déjà dit. N'oublie pas ce que je t'ai répondu, riposte-t-elle : dans les occasions importantes de la vie, on ne nous demande *jamais* notre avis.

Je soupire : elle m'a servi cette réplique frustrante assez souvent. Au début, je me taisais, je n'osais pas répondre, mais, maintenant, je trouve cet argument simpliste. La vision fataliste de l'existence qu'il implique ne me convainc guère. Je voudrais prendre mon existence en main et donner mon avis, justement.

Contrarié, je lance :

— Une seule raison m'oblige à rester ici : votre histoire d'humains qui se transforment en monstres parce qu'ils quittent Noireterre. Au début, j'y ai cru, mais je me demande maintenant si ce n'est pas une stratégie pour maintenir votre emprise sur nous.

Herminia se sent attaquée et s'appuie au dossier de sa chaise.

— Tu n'as qu'à essayer, tu m'en donneras des nouvelles, objecte-t-elle d'un ton sec, en croisant ses bras sur sa poitrine.

Je lève les yeux au ciel, conscient de mon irrespect, mais tant pis ! J'en ai assez enduré, et on dirait qu'aujourd'hui, tout éclate.

— Alors quoi ? On fait comme si rien n'était arrivé ? Je retourne en classe, en attendant la prochaine erreur ? Cette fois, elle sera peut-être fatale. Je me demande s'il ne vaudrait pas mieux me transformer en monstre… *si c'est vraiment ce qui arrive quand on quitte Noireterre.*

Négligeant la dernière partie de ma phrase, Herminia s'efforce d'être patiente et déclare :

— Devenir un monstre n'est pas une expérience plaisante : on ignore quel type de créature on deviendra. Certains préféreraient mourir cent fois. As-tu vraiment envie d'être une plaie géante, par exemple ? Une plaie sur pattes, qui passe ses journées à souffrir et à vouloir tuer tout ce qu'elle voit, dévorée par l'instinct du meurtre !

Je secoue la tête, et j'ai l'impression de sentir de la ferraille rouillée s'agiter entre mes deux oreilles. Satané mal de tête ! S'il pouvait partir, aussi !

— De toute façon, reprend la directrice, soudain adoucie, c'est pour une autre raison que je t'ai convoqué ici. Tu sais, je ne suis pas aussi méchante que j'en ai l'air.

Je fronce les sourcils. Où veut-elle en venir, avec ce changement d'attitude subit ? Je sens qu'elle tente de m'amadouer, et cela ne me plaît pas. Ce n'est pas son genre de se dénigrer ainsi.

— J'ai un cœur, comme tout le monde, poursuit-elle. Je suis capable de comprendre les difficultés que mes employés traversent. Tu as besoin de changer d'air, de rompre avec la routine. Même tes élèves s'en sont rendus compte. Ils en ont parlé dans leur dernière évaluation du cours. Tu veux voir ?

Elle me tend une feuille où des commentaires des étudiants ont été retranscrits, séparés par une barre oblique :

« Monsieur Dalenko est un bon professeur, mais il a l'air fatigué, ces temps-ci. C'est un jeune

prof, il n'a pas l'habitude. / Monsieur Dalenko a l'air absent, quand il donne son cours. C'est dommage. Ça n'aide pas à nous motiver beaucoup, je trouve. / Ce prof a besoin de vacances, c'est évident ! / J'aimais mieux quand monsieur Tréguiers nous enseignait. Monsieur Dalenko donne l'impression de nous enseigner contre son gré… »

Je n'en lis pas plus, remettant la feuille à Herminia. Je grince des dents, vexé par cette évaluation. Et quoi, encore ? Un grief ? Une grève ? Un séjour en prison ?

Herminia poursuit :

— Puisque l'année scolaire se termine vendredi prochain, dans quatre jours, monsieur Griffin a pris le relais, comme tu le sais. Il connaît bien les *suicideurs*. Selon lui, le cours s'est bien déroulé ce matin. Il terminera l'année scolaire à ta place. Ça te va ?

Je serre les lèvres. C'est louche ! Pourquoi m'offre-t-elle ce congé imprévu ? Je suis persuadé que sa gentillesse dissimule un piège.

— Et je ferai quoi ? Je prendrai des vacances ?

— J'ai une proposition à te faire.

Nous y voilà. Elle va enfin vider son sac et me donner l'heure juste.

— Tu as certainement vu les affiches de la dixième édition des Jeux olympiques ?

— Oui.

— L'un des juges est tombé malade, récemment. Il est possédé par un esprit ou quelque chose du genre. Quoi qu'il en soit, le bonhomme faisait partie de la section « novices ». Il ne pourra pas remplir son rôle cette année, et il faut le remplacer. Le responsable des Jeux m'a contacté pour savoir si l'un de nos enseignants pouvait se libérer. Le juge en question était prof, et il avait à peu près ton âge. Son suppléant doit, *grosso modo*, partager les mêmes caractéristiques.

J'ai accepté. Les programmes des Jeux ne sont pas encore imprimés. Ça donnera de la visibilité à notre institution. En échange de ta participation, un montant considérable sera versé à l'école. Tu comprends qu'on ne peut pas refuser d'argent, n'est-ce pas ? Nous ne sommes pas millionnaires, et les gens du gouvernement ne s'en soucient guère.

Je hausse les sourcils. Je m'attendais à tout, sauf à ça. Juge pour les Jeux olympiques ? Mais je ne connais rien à la question, et je suis encore moins au courant des différentes disciplines !

Herminia écarte ces objections d'un revers de la main droite.

— Ce n'est pourtant pas compliqué. On t'expliquera, une fois sur place. En tant que juge novice, tu donnes ton impression. Il y a des cases à cocher, des sections simples, du genre : « impression générale », « aspect vi-

41

suel », « intérêt », « souplesse », « dynamisme »… Un juge novice ne doit *pas* être un
spécialiste. Il représente l'avis du public, tu
comprends ?

Oui, je saisis. Cependant, une idée déplaisante se fraie un passage jusqu'à ma conscience. Et mes vacances, elles ? Si je dois me
rendre aux Jeux olympiques, je perdrai une
partie de mon congé !

— J'y ai pensé, répond-elle. Tu seras seulement parti deux semaines, et j'ai une offre
alléchante à te proposer. Tu ne peux pas la
refuser : j'ai préparé un contrat pour toi, un
contrat qui te libère de l'enseignement pendant six mois, avec pension payée ! Comme
tu enseignes depuis un bout de temps, on
te donnera un appartement de deux pièces.
Tu mérites bien cette promotion.

Elle me tend une feuille couverte de petits
caractères. C'est trop beau pour être vrai.
Pourquoi moi ? Pourquoi cette gentillesse
subite ?

— Je te l'ai dit : je te sens fatigué. J'avais
pensé donner la chance à Dumont, qui est
dans le même état que toi, mais l'incident
d'aujourd'hui m'a fait changer d'idée. En
ce qui concerne ton congé, on peut te l'accorder parce que ton implication aux Jeux
nous rapportera beaucoup d'argent. La
somme qu'on t'accordera sera prélevée là-
dessus, après tout.

Je serai franche avec toi : tu as une heure pour y réfléchir. Si tu n'acceptes pas mon offre, j'en parlerai à Dumont. Je suis persuadée qu'il se hâtera de sauter sur l'occasion. Le cas échéant, tu hériteras de sa classe. Tu sais qu'il enseigne à des *récapituleurs* ? C'est un groupe particulièrement difficile, qui exige beaucoup de patience et de compréhension.

C'est donc entendu : reviens me voir avant 18 heures. Si tu ne t'es pas présenté à ce moment-là, je convoque Dumont. À présent, je te prie de me laisser. J'ai du travail à faire.

Elle ouvre un gros livre marron et ne m'accorde plus un regard. Je prends le contrat dont elle a parlé et je quitte le bureau.

De retour dans ma chambre, j'étudie le document. Les petits caractères dissimulent souvent des informations importantes, peu avantageuses pour celui qui les approuve de sa signature. Dans le cas présent, toutefois, les phrases sont claires et ne laissent aucune place à l'ambiguïté. À moins que Herminia ne soit une experte en la matière, je ne vois guère comment le document pourrait jouer contre moi. Au contraire, il est tout à mon avantage.

D'ailleurs, les autres options ne sont pas nombreuses :

1) Je laisse Dumont prendre ma place et je me retrouve avec sa bande de *récapituleurs*, des monstres qui passent leur temps à recréer

des tragédies passées et à évoquer des catastrophes. Leur présence devient vite insupportable.

2) Je fuis l'école pour aller je ne sais où. J'ai souvent rêvé de cette option, mais je n'ai jamais osé y recourir : elle me met à la merci d'un univers où les manifestations surnaturelles sont légion, et où je risque de m'exposer à une mort certaine.

3) Je pique une crise et je refuse à la fois d'aller aux Jeux olympiques et de remplacer Dumont. Mauvaise idée ! Les gardes m'emprisonneront, on me jugera et je risque d'aboutir dans les caveaux des dentistes hurlants, chez la prisonnière du feu, ou comme cobaye dans un laboratoire de savants fous.

J'accepte donc la proposition de Herminia.

Je décide de regagner son bureau, car quarante minutes se sont écoulées depuis notre discussion. L'occasion qu'on m'offre nous permettra, à Florence et à moi, de prendre un peu de recul par rapport à notre couple et d'y voir plus clair.

Lorsque j'entre dans le bureau de Herminia, celle-ci me fixe dans les yeux. Elle m'attendait. Jamais elle n'a pensé que je refuserais son offre. Elle écoute ma réponse avec une satisfaction évidente. Je lui tends le document signé, qu'elle prend aussitôt.

— Demain matin, à huit heures, William viendra te chercher à ta chambre et te conduira à la gare. Tu pars une demi-heure plus tard. Les Olympiques ont lieu à Monochrome.

— Monochrome ? Je n'en ai jamais entendu parler.

— C'est à toi de te documenter. Notre bibliothèque déborde de livres. Si les professeurs lisaient plus, ils feraient mieux leur boulot.

J'ai envie de protester ! Les journées passent très vite, entre l'enseignement, les cours du soir et les autres obligations. En plus, on a droit à un peu de temps libre, non ?

Sans s'apercevoir des pensées qui m'agitent, la directrice continue :

— Monochrome, c'est à l'autre bout du pays… En supposant qu'il a bien une fin.

— Mais attendez ! On m'a toujours dit que si je m'éloignais de Noireterre, je deviendrais un monstre. Vous admettez donc que c'est un mensonge ?

J'aurais dû me taire, feindre la stupidité et m'enfuir au premier moment, au lieu de révéler bêtement que je viens de comprendre qu'on m'a menti depuis le début.

Herminia démolit cependant mes espoirs :

— Tu as mal compris, je crois. Tant que tu restes à l'intérieur du pays, il n'y a pas de problèmes. Si tu quittes Noireterre, tu ne deviendras pas un monstre… C'est si tu quittes le territoire, le pays, que tu te transformeras ! Tu ne courras aucun danger à Monochrome, en principe.

— En principe ?

— Oui, en principe ! Je ne peux pas garantir l'avenir. Tu peux subir une prise d'otages, rencontrer un tueur en série, te trouver sur le lieu d'un attentat terroriste, être écrasé par un cheval, que sais-je ? Des tragédies de ce genre surviennent chaque jour, et on ne peut rien contre elles, à Noireterre ou ailleurs.

— Et j'irai comment, aux Jeux olympiques ?

— *En train.*

Ces deux mots suffisent à me faire grincer des dents. C'est à cause d'un voyage en train que j'ai abouti ici, à Noireterre ! J'imagine déjà les pires scénarios. Herminia s'en doute, car elle esquisse un geste rassurant.

— Ne t'inquiète pas. Tout ira bien. En principe…

Ai-je le choix ? J'ai déjà réfléchi à la question et j'en suis venu à la conclusion que je ne pouvais pas jouer les difficiles.

Je me résigne donc. Herminia m'expose les détails : après un voyage de deux heures en train, un dénommé Philippe Castellan m'attendra à la gare de Monochrome. Il me conduira à l'hôtel, me fournira la documentation, que j'aurai le loisir d'étudier pendant la première semaine, afin d'être prêt à accomplir mon travail, dès le lundi 20 juin prochain. Je pourrai aussi visiter la ville si j'en ai envie. C'est un grand centre urbain, où peu de tragédies se sont produites par le passé.

Les Jeux olympiques durent une semaine. Au terme de ce délai, on me donnera un chèque à l'ordre de l'École de l'épouvante, et il me suffira de revenir ici.

Tout semble si simple que je sens la méfiance grandir en moi.

Je regagne ma chambre, en proie au doute.

3 : Prochaine station : Monochrome

Florence claque la porte derrière elle. Elle doit être de mauvaise humeur. Néanmoins, je m'efforce de sourire en demandant :

— Alors, tu as passé une bonne journée ?

— Tu m'as regardée ? proteste-t-elle. C'était infernal ! Les petits monstres ont passé leur temps à évoquer des esprits dès que j'avais le dos tourné. Les craies se promenaient toutes seules sur le tableau, elles dessinaient le fantôme d'Henri-Corneille Agrippa, tu sais, le mage de la Renaissance qui a écrit *De occulta philosophia…*

Le titre me dit vaguement quelque chose ; Griffin a dû en parler pendant ses cours. De plus en plus fâchée, ma compagne passe sa main dans ses cheveux châtains avec nervosité et continue :

— Figure-toi que le fantôme s'est mis à se promener sur le tableau de long en large ! J'essayais de l'effacer avec un linge humide, mais il s'arrangeait toujours pour bondir à l'autre bout quand je m'approchais de lui.

Il a passé l'avant-midi à se payer ma tête. J'ai dû baisser la grande toile du rétroprojecteur pour qu'il arrête de distraire les élèves. D'après Dumont, il faudra le désenvoûter… Il est temps que l'année finisse.

Et toi, quoi de neuf ? J'ai croisé Griffin ce midi. Il m'a dit que tu avais eu des problèmes avec ta classe, mais il me demandait de ne pas m'inquiéter. J'aurais quand même voulu passer te voir plus tôt, mais je n'ai pas pu…

Je profite de cette perche que me tend Florence sans le savoir pour résumer les événements survenus aujourd'hui. En m'écoutant, elle manifeste sa surprise et sa perplexité : ses yeux verts s'agrandissent, elle fait la moue, hausse les sourcils… Elle serait drôle à regarder si je ne craignais pas qu'elle réagisse mal à la nouvelle que je dois lui apprendre.

Je tâche de m'expliquer de façon précise, de démontrer que je n'ai guère le choix d'accepter la proposition de Herminia. Mes efforts portent-ils fruit ? Depuis une ou deux minutes, ma compagne semble indifférente. Elle se laisse enfin tomber sur une chaise, le visage fermé.

D'après son attitude, je comprends qu'elle n'apprécie pas la situation.

— Et nous, on devient quoi ? lâche-t-elle soudain.

Je réfléchis quelques secondes, avant de me lancer. Il est temps de nous dire la vérité.

— Je ne sais pas trop comment aborder la question, mais voilà un moment que je voulais t'en parler. Je serai parti seulement deux semaines, et cette pause-là nous sera utile à tous les deux. Tu ne trouves pas qu'on s'enlise, depuis un bout de temps ? Les choses ne vont plus aussi bien qu'avant, entre nous.

— Tu ne m'aimes plus ?

— Mais non… On est peut-être fatigués, je ne sais pas. Je te téléphonerai, de là-bas, je te tiendrai au courant. En étant chacun de notre côté, on mesurera mieux ce qu'on représente l'un pour l'autre. C'est parce que je tiens à toi que je trouve ça important. Il faut réagir avant qu'on ait atteint un point de non-retour.

— Et les autres femmes ?

Sa jalousie resurgit. Ce défaut nous a déjà valu beaucoup de discussions, mais Florence ne parvient pas à s'en guérir. Dès qu'une autre femme me parle, elle le prend mal. Je l'assure que je me fiche des autres femmes, et que ces Jeux olympiques ne représentent pas pour moi une occasion de jouer au séducteur. Ma réponse ne la convainc pas.

— En tout cas, conclut-elle, tu me mets devant le fait accompli, je n'ai pas mon mot à dire. C'est peut-être une bonne chose, peut-être pas. J'imagine qu'on le saura mieux à ton retour… si tu reviens.

— Comment, « si je reviens » ? Mais je vais revenir, voyons ! Je n'ai aucune raison de rester là-bas. Je ne connais pas assez le pays pour m'aventurer n'importe où, sans protection. Ce voyage à Monochrome m'angoisse déjà à lui tout seul, alors…

À partir de ce moment, Florence se ferme sur elle-même. Elle répond de manière évasive à mes questions, grogne des « oui » ou des « non ». Elle finit par se lever et me dit qu'on ne se verra peut-être pas ce soir, qu'elle risque de dormir dans sa propre chambre afin de ne pas être fatiguée demain. Elle viendra me chercher si elle change d'idée, mais elle a beaucoup de travaux à corriger et elle veut se coucher tôt.

Ma compagne me quitte en me donnant un baiser froid du bout des lèvres, le genre de baiser qu'on donne par obligation, par convenance ou par habitude. Il me laisse un goût amer, et je regrette presque mes paroles, mais sans doute ce répit valait-il mieux pour nous deux…

La soirée s'écoule en préparatifs. Je remplis deux grosses valises de vêtements et d'objets divers. J'essaie de m'occuper l'esprit afin de ne pas sombrer dans la déprime. Même si ce n'est plus la passion, avec Florence, je l'aime malgré tout, et je désire qu'on s'accorde une chance. Peut-être ai-je une dépendance affective que j'ignore ? Peut-être que j'ai peur de ne plus avoir de relation privilégiée avec quelqu'un et de sentir le poids de mon déracinement s'accroître à Noireterre ? Comment savoir ?

Florence ne donne pas signe de vie. Je m'y attendais. Elle est assez fière et peu encline aux concessions. De mon côté, j'ai tendance à trop m'aplatir devant chacune de ses volontés. Par conséquent, le moindre de mes refus fait figure d'exception et la rend colérique.

Par gentillesse, je me rends chez Griffin, en soirée. J'offre de lui prêter mes notes de cours afin de l'aider à terminer l'année à ma place.

Ce grand bonhomme assez désagréable me reçoit comme un importun. Il me lâche même, d'un ton hautain :

— J'enseigne à Noireterre depuis très longtemps, monsieur Dalenko. Je n'ai plus besoin d'aide de mes collègues, et, d'ailleurs, je n'en ai jamais eu besoin. J'ai toujours su me débrouiller par moi-même et je crois que tout homme qui se respecte ne doit jamais compter sur l'aide des autres.

Un peu déboussolé, je le quitte sans m'offusquer. Une fois dans le couloir, je songe de nouveau à ses paroles et je me dis que j'aurais dû lui répondre avec véhémence. Il est trop tard pour le faire. Tant pis.

Je regagne ma chambre en traînant les pieds.

Je devrais me coucher. Je règle le radio-réveil, me dévêts, me glisse entre les draps glacés. Dehors, un oiseau nocturne fait entendre son cri, à intervalles réguliers. Sinon, c'est le silence complet. Je me demande à quoi ressemblera mon voyage à Monochrome. Juge pour des Jeux olympiques !

Je me tourne et me retourne dans mon lit sans trouver le sommeil. Toujours la même histoire. Je n'ai jamais pu m'endormir, à la veille d'événements importants. J'en serai quitte pour me lever fatigué et peu dispos, demain matin.

J'en ai assez de m'agiter en vain sur mon matelas. Aussi, pour passer le temps, je décide de regarder un peu la télévision. C'est un drôle de film – selon des critères « humains », en tout cas. D'après ce que je comprends de l'intrigue, déjà commencée depuis trente minutes au moment où je mets le poste en marche, le scénario suit l'enquête d'un détective privé. Le bonhomme cherche une femme dotée du pouvoir de se déguiser en carnaval et d'entraîner à sa suite les paysans naïfs dans cette fausse fête foraine dont ils ne reviennent jamais.

Une publicité pour les Jeux olympiques interrompt le film, annonçant l'événement à grand renfort de superlatifs.

Le film reprend, après quelques minutes, et son rythme lent finit par me calmer. Mes pensées dérivent vers Florence, dont je revois le visage, puis vers Herminia… puis elles s'effilochent, et je m'endors enfin.

Programmée pour s'éteindre après une heure, la télévision me fausse elle aussi compagnie, sans que je m'en rende compte.

C'est un animateur de radio surexcité qui me tire de mon sommeil, grâce à un rire théâtral. Il soliloque à propos de la Maison Blême, et je ne saisis guère ses propos assez obscurs. Je lui ferme la gueule, me lève du fauteuil où je m'étais endormi. Mauvaise idée, d'ailleurs : me voilà courbaturé. Au moins, mon mal de tête a disparu. Une douche très chaude me réveille ; je me sens presque en forme.

Huit heures viennent vite, et William, toujours ponctuel, se présente au rendez-vous, comme prévu.

Nous quittons l'école sous le regard indifférent des collègues. Ils ne me demandent même pas où je vais ! Bientôt, nous traversons l'allée sablée qui conduit à la guérite de Klein. Ce dernier, plus sympathique que les enseignants, me serre la main en me souhaitant bonne chance.

— Quand Herminia m'a appris que tu irais là-bas, je t'ai envié, mon gars ! Monochrome, il paraît que c'est quelque chose. Tu me rapporteras des cartes postales ou un souvenir, si le cœur t'en dit.

Nous échangeons encore quelques formules de politesse et nous nous quittons. L'automobile noire du chauffeur nous attend déjà. William me tend les billets d'aller et de retour pour Monochrome. Puis, il range les valises dans le coffre et me souhaite un bon voyage. Peu bavard, le chauffeur ne dit pas un mot pendant tout le trajet.

Par les fenêtres de la voiture, j'aperçois Noireterre, noyée dans la brume, ce matin. Les commerces prennent des airs de monstres endormis et les quelques passants que j'aperçois semblent vaquer à des occupations louches. C'est encore mon imagination qui s'emballe, bien sûr, mais il faut admettre que les circonstances et l'atmosphère se prêtent à de telles divagations.

La gare de Noireterre est délabrée et minuscule. En y entrant, on découvre une unique salle, où un employé endormi attend d'éventuels clients derrière son guichet. Un bonhomme aux yeux larmoyants passe le balai en sifflotant un air macabre. Je composte mon ticket en tentant d'ignorer mes pressentiments.

Vers huit heures trente, le sifflement du train retentit, et il entre en gare peu après. Les quelques voyageurs qui l'attendent montent à bord. Je m'installe sur une banquette non réservée, dans un wagon tranquille. Les autres passagers m'ignorent, plongés dans leur lecture, ou en train de dormir. Aucun d'entre eux ne discute avec son voisin.

Après un moment, le véhicule s'ébranle et Noireterre commence à défiler. Depuis deux ans, je n'ai jamais quitté cet endroit. Ça me fait une drôle d'impression de voir les maisons s'éloigner et s'amenuiser dans mon champ de vision.

Le silence règne dans le wagon, si l'on néglige le bruit des roues sur les rails. J'ai apporté un livre et quelques revues avec moi. J'aurais dû passer à la bibliothèque et emprunter un ouvrage sur Monochrome ou sur les Jeux olympiques, mais je n'y ai pas pensé. Trop tard, maintenant.

Je feuillette l'une de mes revues, sans réussir à me concentrer. L'article met le grand public en garde contre les « marchands dynamités », ces commerçants dont les transactions à retardement font exploser leurs consommateurs. Ils ont l'air inoffensif, mais on les identifie au tic-tac qu'ils émettent en parlant.

Incapable de lire un texte suivi plus longtemps, je prends un crayon et me rends à la page des mots croisés. Je n'en suis pas adepte, mais le temps passe trop lentement, et je dois m'occuper l'esprit pour chasser l'ennui.

Quand le contrôleur vient vérifier mon ticket, je jette un coup d'œil à ma montre. Déjà neuf heures trente ! Je tends le rectangle de carton à l'homme en uniforme. Il l'examine et me le remet, satisfait. Je bâille, m'étire et regarde par la fenêtre. Le décor que je découvre diffère peu de Noireterre : des maisons, des châteaux gothiques, des commerces… Beaucoup d'arbres et de forêts séparent chaque ville ou village du suivant.

Je me replonge dans ma lecture, parcourant des rubriques brèves et pas trop intellectuelles : l'horoscope, les bandes dessinées, le courrier du cœur. Je viens ainsi à bout des trente minutes qui me séparent de ma destination. Une voix retentit alors dans un haut-parleur :

— Prochaine station : Monochrome.

Je me lève, prends les valises dans le filet à bagages suspendu au-dessus de ma tête et me dirige vers la porte du wagon. Me voilà dans l'espace réduit entre les deux voitures… Le véhicule ralentit enfin, et je descends le marchepied.

Une fois à l'extérieur, je m'étonne de découvrir un paysage uniformément vert émeraude. Tout est vert autour de moi : les gens, le ciel, les rails… Ma main elle-même a changé de couleur.

La gare est plus grosse que celle de Noireterre. Je balaie le quai du regard afin de vérifier si mon « contact » s'y trouve. Une quarantaine d'inconnus s'y presse. Cela ne me facilite pas la tâche. Comment repérer mon bonhomme parmi tout ce monde ?

J'élimine d'emblée les personnes qui ne sont pas seules, mais peut-être fais-je erreur. Castellan a pu demander à quelqu'un de l'accompagner. Mon attitude de touriste égaré me rend sans doute facile à identifier, non ?

Je vois un homme immobile, nonchalamment appuyé contre un mur. Il fume une cigarette dont il tire d'énormes bouffées, porte des bottes de cow-boy et des lunettes à verres miroir. Est-ce Castellan ? Peut-être. Il regarde dans ma direction, sans bouger, toutefois. Attend-il que je me présente à lui ?

Le quai commence à se vider, les voyageurs s'éloignant par un escalier qui conduit au rez-de-chaussée. Je remarque une femme seule, vêtue d'un jean vert et d'une chemise bariolée. Ce n'est sûrement pas Philippe Castellan, à moins que des parents fantasques ne l'aient affublée d'un nom masculin.

À quelques mètres d'elle, un gros homme chauve regarde sa montre. Son ventre rebondi le contraint à porter une ceinture, en plus de bretelles voyantes. Il s'éponge le front de temps en temps à l'aide d'un carré de tissu et semble de plus en plus préoccupé. Peut-être m'attend-t-il, sans m'avoir reconnu. Il y a des chances, on dirait vraiment qu'il cherche quelqu'un.

Hésitant, je me décide à marcher jusqu'à lui. Parvenu à sa hauteur, je demande :

— Pardonnez-moi, êtes-vous Philippe Castellan ?

Il me regarde, mécontent.

— Je m'appelle Adrien Briard, monsieur !

Je m'excuse de l'erreur et tourne les talons, en l'entendant maugréer. Quant à passer pour un imbécile, autant régler le cas tout de suite. Je marche jusqu'au cow-boy fumeur. Il me regarde approcher sans broncher. On le croirait plongé dans une méditation bien loin des choses de ce monde... et de l'autre.

— Pardonnez-moi de vous déranger, dis-je. Je cherche Philippe Castellan. C'est vous ?

— *Niet*, répond-t-il.

Devant me satisfaire de cette réponse évasive, je regagne l'endroit où j'attendais avant d'amorcer ces démarches inutiles.

Je commence à trouver la situation pénible. Je n'irai certainement pas me ridiculiser en demandant à la femme au jean vert si elle s'appelle « Philippe ». J'imagine déjà sa remarque moqueuse. Tant pis ! Si c'est elle, après tout, elle finira bien par faire un effort et venir vers moi. Je conçois difficilement qu'elle puisse m'attendre une heure sans bouger !

L'explication est plus simple : de toute évidence, mon « contact » est en retard.

Et s'il s'était trompé de gare ? S'il lui était arrivé malheur ? Un accident ? Que ferais-tu ?

Ça y est, voilà que je me mets à dialoguer avec moi-même, ainsi que j'en ai l'habitude dans les moments de stress et d'incertitude. Perdu dans une ville inconnue, je commence à m'inquiéter. Je regarde ma montre, comme le gros homme chauve. J'attends quand même

depuis déjà vingt minutes ! Ce n'est pas normal. Pourquoi Castellan tarde-t-il à ce point ?
Il a dû lui arriver quelque chose, mais je n'ai
aucun numéro de téléphone où rejoindre les
organisateurs des Olympiques, en cas de
pépin. Je pourrais toujours m'informer, tenter de joindre Herminia et lui demander où
m'adresser.

J'en suis là dans mes réflexions quand la
femme au jean vert me regarde et s'approche
de moi. C'était donc elle, Philippe Castellan ?
Qui l'eût cru ! Pourquoi ne s'est-elle pas mani-
festée plus tôt ? Bizarre…

Alors que je m'apprête à lui tendre la main,
elle passe son chemin sans plus me regarder
et se dirige vers l'escalier qui conduit au rez-
de-chaussée. Le gros homme chauve tousse
et l'imite. Je reste seul avec le cow-boy fumeur.

L'endroit rêvé pour un guet-apens. Peut-être
n'attendait-il que cette occasion pour te poignarder,
t'attacher aux rails, te loger une balle de revolver
dans le crâne…

J'essaie de me raisonner, d'ignorer ces
scénarios ridicules. Quelle raison aurait cet
inconnu de s'en prendre à moi ?

C'est peut-être un tueur en série, ou alors un
fou susceptible, vexé que tu aies osé lui adresser
la parole.

Mais non, c'est absurde ! Et puis j'en ai
assez. Je vais me rendre au rez-de-chaussée,
moi aussi. Si ça se trouve, mon « contact » m'y

attend depuis vingt minutes. J'aurais dû y songer avant, mais j'ai imité les trois inconnus sans trop réfléchir.

Je gravis l'escalier et me retrouve dans un hall de gare au plancher dallé noir et blanc. L'impression d'être une pièce sur un gigantesque échiquier me saisit. Où se cache le fou ? Et le roi ? Et la reine ?

Le gros homme et la femme se sont installés sur un banc, au centre de la salle. À part quelques employés qui vaquent à leurs occupations, je ne remarque personne. L'inquiétude recommence à monter en moi, et je me sermonne aussitôt. J'accorde encore dix minutes à l'inconnu, et, une fois ce délai expiré, j'irai m'informer, téléphoner à Herminia.

Je m'appuie contre un mur, dans une attitude semblable à celle du cow-boy, et je prends l'une des revues dans mon sac. Autant passer le temps de manière moins ennuyante. Je parcours un article sur les fraudes végétales qu'organisent des bandes très hiérarchisées, de plus en plus courantes ces temps-ci.

Ces groupes ont génétiquement modifié d'étranges plantes tropicales qui peuvent adopter une apparence en tous points semblable à des commerces ou à des banques. Elles peuvent, tel un caméléon, imiter parfaitement un établissement connu sans qu'on puisse les détecter. Une fois que les victimes y entrent, un puissant parfum les endort et les membres du gang détroussent les malheureux. À l'état sauvage, ces plantes ont aussi la faculté de créer des distorsions et des sauts dans l'espace-temps. Quand elles sont altérées par la science, leur durée de vie se limite à deux heures. Une fois les cent vingt minutes écoulées, elles s'effondrent et se décomposent très vite, au lieu de se régénérer dans un espace-temps différent. Des scientifiques travaillent à concevoir un détecteur capable d'identifier ces végétaux.

Entendant une voix joyeuse saluer quelqu'un, je lève la tête. J'aperçois une dame grasse d'un certain âge. Elle porte un tailleur fleuri cintré qui lui comprime la taille. Son allure générale ne l'avantage guère. Elle se dirige vers l'homme chauve, qui se lève en souriant. Elle l'embrasse sur la bouche et lui dit ensuite :

— Il faut m'excuser, mon gros toutou. Je n'ai pas pu me libérer d'Ernest. L'imbécile se sentait mal, et il reste à la maison aujourd'hui ! Imagine-toi qu'il voulait que je demeure avec lui pour qu'il me besogne à la va-vite, comme il en a l'habitude. J'ai prétexté une migraine pour m'en débarrasser. J'ai dit que j'avais besoin d'un peu d'air frais, que j'allais faire des courses.

Il s'arrangera avec ses pulsions hormonales. Il n'aura qu'à se passer l'une de ses cassettes vidéo salaces et à se satisfaire lui-même.

Le gros homme rit, prend sa valise et suit son amante jusqu'à l'extérieur de la gare. Galvanisée par cet événement, la femme au jean vert laisse quelques instants s'écouler, se lève, se met à pleurer et quitte la gare. Son amoureux a dû l'oublier, je suppose.

Le cow-boy surgit alors dans mon champ de vision, cigarette à la bouche. Il me toise, un peu méprisant, et marche vers la sortie. Je demeure seul dans le hall, si j'excepte les employés.

Un nouveau regard à ma montre. Dans deux minutes, j'irai m'informer.

À ce moment, un homme franchit le seuil de la bâtisse. C'est un grand brun très musclé, visiblement adepte du culturisme. Son t-shirt dévoile ses bras gonflés, dont les veines saillent comme si elles cherchaient à lui sortir du corps pour s'enfuir dans la rue et fouetter les passants.

Il me regarde, fronce les sourcils et marche jusqu'à moi d'un air décidé. On dirait presque un videur qui s'apprête à jeter un ivrogne à la porte de quelque taverne mal famée. Parvenu à ma hauteur, il s'immobilise dans une pose raide, presque militaire, et me tend la main en me disant :

— Je suppose que tu es Alain Dalenko ?

Il me broie les phalanges entre ses doigts. Bon sang ! me confond-t-il avec une grappe de raisins dont il voudrait extraire le jus ? Je retire ma main endolorie en grimaçant, sans qu'il s'en rende compte.

— Je suis Philippe Castellan, poursuit-il. Désolé d'être en retard, un connard m'a foutu un PV[2] pour excès de vitesse. J'ai failli lui casser la gueule. Résultat : il m'a refilé une note encore plus salée et il m'a contrôlé, en fouillant la bagnole. J'ai dû lui montrer mes papiers et attendre qu'il communique avec sa centrale. En bref, faut pas m'en vouloir. Si tous ces tarés de flics arrêtaient de nous embêter, on aurait moins d'ennuis.

Déconcerté par cette entrée en matière, j'ébauche un sourire incertain. Sans aucun effort, Castellan s'empare de mes deux valises et m'invite à le suivre, en disant :

— Ça fait un choc, hein, toute cette verdure ? Les touristes qui débarquent en ville ont chaque fois la même réaction. C'est toujours drôle de voir leur air un peu bête. À quoi ils s'attendent, dans un endroit qui s'appelle Monochrome ? Si le quartier vert les étonne, je me demande ce qu'ils penseraient de la zone noire !

Sans plus d'explications, mon guide me désigne une voiture sport verte. Il balance les bagages dans le coffre et déverrouille la portière, côté passager. Il contourne le véhicule,

---

2 Procès-verbal (contravention).

s'installe à la place du conducteur et met les clés dans le démarreur. Le moteur vrombit.

J'aurais dû me douter que le bonhomme serait un adepte de la conduite à haute vitesse, mais je n'avais pas eu le temps d'y songer. Il démarre en trombe et nous nous lançons dans une virée dangereuse. À notre passage, les passants se précipitent sur le trottoir, ce qui arrache un rire féroce au culturiste. Leur teint vert ajoute à l'expression d'épouvante qui se peint sur leurs traits.

— Barrez-vous, tonne-t-il. Quand Castellan arrive, les cons ont intérêt à se mettre au vert.

Je serre les dents, j'ai presque envie de fermer les yeux. Évidemment, je m'empêche de le faire, car il jugerait sans doute cette attitude comme une preuve de couardise. Essaie-t-il de m'impressionner, ou se comporte-t-il toujours de cette manière ?

Je n'ai pas le temps de réfléchir plus à fond à la question, puisqu'il s'immobilise soudain devant une bâtisse délabrée.

4 : La danse des lézards
au restaurant

La façade décrépite ne paie pas de mine, c'est le moins qu'on puisse dire. Une enseigne suspendue à deux barres de fer rouillées annonce : «*Hôtel Belle-de-jour*». Drôle de nom, dont je ne suis pas sûr de comprendre le sens.

— J'ai choisi cet hôtel-là pour être sûr que tu ne manques pas du nécessaire, lance-t-il avec une œillade entendue.

Je ne saisis pas l'allusion, mais je le suis sans répondre. Dans le hall minuscule, une très vieille dame nous perce de son regard. Assise sur un tabouret, elle nous salue d'une voix aigre. Castellan lui glisse quelques mots à mon sujet, et la femme me tend un registre usé. Je le signe, en disant mes nom et adresse.

— Les deux semaines sont payables d'avance, grince-t-elle. Pour les « extras spéciaux », faudra voir à régler rapidement, ou je devrai vous envoyer Sam.

J'ai envie de protester. Je me demande si j'habiterai vraiment ici pendant plusieurs jours. L'organisation des Jeux ne pourrait-elle pas dénicher un endroit plus convenable ?

Le culturiste sort un portefeuille gonflé, et la vieille lui arrache des billets qu'il lui donne, les faisant disparaître. Elle me remet une clé triangulaire bizarre en lançant :

— Chambre 15, au premier.

Nous gravissons un escalier usé qui grince et craque à chacun de nos pas. Dans le couloir, nous croisons une étrange jeune femme qu'on croirait sortie d'un improbable film d'espionnage. Ses longs cheveux bouclés entourent sa tête à la manière d'une crinière de lion, mais c'est surtout sa tenue qui m'étonne : elle porte une longue robe-tube moulante dont le côté droit, presque entièrement ouvert, ne tient en place que grâce à un systèmes de lacets attachés de manière assez lâche, révélant sa peau, qui serait dorée si on ne se trouvait pas dans un lieu où tout est vert ! L'inconnue nous ignore quand elle nous croise. Je n'ai pas l'occasion d'y réfléchir plus longtemps, puisque j'atteins bientôt ma chambre, au bout du couloir dont le tapis déchiré laisse voir par endroits un plancher constellé de graffitis.

Castellan entre avec moi. Il émet un sifflement en découvrant le décor. Se moque-t-il ? Représentant des fermiers en train de remonter des vaches mécaniques, un papier peint sale donne le ton. Le lavabo est abîmé, le bain est noirci. Au moins, ces commodités ne se trouvent pas à l'étage, ce qui est surprenant dans un tel endroit. Il règne une froideur telle dans la pièce que je sens mes doigts s'engourdir. Je m'étonne de ne voir aucune buée sortir de ma bouche quand je respire.

Placés sous une fenêtre aux carreaux sales, un bureau de travail et une vieille chaise occupent le fond de la pièce. Je m'assois sur le lit, qui paraît sur le point de tomber en morceaux. Quelques gémissements proviennent de la chambre voisine. Mon guide s'en rend compte et laisse tomber une allusion grivoise.

— Bien, conclut-il, repose-toi. Voici le numéro de téléphone où me rejoindre. J'ai toujours mon téléphone cellulaire sur moi. Il ne faut pas hésiter ! Je suis payé pour ça, alors… Quand Castellan fait un boulot, c'est toujours avec efficacité.

Je passerai demain dans l'avant-midi afin de te remettre le manuel d'instructions et de te parler de la réunion des juges, qui aura lieu jeudi. D'ici là, amuse-toi. Tu peux te balader près de l'hôtel, le coin est sécuritaire. Je n'en dirais peut-être pas autant de tous les quartiers. Tu demanderas à la vieille de te refiler le guide touristique. Je pense qu'elle en vend, d'ailleurs, si tu veux en garder un pour toi. Il va te permettre de savoir quels endroits sont dangereux pour les novices dans ton genre. Prends le métro. C'est le mode de transport le plus efficace et le moins cher.

L'homme prend une enveloppe dans la poche de son pantalon. Elle est toute fripée. En me la donnant, il explique :

— C'est de l'argent de poche attribué par l'organisation. Pour manger, se véhiculer et le reste. Fais-en bon usage. Le montant est très raisonnable. On traite bien nos juges, ici. Ça va ?

J'aurais envie de poser des questions, mais son sourire narquois me dissuade de le faire. On dirait qu'il se moque de moi et qu'il s'amuse de mon désarroi. Il a croisé ses bras sur sa poitrine bombée et attend une éventuelle interrogation de ma part. Qu'il aille donc au diable, avec son attitude condescendante ! Je m'arrangerai bien tout seul.

Il me salue, ferme la porte derrière lui et me laisse seul dans ce réfrigérateur habitable. Je pousse un soupir de découragement. Mon séjour ici promet, décidément !

J'ouvre l'enveloppe à mon nom. La somme allouée par l'organisation est en effet généreuse. Tant mieux ! Je ne perdrai pas mon temps à moisir entre ces quatre murs. Autant découvrir la ville. Je prends la clé, que j'avais posée sur la table de travail.

À ce moment, on cogne à la porte.

Qui est-ce ? Sans doute Castellan, qui a oublié de me dire quelque chose ?

Je vais ouvrir et je découvre une *jeune femme verte* au sourire provocant. Je remarque d'abord son short ultracourt en vinyle, dont la forme en V épouse ses jambes musclées, avant d'être frappé par son débardeur très moulant – il doit être fait en latex ou dans un tissu semblable… De longs gants recouvrent ses mains et ses avant-bras. Ses cheveux en torsade dégagent son visage et lui confèrent une certaine insolence en la découvrant encore plus…

Elle pose ses mains sur ma poitrine en un geste d'une familiarité déconcertante. L'odeur du musc dont elle se parfume m'enrobe.

— Bonjour, dit-elle, je m'appelle Lauriane. C'est moi qui te sers jusqu'à demain matin. Par quoi tu veux commencer ?

Je recule, décontenancé.

— Qu'est-ce que tu veux dire ?

— Il te faut des spécialités, c'est ça ?

Elle a une moue amusée, mais une lueur d'ennui passe dans ses yeux.

— Pardonne-moi de te le dire, avoue-t-elle, mais comme tu me sembles sympathique, tu ne m'en voudras pas. Vous, les hommes, vous êtes tous pareils. On vous envoie une femme jeune et belle, et vous voulez toujours lui faire des trucs pas possibles, des machins pervers qu'on n'oserait même pas imaginer ! Il me semble qu'une baise traditionnelle ne vous ferait pas de mal, de temps en temps. Je me serais attendu à ça venant de toi, et j'avoue que ça m'aurait fait plaisir.

Tu me plais. Tu es jeune pour être déjà blasé, non ?

J'ouvre la bouche pour parler, mais je ne trouve pas les mots. Je pense qu'il y a erreur… J'articule bêtement :

— Tu veux dire que…

— Mais oui, coupe-t-elle, on peut travailler ici et craquer pour un client quand même. En plus, un peu d'affection n'a jamais nui, tu ne trouves pas ?

— Euh… oui, mais je ne m'attendais pas à ce que l'hôtel m'envoie une… une… fille ?

Elle fronce les sourcils. C'est à son tour d'être surprise.

— Tu as un drôle d'accent ! Tu viens d'où ?

J'élude la question.

— Ce serait une longue histoire. Explique-moi plutôt pourquoi tu es dans ma chambre !

— Comment, tu ne t'attendais pas à ça ? Mais c'est pour ça que tu crèches ici, non ? Je veux dire, quel intérêt, sinon, à payer aussi cher pour loger dans une bicoque pareille ? Je n'ai jamais vu un client qui ne venait pas pour les filles. Ça m'étonnerait que tu viennes habiter ici deux semaines pour admirer le panorama ou pour les beaux yeux de madame Antonine !

Je commence à comprendre. C'est un hôtel de passe où, pour le prix du séjour, on inclut une fille. Les « extras spéciaux » dont parlait la propriétaire sont sans doute les « perver-

72

sions » qu'évoquait Lauriane, des pratiques sexuelles peu conventionnelles. Je suppose qu'il faut payer les accessoires et tout le reste. La robe lacée de l'inconnue que j'ai croisée voilà quelques minutes s'explique. Voilà aussi pourquoi Philippe Castellan s'amusait tant de me voir loger dans cet hôtel. Il doit s'agir d'une preuve de courtoisie, selon les membres de l'organisation des Jeux olympiques. Drôle d'idée. Je n'ai jamais entendu parler d'une histoire pareille, mais qu'est-ce que j'en sais, dans le fond ?

— Tu me laisses entrer ? demande la fille.

Elle s'assoit sur le lit et me regarde, presque candide.

— Comment tu t'appelles ?

— Alain. Je suis ici en tant que juge pour les Jeux olympiques. Je remplace un type malade. On m'a appelé à la dernière minute. C'est l'organisation qui a décidé de me loger ici. Peut-être que les autres hôtels étaient complets.

— Mais non, dit-elle en souriant, on reçoit chaque année des invités de marque. Les athlètes eux-mêmes viennent faire leur tour depuis deux ou trois jours. Je ne m'en occupe pas, parce que moi, les monstres…

Elle grimace et poursuit :

— Mais j'en connais qui ne crachent pas là-dessus. Faut dire que ça paie. Certaines n'ont pas le choix. Paumées, déjantées, tu

73

vois le genre. Ça coûte cher, la *dope*. Moi, je picole de temps en temps, mais je ne me défonce pas. En fait, je déteste ça. Le *shit* suffit à me rendre malade. Faut croire que je ne suis pas faite pour ça. Tant mieux. Alors, si je n'aime pas l'herbe, tu imagines le reste. Si je te comprends bien, tu ne savais pas qu'on t'« allouait » des filles pour toute la durée de ton séjour ici ?

— En effet.

— Mais le nom de l'hôtel ? L'hôtel *Belle-de-jour* ! Ça aurait dû t'éclairer, non ?

— Non. Pourquoi ?

— Une belle-de-jour, voyons ! Tu iras voir dans le dictionnaire ce que ça signifie et tu m'en donneras des nouvelles. Donc, tu ne veux pas baiser ?

Mon étonnement commence à s'évanouir, relayé par une certaine excitation. Florence était ma première amante, et je n'ai jamais eu l'occasion de connaître d'autres femmes. Ce serait le moment ou jamais, non ? Sans conséquences, sans problèmes… Ma conscience intervient à ce moment, tentant de rappeler Florence à mon souvenir. Pour m'empêcher d'avoir des regrets, je réponds :

— J'ai une compagne. Une compagne à qui j'ai promis d'être fidèle, avant de partir.

Elle éclate de rire.

— Et tu crois que de son côté elle va se gêner ? Tu ne connais pas les femmes, mon bonhomme. Elles ont l'air de ne pas y toucher, mais elles sont comme vous. Enfin, c'est ton choix. Si tu veux être cocu sans profiter de la vie, tu fais ce que tu veux. Alors tu n'as pas besoin de moi ? Tu me donnes mon congé pour la journée ?

Elle a tout à coup l'air si contente que j'acquiesce, sans trop savoir si j'ai raison d'agir ainsi. Elle me plaque un baiser sur la joue et quitte la chambre.

Dans ce bref contact de ses lèvres sur ma peau, elle a mis plus d'affection et de sincérité que Florence n'a su le faire au cours des dernières semaines, voire des derniers mois. Ce constat me désole et m'effraie en même temps. Notre couple est-il si mal en point ?

Encore mal remis de ce qui vient d'arriver, je décide de m'en tenir à mon projet initial : aller me balader en ville afin de me changer les idées. Je revois en pensée le visage de Lauriane, et je commence à me sermonner de ne pas avoir profité de l'occasion. Je verrouille la porte derrière moi, descends l'escalier et arrive dans la rue.

La teinte de la couleur a changé, tirant maintenant sur le vert lime. C'est plutôt agaçant. J'imagine que l'intensité de la couleur change avec le moment de la journée. À quoi peuvent ressembler les autres quartiers ? Le mauve risque de déprimer les gens, le jaune doit être peuplé de personnes surexcitées…

Un brouillard étrange plane sur l'endroit. De voir des nuages verts s'entasser dans un ciel de la même couleur crée une impression bizarre. Je me demande si j'ai eu raison d'accepter la proposition de Herminia.

Je jette un regard à ma montre. Onze heures trente. Je n'ai pas encore faim. Je pourrais essayer de dénicher un souvenir pour Klein, le gardien de la guérite. Une babiole pour touristes suffira. Le gardien n'est pas un érudit hyper-raffiné. À cause des Jeux olympiques, les commerces doivent regorger de camelote à l'effigie de la ville.

Je choisis de partir vers la gauche, quitte à me balader de l'autre côté un peu plus tard. De l'autre côté de la rue, à quelques mètres du *Belle-de-jour*, un banc public invite les promeneurs à s'asseoir pour se reposer, mais je n'en ai pas envie pour l'instant. Après un moment, j'aperçois une librairie, une pharmacie, une boulangerie, mais aucun commerce où acheter ce que je cherche. J'aurais dû emprunter le guide touristique à la vieille – madame Antonine, quel nom ! Trois coins de rue plus loin, j'aperçois une boutique d'« art local et de produits du terroir », selon l'inscription dans la vitrine.

J'y entre. Un homme ridé m'accueille.

— Bonjour, dit-il. Je peux vous aider ?

— Je viens de Noireterre. Je cherche un cadeau pour un ami.

76

— Vous venez de Noireterre ? Mais c'est loin, ça, non ? Vous êtes arrivé en train ? Vous avez un accent amusant, sauf votre respect. Vous devez trouver la ville insupportable. Certains touristes deviennent fous à force de tout voir en vert, en rouge, en bleu, en orange…

Je me promène dans le petit magasin, en quête d'un objet original. J'y aperçois des clichés touristiques insignifiants, un t-shirt vert orné de l'inscription «*J'aime ça Monochrome*», des tasses ébréchées, des cartes postales du coin, du pain vert, des ouvrages sur l'histoire de la région… Je finis par rabattre mon choix sur une bouteille d'alcool fort local.

Profitant de la bonne volonté du commerçant, je l'interroge :

— Vous avez des conseils à donner à un touriste comme moi ?

— Soyez prudent si vous vous aventurez hors du quartier. Les couleurs exercent une influence psychologique sur les habitants. Vous le saviez, j'espère ? Le rouge, par exemple, rend les gens dynamiques et sûrs d'eux… mais n'allez pas vous engueuler avec un habitant du quartier rouge ! Ils sont très colériques et perdent facilement les pédales. Si on sait comment leur parler, il n'y a pas de problèmes, mais un touriste comme vous doit être sur ses gardes.

— Et ici, dans le quartier vert ?

— Le vert est une couleur relaxante. Les gens du quartier se sentent en sécurité. C'est la couleur de la nature, non ?

— On m'a parlé d'un guide touristique. Il est fiable ?

— Oh oui ! Il est assez bien fait. Si vous vous informez sur chaque quartier avant d'y mettre les pieds, vous ne devriez pas avoir de problèmes. Il s'agit juste d'être prudent, comme on devrait le faire quand on n'est pas chez soi.

Je remercie le vendeur et quitte son commerce, me dirigeant vers l'hôtel. Je m'informe auprès de madame Antonine. Elle me prête son exemplaire du *Guide touristique de Monochrome* en me prévenant de ne pas le perdre et de le lui rapporter d'ici quelques heures, faute de quoi je devrai le lui rembourser.

Elle en a de bonnes, la vieille ! Quoi, lui rembourser ce bouquin usé, presque disloqué, dont la reliure ne retient déjà plus les pages écornées et parfois déchirées ?

Je monte dans ma chambre, et j'ai l'impression de sentir le parfum de Lauriane planer dans la pièce. Je dois halluciner, car c'est impossible ! Pour que son odeur persiste à ce point, il aurait fallu qu'elle s'asperge d'un quelconque produit minable et très odorant, et ce n'était pas le cas. Son parfum discret lui conférait un certain style, voire de la classe.

Je tente d'ignorer cette impression curieuse et m'installe à la table de travail afin de glaner des informations sur le quartier vert. Je lis, entre autres :

« Ce coin tranquille de Monochrome convient à tous ceux qui souhaitent vivre un séjour sans histoires. Les habitants sont cordiaux, serviables et paisibles. S'il faut signaler un désavantage, on notera toutefois l'ennui qui pèse sur l'endroit… Car si le quartier vert tranquillise ses visiteurs, il finit aussi par générer une sorte de lassitude et de monotonie, comme s'il manquait d'énergie. Par souci de précision, nous devons hélas souligner que des suicides s'y commettent. Mais on dit que chaque médaille a son revers…

En somme, ce quartier n'est pas recommandé aux dépressifs et autres victimes du spleen. »

Hum ! Encourageant, tout ça. La tenancière de l'hôtel peut bien avoir l'air ennuyé. Peut-être les gens qui ont grandi dans un quartier de Monochrome sont-ils moins perméables à ses effets pervers ? Il faudrait interroger les habitants à ce sujet. Et comment réagissent-ils lorsqu'ils passent dans un autre quartier… ou lorsqu'ils quittent leur ville ?

J'observe une carte géographique de Monochrome. L'endroit se divise en neuf quartiers : rouge, noir, bleu, blanc, vert, orange, violet, jaune et gris. Ils sont tous disposés selon le principe des arrondissements, même si le guide les désigne par les mots « quartier » ou « zone ».

Malgré que je sois devenu plus blasé après avoir passé plusieurs années à Noireterre, la description de certains quartiers est assez fascinante :

« Quartier noir. Touristes, ne pas confondre "noir" et "sombre"! Les autorités de la ville ont songé à l'appeler "opaque". Il est vrai que cet adjectif serait plus approprié pour en exprimer la véritable nature. Les habitants du quartier s'y sont opposés. Leurs raisons reposaient sur une certaine logique : "opaque" n'est pas une couleur. Si leur quartier passait de "noir" à "opaque", les résidents de cette zone croyaient qu'elle serait mise à l'écart, pointée du doigt, désignée comme trop spécifique et différente des autres. Leur opinion a été respectée.

Nous devons cependant prévenir le touriste non-averti : s'aventurer dans le quartier noir, c'est se heurter à l'opacité la plus totale. Une fois franchi le véritable "mur" qui le sépare des autres zones, on se retrouve dans les ténèbres, incapable de se guider grâce à la vue. La région plaît aux aveugles, qui s'y promènent à l'aise, mais est peu recommandée aux autres.

La police ne peut guère contrôler ce quartier : comment envoyer un bataillon répressif, tâtonnant à l'aveuglette, dans l'espoir de mettre un peu d'ordre dans le coin ? La zone noire régit donc d'elle-même ce qui s'y passe. Les natifs du quartier ne peuvent en sortir que les yeux fermés, car l'exposition à la lumière du "dehors" les rendrait aveugles sur-le-champ. Ce handicap joue en leur faveur lorsqu'ils sont chez eux, car ils s'y déplacent aisément et affirment "voir dans le noir". »

Très curieux, tout ça, mais je commence à avoir faim.

Je descends m'informer auprès de madame Antonine. Ma requête semble la déranger.

— Pourquoi vous me demandez ça ? dit-elle. Vous n'avez qu'à vous promener dans le coin. Vous verrez bien des restaurants, des bistrots…

Les gens du quartier ne sont-ils pas censés être avenants et courtois ? Elle n'a pas dû naître ici, elle, ou alors je la promeus au rang d'exception qui confirme la règle.

Je regagne la rue. Après quelques minutes de marche, je déniche un café-restaurant qui n'a pas l'air trop mal : *Chez Michou l'Ancien. Spécialités : souvenirs frits.*

J'ai souvent entendu parler de ce type de gastronomie sans avoir l'occasion d'y goûter. Voilà le moment ou jamais. Avant d'entrer, j'examine la carte, placée entre les griffes d'une statue représentant un chat au pelage musical (il suffit de lui caresser l'échine pour entendre une étrange mélopée en provenir). Le prix semble abordable, et je décide de tenter l'expérience.

J'entre dans l'établissement, découvrant une salle verte (évidemment) décorée de cadres bizarres qui représentent des scènes inusitées : un homme tombe en bas d'une échelle («*souvenir dégusté le 28 mai 2003*», prétend une inscription, gravée sur une plaque placée au bas de l'image), une femme hurle de joie, un billet de loterie entre les mains (*dégusté le 20 juin 2000*), un colosse découvre sa femme au lit avec un inconnu (*dégusté à Noël 2002*), un enfant est pourchassé par un monstre aux dents longues et rouges (*dégusté le 12 septembre 2004*)...

Un serveur triste m'accueille.

— Monsieur vient déjeuner ? Dans quelle section ? Fumeur, non-fumeur, radioactif ou non ? Veuillez me suivre.

Je m'attable au fond de l'établissement. L'homme m'apporte un verre d'eau et la carte.

— Non, je ne prendrai pas d'apéritif, merci.

Je regarde le menu une nouvelle fois. Certains souvenirs frits sont très chers, mais ils paraissent uniques en leur genre : celui d'un chat borgne et fou, traqué par une benne à ordures, notamment... Un souvenir déjà vieux de trente ans et sans doute exceptionnel. M'y connaissant peu dans le domaine –

et dépourvu des ressources nécessaires à m'autoriser un tel festin –, je choisis plus modestement le souvenir d'enfance d'un monstre, dans la section «*Scène de la vie quotidienne. Souvenir nourrissant, généralement relevé d'une dose d'originalité et d'intérêt accessible à tous. Recommandé aux débutants*».

Quand le serveur triste revient me voir, il esquisse un sourire pâle et approuve mon initiative.

— Vous savez, les souvenirs frits sont notre spécialité depuis déjà plusieurs années, et certains touristes visitent Monochrome juste pour le plaisir d'y goûter. Vous ne serez pas déçu. Pour accompagner votre repas, je vous suggère de boire un ou deux bons verres d'eau menaçante. C'est toujours utile en cas de dérapage du souvenir.

— Un dérapage du souvenir ?

— Oui. Nous contrôlons nos arrivages quotidiennement, mais un mauvais souvenir peut se glisser dans le lot par erreur. Vous savez comment c'est : nous vérifions chaque souvenir de qualité supérieure, mais les *Scènes de la vie quotidienne* sont trop nombreuses pour que nous puissions le faire. De toute façon, l'eau menaçante règle le problème, car elle effraie le mauvais souvenir, qui s'estompe, le cas échéant. Si cela arrive – et c'est très peu fréquent –, nous réglons l'addition, gracieuseté de la maison.

J'accepte la proposition du serveur, qui s'éclipse aussitôt vers les cuisines.

Pour passer le temps, j'observe les clients attablés ici et là. Certains discutent de l'actualité en feuilletant le journal de Monochrome. Je devrais peut-être en faire autant, pour mieux connaître les particularités de la ville. Une femme à barbe, assise à quelques mètres de moi, bavarde avec un dompteur de lions invisibles. Le couple évoque quelque magouille obscure et, emportée par la conversation, la femme s'écrie :

— De quoi le rendre ab-so-lu-ment irrigué !

Je ne cherche pas à comprendre. Les dialogues entre monstres sont souvent indéchiffrables par les initiés. Une ou deux minutes s'écoulent sans que le garçon reparaisse. Aussi bien consulter le journal local. Je me lève, prends un exemplaire de la feuille, posée sur une table, à côté d'une assiette vide. Le client est parti en laissant quelques billets sur la note.

« *Les Jeux olympiques s'en viennent !* » proclame la une. On évoque aussi des querelles dans le domaine de la politique municipale. Les représentants des différentes zones cherchent à s'entendre quant à la manière de décerner un prix au meilleur quartier. Bien sûr, les Rouges prônent d'attribuer la médaille au dynamisme, alors que les Verts préfèrent récompenser la bonne conduite et la tranquillité. Les Noirs ne s'en mêlent pas et les autres se disputent. La polémique alimente un abondant courrier des lecteurs.

Je m'apprête à lire un article sur une vieille dame retrouvée noyée dans son chat, lorsque le serveur triste arrive, assiette et verre à la main. Il les dépose devant moi en m'enjoignant de ne pas hésiter à l'appeler, si nécessaire. Il s'éloigne ensuite, et s'occupe à mettre des nappes et des serviettes propres sur plusieurs tables. Je hume le fumet du souvenir. Hum ! C'est très singulier, on dirait un mélange d'épices exotiques et de parfum aigre-doux.

L'eau menaçante est… inquiétante. On dirait de l'intimidation liquide. Sa teinte vert foncé a un je-ne-sais-quoi d'autoritaire, mais je ne sens pas que cette colère en devenir est dirigée contre moi. J'en bois une gorgée et je suis surpris par le mélange des saveurs. On dirait de l'écorce de bois combinée à de la mangue brûlée. Une autre gorgée confirme l'impression. La boisson me détend, tel un alcool fort, et je profite de ce moment pour observer plus attentivement le souvenir frit.

Il a une forme particulière. On dirait une sorte de fusée miniature, recouverte de panure. J'en tranche un morceau, qui craque sous le couteau. Je le porte à ma bouche et… comment dire ? C'est… Ça a le goût du passé, le goût du…

Maman ouvre la porte, et je vois papa. Il a sa mallette dans la main. Il est content. Il a de belles dents. Il s'en sert au travail, pour sourire aux gens. Papa leur raconte des blagues. Les aiguilles l'aiment, dit maman. Elle dit : « Ton père est bon », et je suis content, parce que Julien, le père d'Henri, est méchant depuis qu'il est devenu une levure.

Pauvre Henri… d'avoir un père plein de champignons pourris, ce n'est pas drôle. J'ai vu des photos, il est laid, Julien ! Plein de gros champignons et de jus qui coule, et qui fait mal quand on y touche. Henri pleure, et je lui dis : « Ce n'est pas grave, tu auras peut-être un autre papa », mais il répond : «C'est lui que j'aime, c'est lui que je veux, même plein de champignons ».

Ça me fait mal au cœur d'y penser et je cours vers mon papa, je le serre contre moi. Je ne veux pas qu'il devienne plein de champignons ! Maman me dit de ne pas m'inquiéter, parce que ça ne s'attrape pas au travail de mon papa, juste à celui d'Henri. Ceux qui travaillent dans la levure peuvent devenir malades comme Julien.

Papa m'embrasse sur les deux joues, et je me sens plus content, même si je pense à Henri encore et j'ai un peu envie de pleurer. Je ne veux pas le montrer, parce que papa m'a dit d'être fort et qu'un homme ça ne pleure pas. Juste les bébés, et moi, je suis grand maintenant.

Papa joue du violon, et j'entends les lézards danser dans la cave. Je suis content, même s'ils me font peur, les lézards. Ils sont pleins d'écailles, *et quand ils viennent se frotter sur mon front, la nuit, ça me pique et je fais des cauchemars. Maman leur a dit d'arrêter, mais je pense qu'ils n'en sont pas capables, et comme je ne veux pas qu'ils soient punis, je n'en parle plus à maman, mais je suis fatigué, le matin. Le soir, quand je vais me coucher, mon cœur se serre quand je pense trop aux lézards qui vont peut-être venir se frotter sur moi.*

Mon assiette est vide, et je secoue la tête, ébranlé. Hein ? J'ai déjà tout mangé… Je suis encore sous le choc, comme au sortir d'un rêve, embrumé dans des pensées qui ne sont pas les miennes.

Ma foi, ces souvenirs frits sont tout à fait étonnants. En les dévorant, on visite vraiment la tête et la mémoire d'un étranger. Le fait d'habiter la… la pensée d'un monstre rend l'expérience encore plus dépaysante. Il faudra la renouveler, bien que je me demande si en abuser ne risque pas d'influencer la personnalité, à long terme. On doit perdre peu à peu ses repères, non ?

Quand le garçon m'apporte l'addition, je le félicite pour l'excellence du repas et j'essaie de lui soutirer quelques informations : comment font-ils pour chercher ces souvenirs, pour les rendre comestibles et les apprêter ?

Le serveur triste fronce les sourcils de manière caricaturale, simulant la vertu outragée.

— Voyons, monsieur, répond-il, vous savez bien que les chefs et les magiciens ne révèlent jamais leurs secrets. S'ils le faisaient, comment pourraient-ils continuer à exercer leur profession ?

Je souris, règle la note et quitte le restaurant. Que faire, à présent ? Me balader dans la ville ? Pour aller où ? Pour faire quoi ?

Je sens une sorte de mélancolie s'emparer de moi. Sans le vouloir, je repense à la tranche de vie que je viens de visiter. Je me demande ce qu'en est devenu le personnage principal, son père, son ami Henri, le vieux Julien qui se changeait en champignon…

C'est ridicule ! Si ça se trouve, le souvenir est déjà ancien. Et ces drames ne me concernent pas… Mais, malgré tout, une tristesse vague persiste. Peut-être est-ce à cause du quartier ? J'ai lu dans le guide touristique qu'il rend ses habitants déprimés. Mais comment cela se produit-il aussi rapidement ? Peut-être est-ce un effet placebo : je m'attends à me sentir triste et je me conditionne à le devenir ? Comment savoir ?

Je décide de regagner l'hôtel afin de voir s'il y a du nouveau. Je passe devant madame Antonine, qui ne m'adresse même pas un regard, occupée par un jeu de tarots. Je gravis l'escalier, introduis la clé dans la serrure et entre dans ma chambre.

L'odeur de Lauriane a disparu. Je m'assois à ma table de travail, jonglant avec l'idée d'écrire une lettre à Florence, mais je ne m'en sens pas le courage. À quoi bon ? Ses dernières paroles me reviennent à l'esprit et, tout à coup, elles me paraissent encore plus acides que lorsque je les ai entendues.

On frappe à la porte.

Est-ce Lauriane ?

5 : Effets pervers de la philanthropie

Je découvre Philippe Castellan debout dans le couloir, toujours vêtu du même t-shirt, figé dans sa pose raide. Il s'écrie :

— Salut, Dalenko ! Je n'étais pas sûr de te trouver ici, mais je me suis dit que je t'aurais peut-être foutu la trouille avec mes conseils, et que tu n'aurais pas osé quitter ta chambre.

Un peu offusqué, je rétorque :

— Je ne suis pas resté ici ce matin. Je reviens d'une promenade dans le quartier, j'arrive de dîner.

— Alors, satisfait ?

Il promène son regard dans la pièce, sans doute pour voir qui m'accompagne. Il semble surpris de me voir seul. Il entre, referme la porte derrière lui et, en chuchotant, me demande :

— Ils ne t'ont pas encore envoyé de fille ou quoi ?

— Oh ! dis-je en balayant l'air du revers de la main, ce n'est pas ça. Ils m'en ont envoyée une, mais je ne l'ai pas gardée.

Il m'adresse un clin d'œil.

— Tu es un rapide, c'est ça ? Et tu détestes la présence des femmes, sauf pour te satisfaire ?

Je proteste :

— Non, non, ce n'est pas ça.

Ses yeux s'agrandissent :

— Tu préfères les hommes, peut-être ? Ils peuvent te fournir un mec, si tu le leur demandes. Ils engagent aussi des surnuméraires, qu'ils peuvent contacter sur requête.

— Mais non, ce n'est pas ça non plus ! Premièrement, je ne savais même pas que l'hôtel fournissait des… des « escortes », alors j'étais un peu surpris et…

Je m'embourbe dans des explications qui n'ont pas l'air de le convaincre, et il m'adresse le même sourire ironique que je connais depuis peu de temps, mais que je déteste déjà. L'art de juger les gens sans leur laisser la possibilité de se justifier.

Qu'il aille au diable ! Je me fous de son avis, après tout. Qu'est-ce que ça peut bien faire ? Qu'il pense ce qu'il veut ! Que vient-il faire ici, à part me balancer ses commentaires idiots ?

Je m'enquiers de ses intentions :

— Donc, tu me cherchais ? Qu'est-ce qui se passe ?

— Les documents que je devais te donner demain sont déjà prêts. Je venais juste d'arriver dans mon bureau quand le patron me les a remis, en me disant d'aller te les porter tout de suite, que ça te permettrait de les examiner plus à fond avant la réunion de jeudi. Si tu avais été absent, je les aurais laissés à la chipie, en bas, mais je préférais vérifier si tu étais ici, pour m'assurer que tu les aies rapidement. Elle aurait pu oublier, la vieille chouette. T'aurais dû la voir, quand je suis arrivé ! Elle n'a même pas levé la tête de sa planche *oui-ja*.

— Une planche *oui-ja*? Elle ne se tirait pas aux cartes ?

— Non. Elle marmonnait à voix basse, en essayant de communiquer avec un esprit. C'est en vogue, chez les gens de Monochrome, mais on dirait qu'ils sont tous peu doués dans le domaine. Je ne sais pas pourquoi. C'est peut-être l'ambiance de la ville qui leur nuit, mais c'est un fait notoire. Autant le domaine les intéresse, autant ils sont nuls.

— Je peux voir le dossier ?

— Oups ! J'ai laissé la mallette dans le couloir. Je l'avais appuyée contre le mur quand j'ai frappé. Donne-moi deux secondes, je vais la chercher.

Le colosse marche jusqu'à la porte, qu'il ouvre. Il pousse un soupir de soulagement en apercevant l'objet. C'est l'une de ces petites valises de cuir rectangulaires que les hommes d'affaires affectionnent. Il la pose sur le lit, aligne les chiffres d'un curseur de métal et l'ouvre.

Il prend un document dans une chemise de carton. Je m'en empare. C'est lourd ! À l'intérieur, je découvre des feuilles photo-copiées.

— Tu n'as qu'à lire tout ça, me dit-il.

— Et demain, il se passe quoi ?

— Je passerai te voir dans l'avant-midi. Les changements de dernière minute sont toujours possibles. Allez, on se donne des nouvelles.

Il se lève, me broie encore la main dans la sienne, puis s'en va, la tête haute, plein d'une fierté incompréhensible.

Je regarde les documents, un peu décou-ragé. Je n'ai guère le cœur à lire, mais ai-je le choix ? Autant me débarrasser de la tâche sans délai, puisque je dois passer la journée seul, de toute manière.

Ces documents sont vraiment assom-mants, ainsi que je l'avais prévu. Rien ne ressemble plus à de la paperasse adminis-trative que… d'autre paperasse administra-tive. Dans un style répétitif et ennuyeux, les phrases se succèdent, mais l'auteur (j'espère qu'ils n'ont pas embauché une équipe pour rédiger ce pensum) tient tant à la clarté qu'il revient sans cesse sur les mêmes points.

Après avoir gâché mon après-midi à lire le texte, tel un étudiant consciencieux, je peux le résumer ainsi : les juges évaluent les performances selon une série de critères précisés sur une feuille d'évaluation qu'on nous remet avant chaque épreuve. Le processus ne devrait pas être très complexe, et le système de notation chiffré ne laisse aucune place à l'ambiguïté. Pour le reste, l'emploi du temps varie d'un jour à l'autre, mais un horaire me sera remis, que je devrai respecter. Je rencontrerai mon supérieur hiérarchique jeudi, à qui je devrai rendre, au terme de chaque journée, les grilles dûment remplies.

Les Jeux commencent lundi matin, mais la cérémonie d'ouverture a lieu dimanche soir. Je devrai être présent. On me prêtera un habit de circonstance, que je porterai pendant l'événement.

Le texte aborde beaucoup d'aspects éthiques évidents : il faut être prudent et ne jamais tomber dans la partialité. Parmi les passages ridicules que j'ai soulignés, celui-ci se démarque :

« *Certains juges masculins peuvent trouver l'une des participantes très belle et l'avantager, au détriment des autres athlètes. Ne vous laissez jamais dominer par des sentiments aussi primaires. Ils risqueraient d'invalider l'ensemble de vos notations, si jamais on les découvrait, et rendraient caduque cette partie de l'évaluation. Nous faisons appel à votre bonne foi, à votre conscience professionnelle et à votre reconnaissance envers la chance que vous avez de participer de l'intérieur à ces Jeux… Votre sort fait l'envie de plusieurs personnes. »*

On dirait que le type s'adresse à un enfant. C'est d'un ridicule…

Ce qu'il peut faire froid, dans cette chambre ! Il faudrait que j'en parle à la vieille. J'y ai pensé à plusieurs reprises, mais je me disais chaque fois que je finirais de lire le document, avant.

L'image de Florence s'impose dans mes pensées. Peut-être devrais-je lui téléphoner, afin de manifester ma bonne volonté ? L'idée est-elle bonne ? Je ne sais pas. Son attitude, avant mon départ, ne témoignait pas de son désir d'arranger notre situation. Elle aurait au moins pu venir me voir, ce soir-là. Comment m'accueillera-t-elle, à mon retour de Monochrome ?

Faisant taire mes inquiétudes, je décroche le combiné du téléphone. Une voix d'homme répond, au lieu de madame Antonine. La patronne a-t-elle engagé un employé ? Je lui donne le numéro de téléphone, et il me transfère à l'école de Noireterre. J'obtiens la chambre de Florence, mais personne ne répond. Où peut-elle bien être ? J'hésite à laisser un message. Mieux vaut s'abstenir, puisque j'ignore dans quelles dispositions elle se trouve.

Perplexe, je quitte la chambre. Dans l'escalier, je heurte presque une femme habillée d'une robe dont le justaucorps de velours attire mon regard. Elle m'ignore. Pourtant, peut-être relaiera-t-elle Lauriane à mon service. Sans plus réfléchir à la question, je me rends au rez-de-chaussée, découvrant un nouveau personnage qui remplace madame Antonine. C'est un homme d'un certain âge, presque chauve. Quand je l'aperçois, il appuie son menton sur son poing, dans une pose qui me rappelle Florence lorsqu'elle réfléchit. Des lunettes à monture d'argent lui confèrent un air sévère de directeur de pensionnat à la retraite. Il me rappelle un vieux bonhomme qui dirigeait mon école primaire.

Je m'approche du type. Il lève son visage raviné vers moi et pose son drôle de regard sur ma personne. Son œil droit s'ouvre moins grand que le gauche, ce qui me pousse à regarder cette partie de son visage.

— Je peux vous aider ?

— Il fait froid dans ma chambre.

— On peut arranger ça, dit-il. Vous avez quelle chambre ?

— La 15, au premier.

Il se lève, marche jusqu'à un panneau dissimulé dans le mur, à sa gauche. Il l'ouvre, tourne un bouton et referme le panneau.

— C'est fait. S'il y a quelque chose d'autre pour votre service, vous me le direz.

L'homme reprend alors la position qu'il avait adoptée avant mon arrivée, se replongeant dans quelque énigmatique rêverie. Je décide de ne pas m'en formaliser et je gagne l'extérieur de l'hôtel.

Dehors, le décor vert olive crée une drôle d'impression. Le soleil se couche tôt ici. Quelle heure peut-il être ? Un regard à ma montre révèle qu'il est seulement dix-huit heures. Curieux, tout comme le froid qui règne dans la chambre est bizarre, en plein mois de juin. Encore une fois, vu l'« univers » dans lequel j'évolue, je suppose que l'anormalité constitue la norme.

Je pars vers la droite, afin de découvrir une autre partie de la ville que celle que j'ai visitée lors de ma première sortie. Un enfant en tricycle manque de me heurter et grimace, tirant une langue fourchue qui me fige sur place. Je pense au lézard dansant et à l'enfant du souvenir frit… Qui sait si ce garçon à la langue bifide n'est pas son fils ?

Devrais-je acheter le journal local en vue de le consulter à mon aise, dans ma chambre ? Je m'apprête à chercher un kiosque à journaux lorsque j'arrive devant une brasserie d'où proviennent des rires invitants.

N'ayant rien à perdre, je choisis d'y entrer afin de me changer les idées. Je pourrai

peut-être consulter le quotidien de Monochrome devant une bière, un verre de vin ou
quelque alcool local. L'eau menaçante n'était
pas mauvaise. Avec un peu de chance, je
pourrais découvrir encore mieux.

À l'intérieur, une singulière musique se
déverse des haut-parleurs. Il m'est difficile
de la décrire ; on croirait entendre un mélange
de bruits marins, de jazz et d'échos planants.
Le résultat provoque une sorte de calme eu-
phorique, si j'en juge par les trognes joyeuses
que je remarque autour de moi.

J'aperçois une table libre, je m'empare
d'un journal laissé sur le comptoir, et je m'y
installe. J'aurais tout aussi bien pu m'accouder
au zinc, mais vu la généreuse allocation allouée
par l'organisation, autant en profiter. Je serai
mieux assis, et tant pis pour la dépense. De
toute manière, depuis le temps où j'habite à
l'école de Noireterre, je n'ai guère eu l'occasion de faire des folies.

Un bonhomme moustachu, à la figure
rubiconde et au large sourire dévoilant des
dents gâtées, vient me voir. Fait curieux, il a
l'accent du sud de la France.

— Alors, mon p'tit monsieur, qu'est-ce
qu'on peut vous servir ?

— Vous avez une carte ? Je ne viens pas
de la région. Si vous avez une spécialité à me
proposer, je vous écoute.

Je m'attends à ce qu'il s'étonne de mon accent, mais il n'en fait rien. Il disparaît et revient aussitôt, une vieille feuille plastifiée entre ses mains aux doigts boudinés.

— Voilà ! Je vous laisse regarder ça et je reviens dans deux ou trois minutes.

J'acquiesce.

À part les inévitables bières, vins et pastis, je découvre quelques boissons aux noms intrigants : le cocktail fusillé, le pamphlet liquide, la revanche, l'opportuniste, le philanthrope, le cola pythique, le jus de grotte hantée, le cognac du fou, l'extrait de rotule...

Aucune description ne précise ces noms évocateurs, aussi est-il difficile de savoir sur quoi m'arrêter. Tant pis, je m'informerai auprès du serveur. En l'attendant, je consulte le *Monochrome Express*. Dans ce drôle de journal, les informations paraissent disséminées çà et là en dépit du bon sens. Des articles sur la science voisinent avec les lettres des lecteurs, des publicités et des faits divers. Une bande dessinée intitulée «*Les Trois Momies contre le loustic guillotineur*» interrompt même la chronique judiciaire.

Plus loin, une publicité dotée du procédé *Scratch'n'ghost* me laisse perplexe. Si je comprends bien, il suffit de gratter un petit cercle argent pour faire apparaître un fantôme. Je tenterais peut-être l'expérience, mais un autre lecteur m'a précédé, libérant le spectre du papier de mauvaise qualité.

Le gros serveur se dirige de nouveau vers moi. Avec patience, il me décrit les boissons qui m'intriguent, et je ne sais trop quoi prendre, tant elles semblent surprenantes : après un ou deux verres de revanche, par exemple, « on se sent vengé de tout », m'explique le bonhomme ; le cognac du fou provoque une démence passagère, qui n'entraîne jamais d'effets dangereux ; les résultats du cocktail fusillé varient. On peut se sentir très inquiet, mieux comprendre le problème des prisonniers politiques, devenir paranoïaque. Cette boisson n'est pas recommandée aux novices…

— Si j'étais vous, je prendrais un bon verre de philanthrope, me suggère le moustachu. Ça vous ferait du bien. La plupart de mes clients carburent à ça. Surtout pour un jeunot. Z'avez pas dû boire souvent dans votre vie, hein ? On le voit en regardant vos joues. C'est blême, ça manque de coloris ! Regardez mon nez. Vous voyez mon nez ? Rouge, hein ? Presque comme un gros raisin. On a envie de le tordre pour vérifier s'il n'en sortirait pas du jus, avouez !

Eh bien ! Ce nez-là, monsieur, je le dois à des années de vin et d'autres alcools régionaux. Si vous voulez avoir l'air vivant comme moi, il n'est pas trop tard pour commencer.

J'accepte sa proposition, et il se rend derrière le comptoir pour mélanger différents liquides dans un verre. Le résultat ressemble au produit d'une expérience chimique : un peu de brume plane au-dessus du verre. J'en prends une gorgée, devant le serveur, qui attend ma réaction. Hum ! c'est… intéressant. Au premier abord, c'est un peu insipide, mais l'arrière-goût, un peu fuyant, rappelle celui du chocolat blanc.

Je ne jouerai pas les difficiles. J'approuve d'un claquement de langue.

— C'est à votre goût ? Je l'ai un peu allongé pour que vous ne le trouviez pas trop fort.

— Ça m'a l'air bien. Je vous remercie. Je serai curieux de l'essayer plus corsé tout à l'heure.

— Vous me ferez signe.

Il retourne derrière le bar et commence à bavarder avec une dame d'un certain âge dont les éclats de rire contagieux ont tôt fait de répandre l'hilarité dans la brasserie.

Je ne leur prête pas attention, car une section du journal éveille mon intérêt : *Échos des quartiers*. On y résume les faits saillants survenus récemment dans différentes zones. Cette rubrique m'aidera à me familiariser avec les particularités de chaque région de la ville.

Le quartier rouge semble, de loin, le plus violent : pas moins de six meurtres commis dans les dernières heures, survenus à la suite d'altercations. En contrepartie, l'érotisme y occupe une place prépondérante : une dizaine de spectacles du genre s'y déroulent, remportant un succès certain. Les titres sont explicites : *Lascive Maria, Les proies du vice, Prends mes désirs pour des ordres, En rut dans tes brancards*, etc. Des excès de vitesse sont aussi signalés, en raison des nombreuses voitures sport qui sillonnent l'endroit.

Je prends une autre gorgée de philanthrope. C'est bon, mais ça gagnerait à être plus fort. Il ne faudra pas oublier d'en parler au barman-serveur. Très sympathique, le bonhomme. Belle ambiance, dans sa brasserie, en plus. Lisons les nouvelles du quartier bleu, maintenant.

Comparé au rouge, le bleu est un havre de paix, peut-être plus ennuyant, pour certains, à l'instar de la zone verte. Les jeunes le quittent d'ailleurs au profit du rouge, et les autorités locales tentent de trouver une façon d'empêcher cet exil. Des manifestations pour la paix s'y déroulent souvent, et une maladie bizarre y sévit depuis un bout de temps : la somnolence aiguë. Les habitants s'endorment à tout moment, sans comprendre pourquoi. L'obsession de la propreté semble régner là-bas.

Une autre grande gorgée de philanthrope. Bon sang ! ça donne soif, ce machin-là. Heureusement que c'est bon. J'ai presque fini mon verre. Le rire de la femme, près du bar, est très contagieux. Je me prends à l'imiter. Je me sens bien. J'irai peut-être bavarder avec elle, mais je veux en savoir plus sur les régions de Monochrome auparavant. Mes épaules se relâchent. On dirait que je viens de me faire masser.

Le violet, tiens. Je n'y avais pas encore songé. Que peut-il se passer là-bas ? Beaucoup d'énigmes, dirait-on. Le nombre de mystères non résolus augmente encore, en dépit des efforts de la police. Le comportement des habitants s'avère imprévisible, et les événements insolites y abondent.

Une autre gorgée de philanthrope. Ça y est, mon verre est vide, mais ce n'est pas grave ! J'en boirai un autre, deux autres, trois autres. Je ne me suis pas senti aussi bien depuis un bout de temps. C'est peut-être l'alcool qui me relaxe. Avoir su, j'aurais cherché à en faire provision, à Noireterre, mais je n'y avais même pas songé.

À compter de maintenant, j'adore l'alcool. Comme j'adore cette brasserie, le barman et les clients. Tout va bien. Très bien. Il faudrait qu'un endroit du genre existe à Noireterre. J'y enverrais Griffin et Herminia. Ça les décoincerait un peu, et ils en reviendraient peut-être aimables.

Une main se pose sur mon épaule. Je lève les yeux et découvre un homme roux dont le visage ressemble au museau d'un rongeur, à cause de son nez allongé et de ses dents saillantes.

— Salut, dit-il, je m'appelle Félix. Ça va ? Je te voyais, tout seul, attablé, et je me disais que tu devais avoir envie d'un peu de compagnie. Ça te dit de venir t'asseoir avec notre groupe ?

D'un geste de la main droite, il me désigne une table autour de laquelle une demi-douzaine de personnes âgées d'une vingtaine d'années discutent avec animation. Je décide d'accepter l'invitation : je pourrai encore mieux connaître le quartier et Monochrome si je discute avec des habitants qui ne m'en donneront pas une vision biaisée, contrairement aux journaux ou aux propriétaires de commerces.

— Je commande un autre philanthrope et je vous rejoins.

Félix hoche la tête et regagne sa place. En me voyant arriver, le barman me lance une œillade amusée.

— Alors, c'est bon, hein, le philanthrope ? Tu en veux un deuxième, c'est ça ? À moins que tu aies envie de varier les plaisirs ? Mais je te déconseille de mélanger le philanthrope avec d'autres types d'alcool. Les résultats sont bizarres. Imagine le type qui boit deux philanthropes et qui s'envoie un opportuniste ensuite ! Ce n'est pas beau à voir.

J'avais l'intention de boire la même chose, et les propos du barman me convainquent de ne pas changer d'idée. Je lui demande juste de le rendre un peu plus « serré ». Il prépare le tout au quart de tour et me tend un grand verre glacé.

Je me dirige vers la table de Félix. Il m'accueille en levant un pichet rempli d'un liquide pétillant, et ses amis me souhaitent la bienvenue. Je me présente comme un touriste venu de Noireterre pour les Jeux olympiques.

— Les Jeux olympiques attirent beaucoup de monde cette année ! s'exclame une jeune femme aux cheveux longs et frisés. Les dépliants publicitaires devraient paraître demain matin. La dernière fois, ça avait eu lieu à Crocheville. Il paraît que les retombées économiques avaient rendu le maire fou ! Tu loges où ?

— Dans un hôtel, pas trop loin d'ici.

— Quel hôtel ?

J'hésite à dire la vérité. On risque de me rire au nez… Peut-être que certains seront choqués de savoir que j'encourage un lieu de prostitution. Je ne connais pas l'avis des habitants du quartier à ce sujet. Si Florence le savait, en tout cas, elle piquerait une crise. Pour me tirer d'affaire, je réponds :

— Un nom bizarre, je ne m'en souviens plus.

Une jeune punk au visage orné de dessins psychédéliques intervient :

— *L'hôtel des Phénix*, peut-être ? Ou celui des *Belvédères*?

Je profite de la ressemblance entre ce dernier nom et celui de l'endroit où je loge pour m'exclamer :

— *Les Belvédères*! ça doit être ça, oui.

— C'est *cool*, poursuit la punkette. Ça a bonne réputation. Tant mieux pour toi, parce que dans le coin, il y a quand même des baraques paumées. Quand on réserve une piaule sans l'avoir visité, c'est difficile de savoir, quoi !

— Oui, j'ai choisi au hasard. Par téléphone.

— *Cool* accent, mec. Tous ceux de Noireterre parlent comme toi ? Je trouve ça craquant. Tu dois faire des heureuses, là-bas.

Je bois une autre gorgée de philanthrope pour me donner une contenance. Mon interlocutrice m'imite en plantant ses yeux dans les miens. Bon sang ! ce que je me sens bien ! J'aurais le goût de ne jamais partir d'ici, de rester assis à boire jusqu'à la fin des temps. La punkette lève son verre. Je l'interroge :

— Qu'est-ce que tu bois ?

— Du réveille-sens. On carbure à ça, tout notre groupe. C'est très connu dans le quartier rouge, mais ici, ce n'est pas sur la carte. Barry n'est pas censé en vendre, mais il nous aime bien et il a ce qu'il faut pour en préparer, alors… Mais il ne faut pas en parler, hein ? Je compte sur toi.

Toi, tu carbures au philanthrope. C'est chouette. Un peu gentillet, comme truc, mais *fun* quand même.

— Comment tu t'appelles ?

— Jane.

Elle est très sympathique, et ses cheveux en brosse lui donnent un air espiègle, un peu enfant, que son corps dément, souligné par son chandail décolleté. Elle lisse souvent sa jupe, qui moule alors ses cuisses fuselées.

Florence avait raison ! Moi qui croyais passer une semaine de travail dans des conditions monacales, loin des tentations sous toutes ses formes, voilà que je me retrouve dans une brasserie en compagnie d'une jeune femme charmante qui ne semble pas indifférente à moi.

Je prends une autre gorgée de philanthrope pour oublier mon trouble. Jane me sourit, enveloppée dans une sorte de brume. Je commence à être saoul ! Je bois trop vite, mais j'aime ça. Félix se met à parler, Jane rit, la fille aux cheveux frisés embrasse son voisin de table.

La vie me semble belle. Je me sens très détendu, presque mou. Encore une gorgée et je pourrais fondre et me renverser par terre. La musique m'enveloppe et me masse. Félix me pose une question que je ne comprends pas, il répète, je réponds n'importe quoi, tout le monde rit. J'aurais le goût de payer une tournée à tout le monde, et je m'apprête à le faire lorsque Jane pose sa main sur ma cuisse et me chuchote à l'oreille :

— Vas-y mollo avec le philanthrope, sinon tu risques de faire des conneries et de le regretter.

Sa main remonte le long de mon pantalon :

— Excuse-moi, poursuit-elle, il faut que les autres pensent que je te dis des saloperies, sinon ils se méfieront de moi.

Elle me lèche l'oreille ostensiblement et poursuit :

— On vient tous du quartier rouge. Mes amis sont de connivence avec Barry, le barman. Il savait qu'en te donnant du philanthrope, tu aurais envie d'être sympa avec tout le monde et de payer la tournée… Sans moi, tu serais sorti d'ici avec un portefeuille vide, mon vieux.

Je suis étonné.

— Mets ta main sur mon dos, ordonne-t-elle. Allez, tu dois avoir l'air de réagir.

Elle caresse ma joue en me couvant d'un regard amoureux. Les autres la regardent, amusés.

Je m'exécute, et caresse maladroitement son cou, ses épaules.

— Qu'est-ce que tu me conseilles de faire ?

— On se tire d'ici et on file à ton hôtel. Je dirai qu'on veut baiser, sinon ils ne nous croiront pas et ils vont se méfier. Crois-moi, ça vaut mieux comme ça, sinon t'auras des emmerdes. Félix a l'air *cool* quand on ne le connaît pas, mais il est un peu taré.

— Mais je croyais que le quartier était rempli de gens sympathiques et paisibles.

— Je viens de te le dire : notre bande vient de la zone rouge, tu comprends ? On a la passion dans les veines, la passion de la bagarre, des sensations fortes et du plaisir. On s'amuse ici parce que les Verts sont trop bêtes pour réagir. Mais toi, comme tu me plais bien, je n'ai pas envie de te rendre malheureux. Allez, on y va. Tant pis pour Barry et la bande.

Elle se lève, me prend la main, regarde les autres avec un air de défi dans les yeux et dit :

— Il paraît qu'Alain a des photos de Noireterre, dans sa piaule. Il veut me les montrer.

Félix tente de s'interposer :

— Mais pourquoi ne pas les apporter ici ? On pourrait les regarder en groupe, et vous continueriez de boire avec nous.

Jane ne s'en laisse pas imposer :

— Non. Ne nous attendez pas… il y a *beaucoup* de photos à regarder, et j'ai envie de voir un film avec lui, tout à coup.

Un jeune dandy blond nous dévisage sans aménité. Impeccablement coiffé, il porte un complet et une cravate. Il laisse tomber une plaisanterie, pour signifier qu'il n'est pas dupe. Nous l'ignorons. Je finis mon verre de philanthrope, laisse un généreux pourboire au barman. Après tout, Félix est peut-être un homme malheureux, qui a grandi dans des circonstances difficiles. Les criminels ont parfois des excuses, un passé qui justifie leurs actes. J'ai presque envie de prendre sa défense, de revenir m'asseoir avec ses amis, de… de trahir Jane par… par amour envers les autres. Je suis certain qu'ils sont gentils. Je vais aller les voir…

Voyant mon mouvement, Jane plante ses ongles dans mon avant-bras. Je me prends les pieds dans le tapis et manque de me heurter la tête sur une table.

— N'y va pas, imbécile ! Tu es saoul. Ce sont les effets du philanthrope qui te rendent bête comme le dernier des moutons. Malgré ce que Barry t'a dit, ton premier verre était corsé. Il l'a juste rendu insipide en y ajoutant je-ne-sais-quoi. Tu restes avec moi, on s'en va à ton hôtel. Allez, tu me suis.

Incapable d'imposer ma volonté, j'obéis.

Nous voilà dans la rue, éclairée par les réverbères qui dispensent une lumière d'un vert profond et mystérieux, presque mystique. Ce que je peux aimer cette ville et ce quartier ! J'en tremble. J'y resterais jusqu'à la fin de mes jours. Et Jane est si belle, si adorable dans son abnégation, dans son amour pour moi ! J'ai envie de l'embrasser, de la pousser contre un mur et de poser mes lèvres sur son cou, de sentir son cœur battre contre le mien, de prendre sa main dans la mienne et d'en faire ma compagne, de l'épouser, de renoncer à tout, à Noireterre, à l'enseignement, aux Jeux, pour ne vivre que l'instant présent, que cet instant qui m'étouffe, me subjugue, me remplit de lumière. Je suis si plein de lumière que le feu doit sortir de mes orbites. J'aime cette ville, je la sens qui coule dans mes veines, je lui donnerais tout, tout ce que j'ai et ce que j'aurai. Ce serait le moment rêvé pour faire mon testament. Cet instant ne s'arrêtera jamais.

Jane m'entend marmonner et dit :

— Arrête de déraisonner. Tu as trop bu. Conduis-moi à l'hôtel, maintenant.

J'hésite tout à coup, saisi d'un doute. Je lui ai menti. Comment réagira-t-elle en sachant que je loge au *Belle-de-jour* ? Moi qui ne vis que pour la beauté, que pour Monochrome, Monochrome que j'aime, j'aurais envie de caresser le trottoir, de lui dire qu'il est beau, agréable, que je m'excuse de marcher sur lui… Je me ressaisis et j'essaie de m'expliquer :

— C'est que… Je ne loge pas au *Belvédères*.

— Je le sais, je t'ai vu entrer au *Belle-de-jour*, ce midi. J'étais dans le coin pour une affaire à régler avec Barry. Je t'ai trouvé beau mec, t'avais l'air *cool*, mais j'étais occupée. Évidemment, je t'ai reconnu quand tu t'es pointé à la brasserie. Quand tu t'es assis, Félix t'a observé. Il a repéré un touriste à plumer. Il y en a beaucoup, ces temps-ci, avec les Jeux olympiques. Fallait pas avouer à Barry que tu ne venais pas d'ici ! C'est le propriétaire-barman… Il nous a fait signe, et la bande a décidé de l'aider. Ce n'est pas la première fois qu'on le fait. Il t'aurait chargé cinq fois le prix et toi, complètement ivre de philanthrope, tu n'aurais pas bronché. Quand on se saoule avec ça, on a des accès de générosité aussi stupides qu'incontrôlables. Et s'il te reste de l'argent, on te fait les poches pendant que tu cuves ton alcool. En bref, tu m'en dois une.

Nous voilà parvenus devant l'entrée du *Belle-de-jour*. Je remercie Jane en espérant que son coup de main ne lui vaudra pas d'ennuis auprès de Félix. Que fera-t-elle maintenant ? Elle ne peut pas retourner dans la brasserie. Ses amis seraient mécontents de la voir surgir seule. Ils comprendraient qu'elle a sacrifié les intérêts de la bande pour m'éviter une mésaventure... À moins qu'elle n'invente une histoire pour les calmer. N'importe quoi de plausible suffirait : raconter qu'elle était fâchée de découvrir où je logeais, par exemple.

Je lance cette idée, et Jane éclate de rire.

— Tu débloques ! Comme si je pouvais me choquer de te voir loger au *Belle-de-jour*… T'as pas encore tout compris, hein ? On carbure au réveille-sens et on vient du quartier rouge. Allez, laisse-moi monter dans ta chambre, je t'expliquerai.

Elle me pousse devant elle. J'arrive à la hauteur du comptoir derrière lequel médite l'homme chauve aux lunettes à monture d'argent. Il appuie encore son menton sur son poing, et son œil droit essaie d'englober ce que le gauche ne voit pas.

En l'apercevant, Jane éclate d'un rire insolent et juvénile qui a l'air de l'agacer, mais il ne bronche pas. Nous nous engageons dans l'escalier. J'ai de la difficulté à garder mon équilibre. Tout se met à tourner. J'appuie mes mains sur le mur pour me retenir, j'ai l'impression d'être dans un manège fou. Mal au cœur, tout à coup…

Jane me prend la main. Le contact de sa peau sur la mienne m'électrise. Nous voilà enfin dans le couloir. J'essaie d'introduire la clé dans la serrure, en vain. Ça ne fonctionne pas…Voyons !

Ma compagne s'empare de l'objet et parvient à déverrouiller, toujours en riant. Elle allume la lumière. Je me laisse tomber sur le lit, puis je dirige mon regard vers elle. Je n'avais pas remarqué qu'elle portait des chaussures à talons hauts ! Elle les enlève dans un mouvement fluide, et ne me quittant pas des yeux. Quand elle s'est penchée, son décolleté a bâillé, révélant des seins minuscules.

Bon sang ! ce qu'il fait chaud ici ! Le réceptionniste m'a pris trop au sérieux. On crève, ça n'a pas de sens…

Jane referme enfin la porte derrière elle et marche jusqu'à moi. Elle prend une fiole, coincée entre sa jupe et son chandail, et me la lance en disant :

— Tiens, bois ça !

J'en prends une gorgée. Il s'agit du liquide pétillant qu'elle buvait, à la brasserie. Il a un goût un peu acide ; j'ai l'impression de recevoir un électrochoc dans la cage thoracique. Tout à coup, je sens le matelas avec une acuité profonde. Je regarde ma compagne avec appétit.

— C'est bon, hein ? m'encourage-t-elle. Vas-y, enfile-toi une autre gorgée, tu vas te sentir sur la même longueur d'onde que moi.

J'obéis. Je grimace en goûtant le liquide électrique sur ma langue, mais aussitôt avalé, je ne regrette rien. La mixture porte bien son nom : mes perceptions tactiles se sont augmentées. Je me redresse sur le lit. La chambre tourne toujours, comme prisonnière d'un immense manège. Jane m'adresse un regard de louve, un sourire de louve, tout devient écarlate.

Ses yeux foncent dans les miens, elle s'approche et pose ses mains sur mon cou. C'est l'étincelle, l'éclair, la foudre ! Jamais un toucher ne m'a fait autant d'effet. Elle se déshabille sans me quitter du regard, faisant glisser sa jupe sur ses hanches à peine esquissées, enlevant son chandail sous lequel elle ne porte rien. C'est un corps de nymphe, lisse et étrangement excitant.

Elle se hâte de me dévêtir. Sa peau est chaude lorsqu'elle se couche sur moi. Est-ce que tout ceci est vraiment en train d'arriver ? La chambre tourne, j'aime toujours le quartier et la vie, je me sens à côté du réel, mais mes sens me disent le contraire. J'ai mal au cœur et je me sens bien en même temps. Sa langue est chaude dans mon cou. J'aime Monochrome. J'aime la chambre. Je désire Jane. Les deux alcools se mélangent dans mon sang, leurs effets se combattent : je me sens fatigué et surexcité en même temps.

Jane m'attire en elle en me foudroyant du regard. Avec Florence, ça n'a jamais été comme ça. Elle était gênée et me demandait de ne pas trop la regarder. Jane, elle, s'offre impudiquement sous la lumière crue du plafonnier. Il me semble que l'éclairage n'était pas si intense, plus tôt aujourd'hui. C'est peut-être le réveille-sens qui agit.

Je sens chaque fibre, chaque centimètre de Jane sur moi et autour de moi. J'observe son visage comme jamais je n'ai détaillé un visage de femme. Ses traits vont se fixer dans mon esprit avec une telle netteté qu'il me sera impossible de les oublier, de ne pas les promener avec moi partout où j'irai désormais. J'ai l'impression d'entendre des tambours battant dans ma tête, des tambours qui rythment le mouvement de mes hanches, qui donnent la mesure de ceux de Jane. Je continue de l'observer, en ayant l'impression de baiser son visage… Chaque sensation est si décuplée qu'atteindre l'orgasme prendra peu de temps. Je sens déjà le corps de ma compagne se tendre comme un arc, se courber, se cabrer, alors qu'un long frisson lui parcourt l'échine. Et ça y est, je me répands entre les cuisses de Jane, je jouis dans le corps de cette inconnue.

Ensuite, un sentiment de détente immense m'envahit, je ferme les yeux. Jane s'est tournée sur le dos, les pointes de ses seins menus se tendent vers le plafond. Dieu, ce qu'il fait chaud ici ! il faudrait que j'aille le dire au bonhomme, à la réception. Oui, je vais y aller tout à l'heure, dans quelques minutes… Pour l'instant, je veux me détendre, me reposer, fermer les yeux et ne penser à rien, juste ressentir le bien-être qui m'envahit, juste être un corps qui éprouve des sensations physiques plaisantes…

J'ai une pensée furtive pour Florence, mais je n'arrive pas à me sentir coupable. Je sens la chambre tourner, toujours prisonnière de ce manège. La respiration de Jane, à mes côtés, devient plus régulière. Il faudrait fermer la lumière, mais je me sens trop épuisé pour me lever, j'irai tout à l'heure, tout à l'heure, tout à l'h…

6 : Le dandy technologique

J'émerge de très, très loin. Souvent, le matin, quand je me réveille, j'éprouve la curieuse sensation du plongeur qui remonte à la surface, une surface parfois presque dense, compacte et solide. Il me faut la percer à coups de lucidité. Comme un grand prêtre qui viendrait à bout d'un rituel difficile à force de le pratiquer, j'y parviens toujours.

Aujourd'hui, cependant, c'est encore plus difficile. J'ai la tête lourde, la bouche pâteuse et l'estomac barbouillé. En déployant beaucoup d'efforts, je soulève une paupière lourde, avec l'impression de m'entraîner aux poids et haltères. Impossible de me rendormir maintenant. Je jette un regard fatigué à mon réveil de poche, posé sur le sol, près du lit. Quatre heures de l'après-midi, déjà ! Mais c'est insensé... À quel moment me suis-je couché hier ?

Hier ! Ça me revient, maintenant. Ma promenade, la brasserie, le philanthrope, Félix et ses amis, et... et Jane !

Je me retourne dans le lit, tâtonne, mais je dois me rendre à l'évidence : elle n'est plus là. Elle s'est levée, elle est partie je ne sais trop quand. Je n'en ai pas eu conscience. Elle m'a peut-être laissé une note ? Pas envie de me lever. Je me sens encore trop dans le cirage.

Jane a eu la gentillesse de fermer le plafonnier... Gentillesse appréciée, parce que l'éclairage cru m'aurait agressé encore plus qu'hier. En définitive, malgré ses intentions, le barman moustachu avait raison : mélanger ces alcools bizarres n'est pas une bonne idée. Moi qui voulais me lancer dans l'ivrognerie, je devrai revoir ma position, parce que si les résultats ressemblent toujours à ce que je vis en ce moment, je ne suis plus certain de vouloir tenter l'aventure, si c'en est une.

J'ai mal au cœur, les jambes molles. Il me faudrait boire ; ma gorge est en carton, mes poumons s'effritent, je suis devenu sec. On m'a planté un désert dans le corps ou quoi ? Un peu de pluie lui fera du bien.

Je parviens à m'asseoir dans le lit, mais ça tourne. Il faut faire un effort. Poser un pied sur le sol glacé, puis l'autre. La chambre est de nouveau frigorifiée. Jane a peut-être passé le message au bonhomme, à la réception. Ils ont deux modes de climatisation ici : bouillant ou congelé. C'est bon à savoir.

Je me lève enfin, titube. C'est pathétique. Heureusement qu'ils n'ont pas de caméras cachées, ou je serais un bon candidat de *freak show*. Un pas en avant, un deuxième, hou ! ça tourne encore. J'ai envie de vomir.

Je me traîne jusqu'à la salle de bains, remerciant le ciel qu'elle ne se trouve pas à l'étage. Je me penche au-dessus de la cuvette, et ça ne veut pas sortir, mais pourtant il faut que je crache cette saloperie. Je ferme les yeux et je m'enfonce les doigts dans la gorge. Des spasmes. Brûlure dans la gorge. Des larmes coulent sur mes joues. J'aurais le goût de me coucher en boule sur le carrelage glacé. Qu'est-ce que je fous ici, au milieu de nulle part, à devoir juger des compétitions auxquelles je ne connais rien, tout cela pour donner de l'argent à Herminia et à son école ?

C'est absurde ! Mes tempes palpitent, mon visage se couvre de sueur, je vais encore être malade.

Les spasmes recommencent, et mon corps se vide de ce maudit venin.

Je ferme les yeux. Les larmes sèchent sur mes joues. Je suis seul, plus seul que jamais. Si Florence me voyait, elle aurait probablement une phrase méprisante, du genre : « Tu te prenais sûrement pour un caïd, hier. Maintenant, tu as ce que tu mérites. »

Aucune compassion. Rien. En revenant, il faudra mettre un terme à notre pseudo-relation, qui ne mène nulle part. S'il a fallu que je couche avec Jane pour m'en rendre compte, mon infidélité aura au moins servi à ça. Même si mes pensées s'ordonnent mal, je comprends avec une lucidité troublante que je m'accrochais à ce couple par simple habitude. J'ai l'impression de vomir mon passé, d'expulser de vieilles images jaunies, des souvenirs usés et inutiles.

Voilà, c'est fini. Je m'appuie sur la lunette et passe une main glacée sur mon visage brûlant. Devrais-je téléphoner à la réception ? À quoi bon ? C'est seulement un « lendemain de veille », n'est-ce pas ? Ça va passer, même si c'est un sale moment à vivre. L'idéal serait d'aller me recoucher. Je vais essayer de boire un peu d'eau, histoire de m'hydrater et de m'aider à mieux aller.

Je me dresse au-dessus du lavabo, ouvre les robinets, plonge ma tête sous le jet glacé. Je me crispe, mais ça fait du bien, c'est un coup de fouet salutaire. J'ouvre la bouche, l'eau s'y engouffre trop vite, je m'étouffe, je crache, mon cœur bat la chamade. Blême, pantelant et voûté au-dessus de la cuvette, je ne dois pas être beau à voir.

Mes pieds se traînent sur le plancher glacé et me conduisent jusqu'au matelas. Dans la chambre d'à côté, j'entends une femme éclater de rire, puis se mettre à gémir en criant des paroles que je comprends à moitié. Je voudrais aller lui dire de fermer sa gueule, mais je ne vois pas comment je trouverais le courage de m'y rendre, et j'imagine que mes menaces n'auraient pas un grand impact, proférées par un type aux allures de zombie.

Un grand frisson me traverse le corps, je ferme les yeux. Couché sur le dos. Ignorer les gémissements dans la chambre d'à côté. Ne penser à rien. Faire le vide. Le noir. Le grand repos. Plus de douleur, plus de mal de tête… Je pense que je vais dormir encore.

J'ouvre les yeux de nouveau. Un cri dans la chambre d'à côté m'a réveillé. On dirait que mes paupières sont collées l'une à l'autre. Ma vision se brouille, mais à force de cligner les yeux, je peux voir l'heure. Cela confirme mon intuition d'avoir pas mal dormi : il est vingt heures. Ça va mieux que lors de mon premier réveil, mais je me sens encore épuisé. Toujours déshydraté. Un peu d'eau me ferait du bien.

Je m'assois dans le lit. Une sorte de migraine assiège le côté droit de mon crâne. C'est moins pire que tout à l'heure. Je me demande si Jane m'a laissé une note, quelque chose.

Je me dirige vers la porte d'entrée, j'allume le plafonnier. Oui, j'avais raison, elle a épinglé une note sur le battant.

« *Salut, Alain,*

J'ai dû me tirer, j'ai des trucs à faire aujour-d'hui. Tu ronfles, mec ! Ça me fait rire. Une fille

123

s'est pointée chez toi. Comme tu dormais encore, je lui ai dit que tu ferais signe à la réception si tu avais besoin d'elle.

Prends soin de toi. On se reverra peut-être un jour.

Cool *Jane XXX* »

Je relis deux ou trois fois le message avant de comprendre. Faut croire que mes neurones ne sont pas aussi rétablis que je l'estime. Je me traîne jusqu'à la salle de bains. Un peu d'eau, encore. J'ai faim, mais je n'ai pas envie de manger. L'idéal serait de me recoucher, quitte à me réveiller en pleine nuit. J'ai sommeil.

Ainsi que je l'avais prévu, j'émerge finalement à quatre heures du matin, toujours déshydraté, mais affamé. Je vais mieux. Quelle dynamite, leur philanthrope ! Peut-être a-t-il produit cet effet-là parce que je l'ai mélangé avec le réveille-sens de Jane ?

Je me lève, m'habille, bois beaucoup d'eau, relis la note de la punkette. En un éclair, je songe à vérifier mon portefeuille. Puisqu'elle fait partie d'une bande de petits arnaqueurs, elle peut fort bien s'être sauvée avec l'argent que l'Organisation m'a alloué pour les Jeux. Elle se doute que je n'oserais pas rapporter une telle histoire aux autorités, de peur de m'attirer des complications et des ennuis.

Quasi persuadé de trouver un portefeuille vide, je m'étonne de le découvrir intact. L'honnêteté n'est donc pas morte ? J'ai quand même agi de façon bien imprudente, hier. La fille aurait pu me plumer. J'ai été stupide. En plus, j'aurais aussi dû me protéger contre d'éventuelles M.T.S.! Il est vrai que je n'ai apporté aucun condom à Monochrome, n'ayant absolument pas prévu qu'une telle histoire m'arriverait... Et je me serais mal vu, dans le « feu de l'action », en train d'essayer d'en chercher un dans les environs. J'étais trop ivre pour y songer. J'espère ne pas avoir à en payer les conséquences, et cette pensée m'arrache une grimace.

Allons, de toute façon, si le mal est fait, c'est trop tard, et il est inutile de pleurnicher. Il me suffira de subir un examen médical, de retour à Noireterre, et de souhaiter que je n'aie pas joué de malchance.

Où pourrais-je trouver quelque chose à manger ? Philippe Castellan n'était-il pas censé passer me voir ? Il a peut-être frappé à la porte de ma chambre sans que je ne réponde. L'idéal est de descendre vérifier tout ça à la réception.

J'y découvre encore le bonhomme sévère, figé dans sa pose méditative, le menton sur le poing. Il ferait un modèle rêvé pour des étudiants en arts plastiques. Il dirige un regard absent vers moi.

— Je peux vous aider ? demande-t-il avec une politesse guindée.

— Est-ce qu'on a laissé une note à mon attention, aujourd'hui ?

— Vous avez la chambre 15, c'est ça ? Une jeune femme avait donné des instructions de votre part, de ne pas vous déranger. Un homme vous a laissé une enveloppe mercredi, dans l'avant-midi. Il a voulu monter vous voir, mais je lui ai transmis vos… vos « ordres ».

Je m'empare du document, remercie le réceptionniste et remonte dans ma chambre. J'ouvre l'enveloppe de Bouhier et y découvre une lettre à mon attention.

« Monsieur Dalenko,

Philippe Castellan viendra vous chercher jeudi matin à 10 h 30 afin de vous conduire dans les bureaux de l'Organisation des Jeux olympiques. Vous y rencontrerez les dirigeants, des juges de votre section et d'autres personnes impliquées à divers niveaux. Il est difficile de prévoir avec exactitude la durée de cette réunion de secteur, aussi vaut-il mieux que vous réserviez votre journée entière.

Dans l'attente d'avoir le plaisir de vous parler de vive voix, je vous prie d'accepter, cher monsieur Dalenko, l'expression des mes sentiments cordiaux.

Bien sincèrement,

Michel R. Bouhier
Directeur, section "Représentants du grand public"

Je m'attendais à découvrir un message plus consistant, mais tant pis. De toute manière, j'ai vraiment faim, et la migraine menace de revenir s'installer entre les parois de mon crâne si je ne mange pas. J'ai oublié de m'informer auprès du réceptionniste. Pas le choix : je retourne le voir, que ça lui plaise ou non.

C'est d'un air encore plus consterné qu'il me voit surgir de nouveau devant lui. Son attitude m'agace. On le paie pour exercer sa profession, non ?

— Je peux vous aider ? demande-t-il mécaniquement.

C'est sa phrase-clé, on dirait. Elle doit le conforter dans l'impression de jouer son « rôle social ». Sans m'embarrasser de ces considérations, je lui demande s'il connaît un restau ouvert toute la nuit, dans les environs.

Ma question semble le tirer de sa léthargie. Son œil gauche s'ouvre encore plus grand que d'habitude et lui confère l'apparence d'un hibou en quête d'un mulot à croquer.

— Si je peux me permettre, dit-il en haussant le sourcil droit, ce n'est pas très prudent de s'aventurer à cette heure-là dans les rues. On ne sait jamais ce qui peut arriver.

— Mais on est dans le quartier vert, non ? Le guide touristique disait que…

— Ah ! c'est vous qui l'avez ! m'interrompt-il. Madame Antonine n'est pas contente du tout. Il faudrait me le ramener tout de suite. Vous lui aviez promis de ne pas le garder longtemps. Elle songe déjà à vous le faire payer. Vous êtes chanceux que je vous avertisse, car ça ne me regarde pas, mais je suis bon prince.

Il m'a débité cette réplique d'un air inspiré, comme s'il récitait un texte appris par cœur. Il poursuit :

— Je suis une *bonne* personne. Mon médecin me l'a dit. Je dois le répéter souvent. Il a raison, et je le sais. Vous êtes d'accord, n'est-ce pas ?

Un peu troublé par ce dérapage dans notre conversation, j'acquiesce.

— Donc, reprend-il, comme je le disais, ce n'est pas prudent. Je sais que le guide touristique prétend le contraire, mais c'est évident ! Le bouquin est édité par la ville. Pensez-vous que les rédacteurs vont aller dire aux touristes que Monochrome est dangereuse ? Ils disent que le quartier est sécuritaire, c'est vrai, mais ça n'empêche pas les gens des autres zones de venir ici quand ils veulent et, même si le vert les calme, à cette heure-là, quand tout le monde dort…

J'en ai vu, des choses, en cinq ans de métier – avant, j'étais danseur à claquettes dans une revue musicale, mais mon médecin m'a conseillé d'arrêter. Ça ne change rien au fait que je suis une *bonne* personne. On peut réussir sa vie au service du public, pas seulement dans le monde du spectacle. L'important, c'est de croire en ce qu'on fait.

Hum ! Je suppose que le bonhomme doit suivre une thérapie ou quelque chose du genre. Essayons de garder la conversation sur le bon chemin. Pas moyen de manger quoi que ce soit, alors ?

— Il y a une machine distributrice, au deuxième. Ce n'est pas de la grande gastronomie, mais vous pourrez patienter avec des biscuits, des chips, quelques sandwiches… Enfin, vous voyez le genre.
Je dois vous prévenir que la machine se détraque souvent et que je n'ai pas les compétences nécessaires pour la réparer. Si elle bouffe votre monnaie, il faudra attendre demain avant de le rapporter à Antonine. Elle arrivera dans quelques heures. N'essayez pas de l'arnaquer, surtout. Un client a déjà voulu l'escroquer, en prétendant avoir mis de l'argent sans obtenir ses *cookies*. Ne me demandez pas comment elle a su qu'il mentait, mais elle lui a foutu un procès sur le dos. On ne la fait pas à la patronne, oh non !

Un sandwich ? Ça vaudra mieux que rien et, en effet, ça m'aidera à attendre le lever du jour. Je le remercie et me dirige vers l'escalier, lorsqu'il s'écrie :

— Oh ! monsieur !

Intrigué, je tourne la tête dans sa direction.

— J'ai oublié de vous remettre une autre lettre. C'est de la part de la jeune dame qui est montée dans votre chambre avec vous mardi soir, celle qui avait donné l'ordre de ne pas vous déranger. Elle l'a laissée voilà quelques heures, un peu avant minuit. Je viens de m'en rappeler.

Je fronce les sourcils. Que peut bien me vouloir Jane ? S'est-elle éprise de moi ? Ça m'étonnerait, mais sait-on jamais. Elle semblait me trouver à son goût. Qu'elle ne s'illusionne pas, car je vois très mal comment une relation durable pourrait être possible entre nous. C'était l'affaire d'une nuit. Peu importe, je prends l'enveloppe, salue le réceptionniste et monte au deuxième, en me demandant si je croiserai encore quelque créature désarmante habillée de manière excentrique. Je ne rencontre personne, mais l'étage assez bruyant témoigne de l'activité qui se déroule derrière les portes closes. J'espère pour les clients que le coût des chambres tient compte de leur insonorisation déficiente.

Au bout du couloir, je repère une vieille machine carrée. J'opte pour un jambon-beurre aux allures moins chimiques que le reste et, après que j'ai eu inséré la monnaie dans la fente, il choit dans une trappe avec un bruit humide. Au moins, la grosse boîte n'a pas volé mon argent.

De retour dans ma chambre, j'expédie le sandwich et je m'empresse de lire la lettre de Jane.

« Salut, Alain !

Sois prudent… J'ai revu Félix et la bande cet aprème, *et laisse-moi te dire qu'ils étaient furieux. Ils n'ont pas cru mes salades, et le grand Frank a même menacé de me casser la gueule si je recommençais une connerie pareille. Ils pensaient que je m'arrangerais pour piquer ton fric, j'ai dit que tu l'avais planqué, que je ne l'avais pas trouvé, mais rien n'y a fait. Ils savent que je raconte n'importe quoi.*

Félix répète qu'il n'accepte pas de laisser filer un friqué dans ton genre sans le vider avant. Tu es prévenu, mec. Ne t'avise pas de sortir tout seul, sinon ils pourraient te tomber dessus, et je ne pense pas qu'ils se contenteraient de te voler. Ils aiment se défouler…

Je préférais te le dire. Fais gaffe. Désolée.

Cool Jane XXX »

Je replie la lettre avec un soupir. Heureusement que le réceptionniste ne m'a pas suggéré de m'aventurer en pleine nuit dans Monochrome. Qui sait s'ils n'ont pas dépêché l'un des leurs devant l'hôtel, pour qu'il m'observe et avertisse les autres si je sors ?

Voyons Alain, me sermonne ma voix intérieure, *c'est ridicule ! Tu n'es pas un espion poursuivi par des assassins à la solde d'une société secrète. Ce sont juste de petits voleurs frustrés. Ils ne sont sûrement pas très organisés, et ils n'ont pas les moyens de poster un type en faction devant l'hôtel, juste pour toi. Si ça se trouve, ils sont saouls à l'heure actuelle, et leur chef t'a déjà oublié dans les bras de Jane.*

J'aimerais en être persuadé… Comment savoir ? Structurés ou pas, ils peuvent avoir la rancœur tenace. Je ne connais pas leur chef, mais ce Félix m'a l'air d'être un curieux bonhomme.

Quelle idée j'ai eu, aussi, d'entraîner une paumée dans ma chambre ! Si je l'avais laissée à la brasserie, le résultat n'aurait sans doute pas changé. Pour me tirer d'affaire, il aurait fallu que je refuse l'invitation de Félix, et même si je l'avais fait, les autres auraient pu me suivre jusque chez moi. Ça m'apprendra à jouer les riches touristes dans une ville inconnue.

Je songe à en parler à la police, mais je n'ai aucune preuve contre ce groupe. En plus, l'histoire risquerait de se répercuter à Noire-terre, et je n'ai pas envie d'en subir les conséquences. Je ne veux pas devenir « le type qui a passé son séjour à Monochrome dans un hôtel de passe avec des prostituées ». Je risquerais de demeurer célibataire pour le reste de mes jours… en supposant que je passe le reste de mes jours dans l'école de Herminia.

Pour minimiser l'affaire, il me suffira de jouer la prudence : je ne sortirai seul qu'en plein jour et, dès la tombée de la nuit, je prendrai un taxi, j'appellerai Castellan, ou je demeurerai cloîtré. Je pourrais aussi essayer de convaincre l'organisation des Jeux de me transférer dans un autre hôtel, dans un quartier différent.

Malgré mes efforts pour me persuader que je ne cours aucun danger, cette affaire m'ennuie et m'inquiète. Inutile de tenter de dormir, maintenant. Je relis la lettre de Jane, dans l'espoir secret d'y découvrir un détail caché qui pourrait me réconforter, mais ma tentative ne sert à rien.

Tâchant de me changer les idées, je feuillette les documents de l'Organisation. C'est une perte de temps, car je me souviens très bien de ce que j'ai lu. Autant parcourir le guide touristique, puisqu'il faudra le rendre à la vieille…

Par la fenêtre, j'ai vu le jour se lever. Le silence total règne sur l'hôtel.

J'ai lu, pris des notes en regardant le ciel se colorer de teintes tirant presque sur le bleu. C'était un moment curieux, mais furtif.

J'espère ne pas m'assoupir en pleine réunion. En même temps, j'ai tant dormi ces derniers jours que j'ai l'impression de pouvoir demeurer éveillé pendant des jours… impression qui se dissipera sans doute au fil des heures.

Je suis soudain pris du désir d'aller vérifier si la bande de Félix m'espionne vraiment, comme je le redoute. Ça ne se peut pas. Ces gens-là doivent se coucher tard. Je n'ai pas assez d'argent pour valoir la peine qu'on perde son temps à m'observer jour et nuit.

Cependant, malgré les objections que je formule, le doute persiste. Pour me rassurer, rien ne vaut une vérification : il me suffit de me tenir près de la porte d'entrée de l'hôtel et de jeter un coup d'œil dans la rue et les environs. Je ne risque rien, et je verrai bien si quelqu'un est posté là.

Au moment où je sors de ma chambre, la porte voisine s'ouvre et une femme vêtue d'une combinaison de cuir en sort. Le vêtement moule les jambes et le torse, en laissant les épaules et les bras nus, mais de longs gants recouvrent les avant-bras et les mains. Contrairement aux autres filles, celle-ci m'adresse un clin d'œil complice et se dirige vers une autre chambre. Elle ouvre la porte sans frapper.

Je traverse le couloir. Décidément, je ne m'habituerai jamais à ce genre de rencontres ! Au rez-de-chaussée, la tête ailleurs, je ne regarde même pas le comptoir du réceptionniste. Je suis déjà presque dehors quand une voix aigre s'écrie :

— Eh ! vous, le type de la chambre 15, venez ici tout de suite.

C'est madame Antonine, sans aucun doute. J'ai oublié de rapporter le bouquin à l'homme chauve, celui qui est une *bonne* personne. Pourvu qu'il ne soit pas trop tard pour le faire. Je n'ai aucune envie d'acheter ce guide touristique abîmé. Si ça se trouve, l'Organisation m'en fournira un gratuitement, sur demande. De toute manière, c'est absurde, puisque je ne l'ai pas perdu et que je vais le lui remettre sans plus attendre.

Ainsi que je m'en doutais, je découvre la vieille, assise sur son tabouret, l'air mauvais, un cigare fiché au coin des lèvres. Dans le genre « tenancière de bordel », c'est difficile de faire mieux. Je suppose qu'elle a jadis été une modeste employée au service de quelque « madame », elle aussi. Difficile de le croire, maintenant, tant son visage masculin et dur constitue le parfait antidote aux pensées lascives.

— Mon bouquin, vous me le rendez quand ? Z'aviez promis de ne pas le garder…

— Désolé. J'avais oublié. Écoutez, je vérifie un truc dehors et je vous le ramène dans deux minutes.

— Non, je le veux maintenant !

Elle a presque hurlé. En me pointant d'un doigt accusateur, elle poursuit :

— Je ne vous fais plus confiance. Vous m'avez menti une fois, et j'ai déjà été suffisamment aimable comme ça. Ou vous me ramenez le guide tout de suite, ou vous le payez. Et je devrai ajouter des frais de dossier, des frais de déplacement, parce qu'il faudra que j'aille en acheter un autre par votre faute, et des frais de dédommagements connexes, parce que si un client veut le consulter, je n'en aurai aucun. Ça risque d'être considéré comme un mauvais service et de nuire au *standing* de l'hôtel.

Le *standing* de l'hôtel ? Qu'est-ce qu'il ne faut pas entendre ! D'accord, j'irai le lui chercher, son foutu bouquin. En soupirant, je remonte l'escalier, regagne le couloir et y découvre la fille en combinaison de cuir. Un masque à fermeture éclair dissimule maintenant ses traits. Elle tient un fouet dans sa main gauche. La voilà qui regagne la pièce d'où elle sortait. C'était donc ça qu'elle allait chercher ? Il est temps que je m'en aille d'ici, car je ne me vois guère évoluer encore plus d'une semaine dans un tel environnement sans devenir dingue.

J'entre dans la chambre, prends le guide et verrouille de nouveau la porte derrière moi. En un éclair, me revoilà devant le comptoir. La vieille observe une boule de cristal et ne m'adresse pas un regard. On dirait presque qu'elle suit un « téléroman » de fin d'après-midi. J'attends quelques secondes, mais comme elle ne fait pas mine de me prêter attention, je tousse afin de lui signaler ma présence. En vain. Je tousse encore. En vain.

— Madame…

Elle lève la tête.

— Quoi ?

— Je vous rapporte le guide touristique.

Elle le prend, l'inspecte, fait la grimace.

— Vous l'avez abîmé. Regardez-moi ça : vous avez déchiré des pages, la couverture est froissée, la reliure est cassée ! Il va falloir payer.

Je proteste :

— Il était dans cet état-là quand vous me l'avez remis, vous le savez aussi bien que moi. Pensez-vous que je suis stupide à ce point-là ?

Elle croise ses bras sur sa poitrine et me plante un regard de défi dans les prunelles.

— En vingt-cinq ans de métier dans le domaine de l'hôtellerie, je vous prie de croire que j'en ai vu d'autres, monsieur. On ne m'en impose pas. Vous devrez payer, point à la ligne.

À quoi bon m'obstiner ? J'en parlerai à l'Organisation. Ils doivent disposer du budget nécessaire pour défrayer les coûts de broutilles comme celles-là. Si nécessaire, cette histoire constituera une preuve supplémentaire de la mauvaise foi de cette patronne et de la mauvaise tenue de son établissement.

Je lève mes paumes vers le ciel et hausse les sourcils pour marquer ma résignation. Sans dire un mot, je me détourne et me dirige vers la rue. Je franchis le seuil et me rends sur le trottoir. C'est une journée nuageuse. Un méchant crachin vert s'abat sur le quartier.

Je regarde à ma droite sans apercevoir rien de suspect : des passants qui se protègent du mauvais temps avec un parapluie, des véhicules qui circulent ici et là, des vitrines, des enseignes… Je dirige mon regard vers la gauche, et j'ai la surprise d'apercevoir un jeune dandy, nonchalamment assis sur le banc public situé de l'autre côté de la rue, à quelques mètres du *Belle-de-jour*. Je le reconnais : il portait un complet et une cravate, l'autre soir, à la brasserie. Cette fois, il a revêtu un imperméable de facture élégante. Ses mains s'appuient sur un parapluie dont l'armature n'est certainement pas faite d'un matériau bon marché. Je ne serais pas étonné qu'elle soit faite d'or, malgré sa couleur vert épinard trompeuse.

Il m'observe depuis un moment, cigarette à la main, un sourire mauvais au coin des lèvres. S'assurant que je le voie, il jette la cigarette par terre, l'écrase d'un coup sec du talon et prend une petite boîte dans la poche intérieure de son manteau. Il la porte ensuite à ses lèvres et parle. Évidemment, je ne peux pas entendre ce qu'il dit, mais le message qu'il m'envoie est clair : il communique avec le reste de la bande. L'appareil qu'il utilise doit être un émetteur-récepteur portatif, un minuscule téléphone cellulaire, ou n'importe quel autre mode de communication semblable.

Moi qui espérais m'inquiéter sans raisons ! Mes craintes se confirment, et je ne sais trop comment je devrais réagir. Tant que je demeure dans l'hôtel, rien ne peut m'arriver de fâcheux, n'est-ce pas ? Ou seraient-ils du genre à débarquer dans la place en pleine nuit, armés, drogués et dangereux ? Dans un tel cas, le réceptionniste ne ferait pas le poids, et personne ne viendrait me défendre. Seul, face à une bande de criminels, j'aurais beau me barricader, je ne pourrais leur résister longtemps. Ils enfonceraient la porte et…

Le dandy parle toujours dans son appareil, en continuant de me regarder d'un air narquois. Je rentre dans l'hôtel. Je n'ai guère le choix : il me faudra changer d'endroit, car qui sait ce qui pourrait m'arriver, sinon ? Le chef du groupe semble en avoir fait une affaire personnelle, qui dépasse le simple projet de vol.

Je passe devant le bureau de madame Antonine, qui m'invective au passage, en me disant que je ne m'en tirerai pas comme ça, qu'elle aura des recours, que je ne jouerai pas au malin très longtemps.

Excédé, je la regarde et, luttant pour garder mon calme, je réponds d'une voix qui tremble un peu :

— Je vous rembourserai votre guide, madame. Ne vous inquiétez pas.

Ma réponse, loin de l'apaiser, semble augmenter sa mauvaise humeur.

— Je ne m'inquiète pas. Je ne m'inquiète jamais ! Personne ne me fait peur, et surtout pas vous. J'en ai maté des plus coriaces. Et soyez sûr qu'avant votre départ, j'inspecterai votre chambre et que je vous chargerai le moindre meuble endommagé. Je suis une femme honnête, moi, et je n'ai pas l'habitude qu'on me prenne pour une folle.

Je lui tourne le dos et monte l'escalier. Elle marmonne encore quelques paroles, mais je ne l'entends pas.

Une fois revenu dans ma chambre, je m'assois sur le lit. Je tâche d'étouffer le stress et la colère qui montent en moi. Je ferme mes

yeux et je me concentre sur une image naïve
de carte postale, un lac tranquille, le soir. Il
ne me reste plus qu'à attendre la venue de
Castellan, en souhaitant que le temps passe
vite.

7 : Quand Castellan s'emballe, les pleutres se sentent mal

Cinq coups violents font trembler le battant de la porte. Je sursaute. J'étais en train de réfléchir à Félix, à Jane et à leur groupe. Et si c'était l'un d'eux ? Après tout, madame Antonine ne contrôle sûrement pas les allées et venues des visiteurs dans son hôtel. Elle ignore que je suis désormais traqué, et qu'on risque de s'en prendre à moi. Avant d'ouvrir, je demande, en prenant soin de ne pas me tenir devant la porte :

— Qui est là ?

— C'est moi, Castellan, répond une voix virile caricaturale.

À n'en pas douter, c'est bien mon homme. J'ouvre quand même avec prudence, prêt à bousculer les arrivants et à m'enfuir si nécessaire. Avec soulagement, je découvre le colosse, vêtu d'un nouveau t-shirt, d'un jean usé et de tennis. D'un sourire goguenard, il appuie sa question :

— Qu'est-ce qui se passe, Dalenko ? Les filles t'ont épuisé et t'as peur de leur ouvrir ou quoi ?

J'hésite à lui révéler la vérité. Il risque de se payer ma gueule. J'opte pour un compromis :

— Mardi, je suis allé dans une brasserie. Il y avait une bande de voleurs venus du quartier rouge. Ils voulaient me saouler pour me piquer mon argent, mais je m'en suis rendu compte et je me suis sauvé sans qu'ils réussissent à m'avoir… Depuis ce temps-là, un type me surveille, au coin de la rue.

Castellan fronce les sourcils.

— Ah ouais ? dit-il, soudain agressif. On va voir ce qu'on va voir. Ce ne sont pas des petits cons maigres comme un clou qui vont m'impressionner. Quand on cherche Castellan, on le trouve ! Suis-moi.

Il me prend par le bras comme un enfant le ferait d'une poupée de chiffon et me traîne presque dans le couloir. Je n'ai pas le temps de refermer la porte derrière moi. Nous dévalons les escaliers et débouchons dans le hall sous l'œil ahuri de la vieille. Nous sommes bientôt sur le trottoir, mais là où le dandy se trouvait ce matin, il n'y a plus personne.

La bande de Félix a-t-elle décidé d'abandonner la partie ? Ou, de façon plus probable, leur émissaire a-t-il reconnu Castellan et, par précaution, a-t-il choisi de s'éclipser pendant un moment ?

Philippe se tourne vers moi et me dévisage, perplexe.

— Je ne vois rien, dit-il. Il est où ?

— Il n'est plus là. Tu ne l'as pas remarqué, sur le banc public, quand tu es arrivé ?

— Je n'en ai aucune idée. Tu comprends, je n'ai pas pensé à admirer le paysage, en débarquant ici. Si j'avais su qu'un frimeur se tenait dans le coin, j'y aurais probablement prêté attention, mais je ne pouvais pas le deviner. Qu'est-ce que tu comptes faire ? En parler à la police ?

Je ne te le conseille pas. C'est inutile, et le temps qu'ils mettraient à t'interroger et à commencer à s'occuper de ton affaire, tu serais déjà parti de Monochrome. Y a rien de plus lent et de bureaucrate qu'un flic. Tous les mêmes. Des sales cons. Quand je pense qu'on les paie à même notre salaire, ces salauds-là, ça me dégoûte !

Nous regagnons ma chambre. J'y prends mes affaires, verrouille derrière moi, et nous quittons l'hôtel, sous l'œil courroucé de madame Antonine.

Je monte dans la voiture sport de Castellan. Il démarre en trombe après avoir mis ses lunettes à verres miroir. Quand on s'arrête à un feu, il regarde les jeunes femmes sur le trottoir, en voulant les impressionner. Ça marche parfois, et il sourit alors, fier de lui. Quel bonhomme !

Après quelques minutes, je remarque un panneau : « *Vous quittez le quartier vert. Bienvenue dans la zone grise* ». Quelques secondes plus tard, la couleur change soudain. Tout devient noir et blanc, comme dans un vieux film. C'est assez curieux comme impression. Un peu déprimant. Ça manque de vie.

La voiture s'engage dans une allée asphaltée, et nous entrons dans un vaste stationnement. Castellan se gare près d'un immeuble moderne et triste. Je l'interroge :

— C'est ici que les Jeux se déroulent ?

— Ouais, soupire Castellan.

Il sort de la voiture, claque la porte derrière lui. Je l'imite. Alors que nous marchons vers l'édifice, je lui demande :

— Mais pourquoi ils ont choisi le quartier gris ? C'est un peu morne, non ? Ça ne risque pas de déprimer les athlètes ?

— Ils ont procédé par élimination. Il fallait oublier le quartier noir et le blanc. Trop compliqués. Le rouge aurait risqué de rendre les perdants très violents et d'entraîner des émeutes parmi la population. Tu sais comment les gens aiment déconner après les matchs de foot ? Ils deviennent dingues. Imagine le résultat dans le quartier rouge, maintenant… Dans la zone bleue, les juges auraient risqué de s'ennuyer et de s'endormir pendant les

compétitions de certaines disciplines. Le violet, lui, aurait probablement causé des ennuis
et des débats : les juges se seraient engueulés,
personne n'aurait été d'accord à propos des
gagnants, on aurait dû faire face à des mystères bizarres, à des disparitions, etc. Dans le
quartier jaune, les gens sont souvent malades,
et le coin pousse les journalistes à écrire des
articles déplaisants et racoleurs : tu connais
l'expression « journalisme jaune », je suppose ?

Restaient le vert, l'orange et le gris. La couleur orange est voisine du rouge : elle provoque chez les habitants de cette zone-là des
effets semblables à ceux de la rouge, mais en
moins fort. On a craint les mêmes désordres.
On a hésité longtemps entre le vert et le gris.
Le gris a semblé plus neutre, moins… moins
« connoté ». C'est un mot que j'ai appris pendant les délibérations. Tu sais ce que ça veut
dire ?

— Oui.

Moi aussi, je l'ai appris récemment :
Griffin n'arrêtait pas d'utiliser ce terme-là
pendant ses cours, pour lui opposer l'attitude impartiale qu'un bon professeur devait
conserver vis-à-vis de sa classe de monstres.

— Le gris est comme les autres couleurs,
poursuit Castellan en montant les marches
qui conduisent à la porte d'entrée. Il a ses
défauts et ses effets secondaires. Il a un côté

moche et triste. Les habitants du quartier disent qu'il est élégant, professionnel, sérieux, moderne, blablabla... Des conneries, quoi ! À mon avis, c'est plutôt chiant, mais personne ne m'a demandé mon opinion.

Nous traversons un hall dallé noir et blanc. Un ascenseur nous conduit au septième étage. Nous débouchons dans un couloir dont le tapis étouffe le bruit de nos pas. D'une porte ouverte proviennent des voix qui discutent avec animation. J'entre dans une grande pièce, précédé par Castellan.

Au centre, des chaises entourent une longue table rectangulaire. La classique salle de réunion... Un homme d'une cinquantaine d'années en complet-veston vient m'accueillir.

— Alain Dalenko ? demande-t-il en me serrant la main. Je suis Michel Bouhier, votre directeur de section. Je suppose que vous avez lu ma lettre.

Je réponds par l'affirmative et me déclare enchanté de le connaître. Autant mettre d'emblée les chances de mon côté, si je veux pouvoir changer d'hôtel. Je n'aborderai pas tout de suite la question, mais je devrai le faire avant la fin de la journée, histoire de régler ce problème le plus vite possible.

— Nous vous attendions pour commencer la réunion, dit l'homme. Castellan, vous demeurez à notre disposition, comme d'habitude ?

— Oui. Je serai dans mon bureau du pavillon C. Vous n'aurez qu'à me passer un coup de fil, et je viendrai chercher monsieur Dalenko.

Le directeur le remercie et ferme la porte de la salle de réunion. Nous sommes environ une dizaine de personnes. Mes collègues ont des visages communs, et rien en eux n'indique une quelconque aptitude dans le domaine sportif.

C'est d'ailleurs ce que nous explique bientôt Bouhier, dans un long discours qui finit par nous endormir peu à peu. Il répète les explications du document qu'on nous a remis, peut-être pour s'assurer que nous en avons compris le contenu. Quelques personnes présentes posent des questions souvent inutiles.

Le directeur précise que, vu le nombre élevé de compétitions, une dizaine de juges s'imposaient dans chaque section, afin de pouvoir couvrir les événements qui se déroulent simultanément, dont certains se passent la nuit.

Mes pensées vagabondent, je griffonne des monstres, des dessins et des phrases incongrus dans les marges des feuilles dactylographiées. J'ai toujours haï ce genre de rassemblements bureaucratiques. Je songe à Jane, à son visage, à ses lèvres, et j'en suis curieusement troublé. C'est ridicule, car je me vois mal devenir amoureux d'elle. J'essaie de penser à Florence, mais je ne parviens qu'à l'imaginer en train de bouder, de crier ou de formuler des critiques acerbes à mon égard.

Afin de meubler les minutes qui s'éternisent, je dresse des listes absurdes : celle des gens de ma parenté, que je ne reverrai jamais (oncles, tantes, cousins, cousines, etc.), celle des noms de mes élèves *suicideurs*, des membres de l'école de Noireterre, des films que j'ai vus et aimés…

Malgré mes tentatives d'échapper au temps de cette manière, mes efforts ne parviennent pas à accélérer l'écoulement des secondes. Je pousse presque un soupir de soulagement quand, après plusieurs heures de bavardage fastidieux, le directeur nous remet enfin une chemise identifiée à notre nom. On y trouvera notre horaire, affirme-t-il.

— Nous avons remis une copie de ce document à chacun de vos chauffeurs. Ils se chargeront d'être ponctuels, mais vérifiez avec eux l'heure exacte à laquelle ils devront venir vous chercher là où vous logez. Si vous avez des questions, c'est le moment de les poser. Si certains d'entre vous désirent me parler en privé, vous pourrez également prendre rendez-vous avec moi et le faire une fois la réunion officiellement terminée.

Sinon, je vous attends demain après-midi pour visionner les bandes vidéo des années passées. L'activité n'est pas obligatoire, mais fortement recommandée. Pour l'instant, rendez-vous au bureau 720. Ma secrétaire, madame Bayard, se fera un plaisir de contacter votre chauffeur, qui viendra vous chercher dans la salle d'attente, local 710.

Quelques juges inspectent les documents, en quête de points obscurs. Certains toussotent, se lèvent et quittent la pièce. D'autres posent encore des questions auxquelles, souvent, Bouhier avait répondu pendant son discours. Je m'en irais bien, mais je dois régler la question de l'hôtel. Je prends mon mal en patience en regardant la liste des compétitions que je devrai juger. Pour la plupart, elles me sont inconnues : « pentaclethon », lancer du zombie, kermesse du sang, athlétisme nucléaire, nautisme spectral, « débandelettage » des momies, hurlements des damnés, saignée, lutte avec des esprits morts et cruels, « désincarnation », course invisible, désossement d'insectes, patinage horrifique, dégustation d'acide, dressage d'icebergs possédés, schizoparaphasie, etc. La liste est longue. Le document précise qu'au début de chaque compétition, un représentant des Jeux nous expliquera sommairement la nature de chaque discipline en précisant ses enjeux. On disposera d'une dizaine de minutes pour étudier la grille d'évaluation.

Les questions d'ordre général achèvent. Lorsque Bouhier nous demande si on souhaite avoir un entretien privé avec lui, je suis le premier à lever la main. D'autres m'imitent. Le directeur nous attribue un numéro et enjoint les autres d'attendre dans le couloir. Il les appellera, le moment venu. La salle se vide et nous demeurons seuls, Bouhier et moi.

— Vous aviez une question précise ? me demande le directeur avec un sourire jovial.

— Je me demandais s'il était possible de changer d'hôtel.

Il fronce les sourcils et demande :

— Vous êtes logé à quel endroit ?

— Euh… au *Belle-de-jour*.

Il a un sourire entendu.

— Ça ne devrait pas poser de problèmes. Beaucoup de juges auraient voulu y aller. Vous pourrez échanger votre place contre celle de quelqu'un d'autre. Pourquoi voulez-vous changer d'établissement ?

Je résume les récriminations de la patronne au sujet du guide touristique et je raconte mes mésaventures avec Félix et sa bande, de la même manière que je les ai déjà exposées à Castellan, en supprimant les détails qui concernent Jane et moi.

— C'est fâcheux, admet Bouhier avec une moue, mais je pense avoir la solution : un ex-lutteur, monsieur Grégoire, est juge dans une autre section. Il n'a peur de rien et il s'est plaint de ne pas être au *Belle-de-jour*. Je le préviendrai de ce qui l'attend s'il accepte l'échange, mais ça fera sûrement son affaire. Je vais communiquer avec lui et régler cette affaire-là au plus vite. Je contacte le responsable des logements, donnez-moi trente secondes.

Il prend un téléphone cellulaire dans la poche de son pantalon, discute avec un subalterne, raccroche, se tourne vers moi et conclut :

— On vous transmettra les résultats des démarches au *Belle-de-jour*, d'ici quelques heures. À mon avis, tout va s'arranger pour le mieux. Je dois vous prévenir : Grégoire est logé dans un hôtel du quartier bleu. C'est une zone où les gens s'assoupissent sans arrêt. Vous risquez de passer vos soirées à dormir, si vous habitez là. Monsieur Grégoire détestait le coin à cause de ça. Il veut profiter de sa présence en ville pour s'amuser…

Je lui assure que n'importe quel hôtel me conviendra mieux que le *Belle-de-jour*. Tant pis si je dors, ce n'est pas grave, et ça m'évitera au moins de faire de mauvaises rencontres. Si l'envie me prend de sortir ou de me coucher tard, je n'aurai qu'à prendre le métro et à me balader dans un autre quartier… en évitant le rouge et le vert !

Bouhier me serre la main, me salue, et je regagne le couloir. Je me rends au secrétariat, où une femme au visage sévère et aux cheveux gris très courts communique avec Castellan. Ce dernier viendra me chercher dans la salle d'attente 710.

J'y découvre plusieurs collègues qui discutent en feuilletant des revues. Je m'assois près de l'un d'eux, un homme au visage oblong dont les yeux peu assurés s'agitent derrière des lunettes aux verres ronds et petits. Il m'adresse un sourire gêné en me voyant arriver. Son interlocuteur, un bellâtre maigre et prétentieux, ne cesse de se vanter, sans laisser le temps à l'autre de placer un mot.

Comme il finit par m'irriter, je change de place et je parviens à me glisser dans une conversation animée au sujet de la validité de notre présence ici.

— On ne connaît rien à rien ! s'étonne un gros homme à barbe blanche. Pourquoi ils nous demandent ça ? Moi, je suis peintre, je ne me suis jamais intéressé à ces compétitions-là, mais ils m'ont offert une somme que je ne pouvais pas refuser. De quoi vivre pendant quatre ans sans m'inquiéter.

— On représente l'avis du public, répète une femme blonde dont le chapeau de cowboy masque les yeux en partie. Je trouve ça nécessaire, moi ! Pour une fois que le droit de parole n'est pas seulement accordé aux spécialistes.

La discussion se poursuit sans progresser, chacun demeurant sur ses positions. De temps en temps, l'un des juges se lève en voyant son chauffeur arriver. Nous sommes bientôt deux dans la salle : le bellâtre et moi. Il a voulu me parler, mais mes réponses évasives l'ont convaincu de se taire.

Castellan surgit après une éternité, un sourire navré sur les lèvres.

— Désolé, s'explique-t-il, j'ai reçu un coup de fil important au moment où je m'en allais.

Je lui emboîte le pas hors de la pièce, et nous regagnons le stationnement. De nouveau, il roule comme un fou. À un ou deux kilomètres de l'hôtel, je lui suggère de ralentir, voire de garer sa voiture à quelques coins de rue du *Belle-de-jour*. Nous pourrons vérifier si l'un des membres de la bande à Félix poursuit son observation sur le banc public.

L'idée séduit mon chauffeur. Il range son bolide près de la boutique de souvenirs où j'ai acheté le cadeau du gardien Klein, mardi avant-midi. Nous parcourons le reste du chemin à pied et, au moment où nous allons arriver en vue du banc, Castellan s'immobilise, à l'affût.

Il s'avance près du coin de la rue, tel un agent secret en mission, puis se précipite tout à coup en hurlant. Mauvaise tactique, bien sûr. Le garçon assis sur le banc le voit arriver et s'enfuit aussitôt. Il doit être doué pour la course à haute vitesse, ou alors il craint pour sa vie, car j'ai l'impression qu'il vole tant il court vite. Castellan le poursuit, et moi je cours derrière eux, en perdant du terrain au fur et à mesure qu'ils progressent. Le fuyard tourne à droite, au coin de la rue. Malheureusement pour Castellan, un gros camion surgit à ce moment-là et bloque le trottoir. Mon chauffeur a beau se précipiter vers la droite pour contourner le véhicule, ce délai donne une avance notable au fugitif… Par où est-il passé ? S'est-il caché dans un immeuble ? Derrière une voiture ? Dans une autre rue ? Impossible de le déterminer.

C'est de mauvaise humeur que Castellan revient bredouille, en maugréant.

— Ah ! le con ! Le sale petit con ! Si jamais je lui remets la main dessus, je… je…

Il ne trouve pas les mots tant le sort qu'il prévoit lui réserver est terrible. À moins qu'il ne manque d'imagination ? Nous rentrons dans l'hôtel. Monsieur « menton-sur-le-poing » nous accueille avec perplexité. Haletants, en sueur, décoiffés et moroses, nous offrons probablement un spectacle pittoresque. Je le salue quand même, et il me répond avec prudence. Il ne faudrait surtout pas contrarier deux énergumènes dans notre genre.

Une fois rendu dans ma chambre, le chauffeur s'assoit sur le lit et rumine de sombres pensées en fronçant les sourcils.

— On pourrait visiter le bar où t'as rencontré ces imbéciles, finit-il par suggérer. Le barman aurait intérêt à me dire où les trouver. Je lui parlerais, moi, à leur chef. Il arrêterait de vouloir jouer les durs. Quand on fout Castellan en rogne, on s'attire des problèmes. Ça s'appelait comment, cette brasserie ?

Je feins de ne pas me souvenir du nom. Castellan se lève, marche jusqu'à moi et me foudroie du regard.

— T'as peur qu'ils se vengent si je leur casse la gueule ? Laisse-moi te dire que l'envie de t'embêter leur passera. Quand Castellan règle un problème, c'est définitif.

Qu'a-t-il donc à émailler son discours de phrases qui débutent par « Quand Castellan… » ? On dirait un auteur de romans policiers de gare en quête du titre accrocheur : *Quand Castellan s'en mêle, les durs ramollissent; Quand Castellan dit adieu, c'est toujours avec son flingue ; Quand Castellan se lève du pied gauche, les truands changent de trottoir…*

Je tente de le raisonner :

— Ça te donnerait du travail inutile. On va me changer d'hôtel bientôt. J'en ai parlé à monsieur Bouhier, après la réunion. Je lui ai exposé la situation, et il va probablement me transférer dans le quartier bleu. Il m'a parlé d'un lutteur qui aurait voulu être logé au *Belle-de-jour*. Le type s'est plaint à l'Organisation à ce sujet-là, si j'ai bien compris.

— Le quartier bleu ? Mais, putain, tu vas te faire chier comme c'est pas possible ! s'insurge mon interlocuteur. Les gens passent leur temps à roupiller, là-bas. On se croirait dans un dortoir géant. C'est mort...

— Je me fous d'être logé dans le quartier bleu, tant que je suis tranquille, tu comprends ? Je ne veux plus avoir affaire à la bande de Félix. Je n'ai pas besoin de me venger, je veux juste qu'on me sacre la paix avec cette histoire-là.

Castellan se gratte la joue, perplexe.

— Qu'on te « sacre la paix » ? Qu'est-ce que tu veux dire ?

Il ignore le sens de cette expression québécoise, on dirait. Je la lui explique, et elle lui arrache un sourire. Les lèvres du chauffeur se plissent cependant assez vite dans l'autre sens : il vient de repenser à Félix, et il rêve d'en découdre. Il doit adorer se bagarrer, et peut-être n'en a-t-il pas eu l'occasion récemment.

— Pourquoi tu ne me donnes pas le nom de cette brasserie ? Ils n'auraient que ce qu'ils méritent.

— Non, parce...

Je m'interromps : on vient de frapper trois coups à la porte. Qui est-ce ? Une fille de l'hôtel ? Jane ? L'un des membres de la bande de

158

Félix ? J'espère que ce n'est pas le cas. J'imagine l'accueil que Castellan lui réserverait. Même Jane risque de passer un mauvais quart d'heure si elle ose se pointer ici.

Philippe pense sans doute la même chose que moi, car il me repousse vers le fond de la chambre, d'un revers de la main. Il s'avance à pas de velours, en plaçant son index devant ses lèvres pour m'ordonner de garder le silence. Il ouvre la porte d'un coup sec, prêt à bondir sur le nouvel arrivant.

C'est le réceptionniste. En découvrant la mine patibulaire de Castellan, il recule, effrayé. Le chauffeur le reconnaît aussitôt, mais ne change guère d'attitude, sans doute vexé de ne pas pouvoir se battre. Il l'interroge, hargneux :

— Qu'est-ce que vous voulez ?

— Je venais vous transmettre un message de la part de… euh… J'ai oublié son nom. Enfin, on m'a dit que « l'échange des hôtels » était approuvé, et que le monsieur qui prendra la place de… de… monsieur (il me pointe du doigt) arrivera dans quelques minutes. J'ai pris d'autres informations, mais j'ai oublié mon bloc-notes en bas. Même si c'est une erreur de ma part, ça ne change rien au fait que je suis un *bon* réceptionniste. Tout le monde a droit à l'erreur.

— Ah ! Bouhier a téléphoné, c'est ça ? reprend Philippe. Le gros Grégoire s'en vient ?

Il éclate de rire et dit à l'homme à lunettes :

— Vous avez intérêt à prévoir beaucoup de filles, parce que c'est un sacré numéro, Grégoire. Il lui en faut toujours au moins trois à la fois, et il est dur à la besogne. Je préfère vous avertir.

Peut-être le réceptionniste connaît-il déjà l'ex-lutteur, mais il s'abstient de commenter les propos de Castellan. Après tout, il doit respecter une certaine discrétion et il redoute l'attitude guerrière de mon chauffeur. Ce dernier le remercie et referme la porte derrière nous.

— Il ne te reste plus qu'à faire tes bagages et à te préparer pour aller faire un gros dodo dans le quartier bleu, dit-il en reniflant.

Indifférent à cette tentative d'humour sarcastique, je range mes affaires. Nous quittons ensuite la pièce, croisons une dominatrice accompagnée d'une soubrette à demi nue, et nous arrêtons devant le comptoir, afin d'obtenir les autres renseignements que le réceptionniste a notés.

— Voilà, lit-il en rajustant ses lunettes, monsieur Dalenko est relogé à L'hôtel *Bonséjour*, rue Léo-Taxil, quartier bleu.

— O.K., répond Castellan. Je sais à peu près c'est où. L'Organisation s'arrange avec vous pour le transfert de la facture, n'est-ce pas ?

— Oui, mais on doit rajouter un extra pour le guide touristique.

J'explique rapidement de quoi il s'agit à Philippe. Il éclate de rire et jette :

— C'est bien dans le style de cette vieille harpie : nous facturer un bouquin en train de se décomposer !

— En plus, je n'ai même pas pensé à le récupérer.

— Vous l'avez encore, ou elle l'a détruit ? demande Philippe au réceptionniste.

Celui-ci nous tend le livre. Quoi, elle l'avait replacé dans un tiroir ? Depuis combien de temps fait-elle le coup aux clients de son hôtel ? L'a-t-elle déjà fait payer à plusieurs naïfs ? Je décide de garder l'objet. L'Organisation doit payer, de toute manière. Au moins, cet argent ne sera pas dépensé en vain : il permettra aux prochains visiteurs du *Belle-dejour* d'avoir un guide touristique neuf… en supposant que madame Antonine en rachète un.

Je salue l'employé et gagne la sortie de l'hôtel. Personne n'a osé s'asseoir sur le banc public. La réaction de Castellan a-t-elle suffi à calmer les ardeurs de la bande de Félix ? Dans ce cas, j'aurais pu rester ici sans problèmes, mais changer de décor ne me nuira pas, et j'aurai au moins l'avantage de me sentir en sécurité.

Je monte dans la voiture du chauffeur, dis mentalement adieu au quartier vert. Le bolide démarre dans un grand bruit de moteur. Le conducteur adopte son attitude de vedette hollywoodienne en plein tournage d'un film d'action. Il adresse même un clin d'œil ridicule à une passante qui, pour une fois, n'a pas l'air de trop apprécier l'attention.

À quelques reprises, je crains que nous ne nous heurtions à une voiture stationnée, que nous ne frappions un passant, ou qu'un accident grave ne survienne. Heureusement, Castellan maîtrise la conduite automobile, ce qui nous permet, chaque fois, d'échapper au pire. Je pousse néanmoins un soupir de soulagement quand nous nous immobilisons devant l'hôtel, après un parcours d'une quinzaine de minutes.

L'hôtel *Bon-séjour* se distingue du *Belle-de-jour*. Le hall est plus vaste, et j'y croise quelques hommes d'affaires occupés, mallette à la main. L'endroit dispose même d'un petit restaurant sans prétention, mais dont le menu paraît assez diversifié pour me satisfaire. Une odeur d'encaustique et de détergent règne partout. Les miroirs et les autres surfaces, très propres, m'aveuglent presque. De grandes fenêtres éclairent ma chambre située au deuxième. L'endroit paraît bien insonorisé, et un moniteur TV m'égaiera peut-être si je m'ennuie.

Je remercie Castellan.

— Je passerai te chercher demain vers treize heures, pour le visionnement des bandes vidéo des années passées. Bouhier a dû t'en parler, je suppose.

Je serre la main du chauffeur et nous nous quittons là-dessus.

8 : L'impossible révolte du juge triste

Je suis couché sur la banquette d'un train et, au plafond, je vois se détacher un visage que ses dents cariées rendent peu invitant. Le visage prononce des phrases, mais je ne les comprends pas. Je crois qu'il parle des maladies contagieuses du XIXe siècle. J'entends des noms connus (variole, diphtérie, typhoïde), mais aussi d'autres termes bizarres (jablusion, vitriose, tablatine). Le bruit des rails couvre les paroles, et le train s'emballe, va de plus en plus vite…

Le visage s'adresse à moi, et ses paroles parviennent à couvrir le vacarme :

— Dalenko, ma vieille foi ! Ma vieille foi, Dalenko ! Décors sûrs, décors sûrs !

Le wagon tremble, tremble, je suis secoué, secoué de toutes parts, il va dérailler, il va… il va…

— Dalenko, réveille-toi !

J'ouvre les yeux. Castellan me secoue avec vigueur. Il s'interrompt en me voyant revenir à la conscience.

— Enfin ! s'exclame le chauffeur. Il était temps. Je te pensais dans les vapes à tout jamais. Saleté de quartier bleu ! Il ferait hiberner le pire des insomniaques. Heureusement que la réception m'a filé les clés, et que j'ai pensé à arriver plus tôt. Ton réveil n'a pas fonctionné ?

Je jette un coup d'œil à l'appareil en marche. Il indique midi, et la voix nasillarde d'un animateur donne des trucs pour séduire les femmes :

— Organisez un pique-nique, dit-il d'une voix faussement enjouée. Les femmes craquent pour ça. Quand elles voient un pique-niqueur solitaire, elle résistent rarement. Méfiez-vous des goules et des grands-mères borgnes, cependant. L'odeur des repas en plein air les attire souvent, et beaucoup de malheureux ont fini coincés entre deux pains géants, enduits de sauce…

— Un pique-nique, rigole Castellan. Qu'est-ce qu'il ne faut pas entendre comme conneries ! Et quoi d'autre ? Se déguiser en gnome et aller frapper à la porte des champignons ? Rien de plus facile que d'embarquer une bonne femme. Je n'ai jamais compris que ça paraisse si compliqué, pour certains. Pas vrai, Dalenko ? Mais tu n'as pas l'air porté sur la gaudriole, si je peux me permettre.

J'élude la question d'un geste agacé. Je m'habille, sous le regard de Philippe. Il doit me trouver assez décharné. Je sais comment les culturistes évaluent les autres : à la grosseur de leurs muscles… Dans le fond, son avis m'importe peu. Qu'il pense ce qu'il veut.

— J'ai le temps de prendre une douche ?

Il jette un coup d'œil à sa montre.

— Ouais. T'as de la chance que j'aie pensé à te réveiller plus tôt. Les prochaines fois, tu devras être prêt, parce que ça n'est pas dans mes fonctions de servir d'horloge aux gens.

J'ignore la remarque peu amène et m'enferme dans la salle de bains. Ça ne valait guère la peine de m'humilier en m'habillant devant le chauffeur pour enlever mes vêtements trente secondes plus tard ! Tant pis…

Une douche bouillante me détend en me réveillant encore plus. J'ai l'impression de sentir des lambeaux de rêve s'accrocher à mes pensées, qu'ils font dérailler en les rendant étranges et illogiques. Peu à peu, cependant, la raison reprend ses droits et, quand je regagne la chambre, je suis tout à fait alerte.

Castellan feuillette une revue dont la couverture ornée de femmes nues ne laisse guère d'ambiguïté quant à sa nature. Il lève la tête vers moi, ennuyé que j'interrompe sa… lecture.

— T'es prêt ? lâche-t-il.

— Oui. Je dois apporter quelque chose ?

— Non. Ils te fourniront le nécessaire là-bas.

Dans le couloir, au lieu de croiser des prostituées vêtues d'accoutrements excentriques, nous rencontrons des voyageurs fatigués et cernés, au visage blême, aux paupières lourdes.

— Bonjour la joie, grogne Castellan.

Il se mord la lèvre inférieure, comme s'il tentait à tout prix de retenir un commentaire disgracieux, puis, incapable de se contenir plus longtemps, il me regarde et lance :

— Je ne comprends pas pourquoi tu as changé d'hôtel. Merde ! Le *Belle-de-jour*, y a pas plus chouette, t'as de belles filles à portée de la main, le quartier vert est sympa. Tu le laisses à ce connard de Grégoire et tu viens t'enfermer ici, tout ça à cause d'une bande de voyous à deux balles. T'aurais dû me laisser régler leur compte : je serais allé leur payer une visite à la brasserie, moi ! Ils n'auraient pas frimé longtemps.

Je soupire. Nous avons déjà discuté de ce sujet la veille. À quoi bon y revenir ? Je m'abstiens de répondre. Mon silence semble choquer Castellan. Il monte dans sa voiture sans me regarder, et démarre encore plus vite qu'il n'en a l'habitude. Mon crâne heurte l'appuie-tête et le choc m'arrache une grimace. La journée commence mal !

Pour s'assurer de ne pas m'entendre parler, le chauffeur pousse la radio à fond, et je dois endurer les inepties d'un amateur surexcité, entrecoupées de chansons ridicules. Lorsque nous arrivons enfin dans le stationnement de l'Organisation, j'ai l'impression de sortir de prison après un séjour long et pénible.

Je claque la portière derrière moi sans même remercier Castellan. Sa journée de travail le calmera peut-être. Il manque de professionnalisme ! Qu'il laisse ses rancœurs personnelles au placard, qu'il aille se battre sur un ring, n'importe quoi, pourvu qu'il change d'attitude !

Je me rends au septième étage. Castellan ne m'a donné aucune instruction : je suppose que je dois rejoindre Bouhier et les autres dans la salle de conférence. En effet, je ne me trompe pas. Plusieurs d'entre eux sont déjà arrivés et installés. Je salue les collègues et le directeur. Quelques juges arrivent de temps en temps et, après une dizaine de minutes, Bouhier prend la parole :

— Bonjour à tous. Comme vous le savez, nous visionnerons aujourd'hui quelques bandes vidéo d'archives des années passées. Le but visé n'est pas de faire de vous des experts en compétitions olympiques. Vous avouerez qu'en une journée, ce serait exiger un exploit. Il s'agit plutôt de vous donner une idée du genre d'événements que vous noterez. Voir ces documents-là vous mettra dans le bain en vous préparant aux journées de la semaine prochaine. Rendez-vous dans la salle 700, au bout du couloir.

Il inscrit un message sur un tableau, à l'attention des retardataires, puis nous quittons la pièce. En chemin, je m'arrête pour glisser quelques pièces de monnaie dans une machine distributrice. Je n'ai pas mangé depuis hier et je commence à avoir faim. Je dois me contenter d'un sac de noix et d'un sandwich, mais ça fera l'affaire pour l'instant.

La salle de vidéoconférence est spacieuse et dotée d'un écran géant. Installés sur des chaises de bureau convenables, nous pouvons prendre des notes et quitter la pièce quand bon nous semblera.

— En fin d'après-midi, déclare Bouhier, vous pourrez assister à une visite guidée des installations olympiques, si l'idée vous plaît. Ce n'est pas obligatoire, mais j'ai pensé que cette initiative conviendrait à plusieurs d'entre vous. Sinon, on se reverra tous dimanche après-midi à treize heures trente, dans la salle de réunion, afin de préparer notre présence à l'inauguration des Jeux.

Il met le magnétoscope en marche et sort de la salle.

Quelques secondes plus tard, l'inscription suivante apparaît sur l'écran, en lettres blanches sur un carton noir : « *Dégustation d'acide. Épreuve de catégorie A+. Semi-finales* ».

Lui succède immédiatement l'image d'une table sur laquelle sont posées six verres remplis d'un liquide trouble. Derrière le meuble, j'aperçois des chaises, vides de tout occupant. Bientôt, six hommes d'un certain âge surgissent dans le cadre. Brodé sur leur survêtement de sport, un numéro les identifie. La voix *off* d'un commentateur commence à parler :

— Comme on le disait avant la pub, Marcel, la dégustation d'acide exige une préparation psychologique et physique intense.

— C'est vrai, Jean-Louis. Les finalistes que nous voyons en ce moment s'entraînent depuis des années. On doit d'ailleurs saluer leur courage, car plusieurs ne s'en tireront pas, mais le gagnant n'aura plus aucun souci jusqu'à sa mort. Tu imagines la valeur de son prix : une immense villa sur la Côte des poupées cassées ? Délicieuse perspective… La paix, la tranquillité, l'impunité totale. On peut y commettre tous les crimes sans être embêté par les lois. Ah ! ils ne s'ennuient pas, les athlètes qui habitent là.

— De quoi rendre n'importe qui envieux, Marcel. Présentons maintenant les candidats.

Gros plan : un homme aux yeux sombres essaie de sourire, dévoilant des dents irrégulières, presque trop grandes pour sa bouche.

— Dominique Descamps, reprend l'animateur. Il se prépare aux Jeux de cette année

171

depuis très longtemps. Sa grand-mère l'a élevé. La vieille folle passait son temps à foutre des abominations dans sa bouffe, quand il était gamin (rires). Ce qu'il a pu manger de choses dégueulasses, je ne te le dis même pas. Il paraît qu'elle suspendait un lapin mort au-dessus de son lit pour lui flanquer la trouille. Le gosse se réveillait en pleine nuit et hurlait à s'en écorcher les poumons, mais la vieille s'enfermait dans sa chambre et feignait de dormir ! Le lendemain, quand il se levait, il ne trouvait rien : la vieille avait enlevé la bestiole morte à son insu.

— Ça a fini par profiter au mec, en tout cas. Il remerciera peut-être mémé dans quelques heures. Sans elle, pas de villa sur la Côte, hein ? J'imagine les meurtres que ce taré-là commettra s'il gagne.

— À sa droite, Rémi Brocart. Un vieil endurci mangeur de clous. On prétend qu'il dilue sa bière avec de l'acide nitrique, quand il sort en boîte. Un type extrêmement fort dans son domaine. Il s'est déjà distingué dans différentes compétitions. Tu savais que sa langue était trouée ? Pas une femme n'en veut, malgré sa célébrité. Embrasser ce mec, c'est comme rouler une pelle à une passoire coupante.

— Il doit s'en balancer : s'il gagne, il sera plein aux as, et il pourra s'envoyer toutes les nanas qu'il voudra.

— Bien dit, Jean-Louis (rires).

La présentation des candidats continue dans ce style provocateur et de mauvais goût. Les commentateurs se moquent du troisième finaliste (un déficient intellectuel très résistant à la douleur), admirent le quatrième (un vieillard sénile qui crie « lumbago » de temps en temps), parlent peu du cinquième et commentent la vie du dernier :

— Un morceau spécial, celui-là. On dit qu'il pactiserait avec les puissances occultes pour gagner. Évidemment, ses détracteurs ont fait des tests pour le piéger, mais rien n'a été concluant. Soit il est exceptionnellement bien protégé, soit il est innocent. Pour être franc, ça m'emmerderait qu'il gagne. Je le trouve chiant. Et prétentieux, en plus. T'as vu l'entrevue qu'il a accordée la semaine dernière à notre collègue Piccioni ?

— C'est vrai. Le plus marrant, ce serait que l'attardé gagne !

Je sens un certain malaise monter en moi. Le détachement des animateurs ressemble à de la cruauté. Plaisantent-ils quand ils évoquent des criminels capables de se livrer à toutes les atrocités sans être punis, sur cette Côte des poupées cassées dont le seul nom me rend mal à l'aise ?

Autour de moi, dans la salle, les autres juges ne parlent pas. J'entends les mines de crayon courir sur le papier.

173

— La compétition commence ! s'écrie une voix *off*.

La caméra saisit l'ensemble des finalistes, dans un plan plus large. Chacun d'entre eux lève son verre et l'engloutit d'une traite. Deux secondes s'écoulent, puis l'objectif se braque sur le cinquième. Un trou est en train de se former dans sa gorge.

Les yeux du sportif s'agrandissent, envahis par la panique. Bientôt, un liquide trouble sort de la cavité, mêlé à du sang. La déchirure continue de s'agrandir, et le candidat se lève en hurlant. Il plaque ses mains sur sa gorge pour empêcher l'hémorragie, mais c'est déjà trop tard. Le sang et le liquide trouble ruissellent sur ses mains, incapables de couvrir le trou qui s'accroît, s'étendant à la poitrine, aux épaules… Des hommes armés surgissent dans le cadre et l'entraînent hors de la scène, afin qu'il ne nuise pas aux autres concurrents par ses mouvements désordonnés.

Le quatrième ne tient pas très longtemps, lui non plus… L'acide perce ses joues : il n'avait pas avalé le liquide. Celle de droite fond d'abord, suivie de celle de gauche, et la caméra montre le trou béant par lequel on voit la langue s'agiter dans la cavité buccale… cette langue en train de se désagréger. Toujours assis, le vieillard se griffe le visage en criant, ses mains tracent des sillons de plus en plus profonds, les doigts s'engouffrent dans l'orifice laissé par les joues décomposées, arrachant des pans de chair en lambeaux.

Le déficient intellectuel le regarde en hoquetant, agitant sa tête de droite à gauche de plus en plus rapidement. On dirait qu'il va succomber à une crise d'épilepsie, mais je me rends compte que sa tête menace de se détacher de ses épaules, sa tête qui ne tient plus que grâce à quelques tendons que je vois céder au fil de ses mouvements violents.

Je ferme les yeux. J'ai déjà vu des horreurs à Noireterre, mais je ne m'attendais pas à celle-là. Ils leur font boire de l'acide pour de vrai ? À cette idée, je sens mes doigts se glacer. Je ne vois pas comment je pourrai évaluer de telles… performances sportives. Ma poitrine se serre et de la bile remonte dans ma gorge. Un poing se referme dans mon estomac. Je ne vais pas me mettre à vomir par terre dans l'allée, n'est-ce pas ? Les participants à ces Jeux y vont de leur plein gré, en sachant à quoi ils s'exposent, non ? Personne n'est forcé… Ils ont voulu risquer leur vie dans l'espoir de gagner un prix…

Tu ne pourras rien changer de toute façon, chuchote une voix dans ma conscience. *Les événements que tu vois se sont déroulés dans le passé… Les victimes sont déjà mortes ; les gagnants s'en sont tirés. Peu importe que tu restes ou non, le résultat demeura le même.*

Mais rien ne justifie ce que je vois ! Et les Jeux olympiques à venir, eux, ne seront pas passés !

Et tu comptes faire quoi ? Saboter les Jeux ? C'est une entreprise impossible. Tu finirais lapidé sur la place publique. C'est comme si un Romain avait voulu s'opposer aux Jeux du Cirque !

Comment me soustraire à mon obligation de juge, alors ? Fuir la ville ? Pour aller où ? Je ne suis en sûreté nulle part, et qui sait ce qui me serait arrivé si j'étais tombé entre les mains de la bande de Félix ?

Je déploie tous mes efforts pour me ressaisir. Le silence pèse dans la salle, et j'ose jeter un regard sur l'écran. Les trois survivants nous adressent un sourire satisfait, dans lequel transparaît une certaine vanité.

— Eh ben ! mon pauvre Jean-Louis, ton souhait ne sera pas exaucé, ricane le commentateur. Le débile a perdu. Nous invitons notre public à revenir demain après-midi pour la grande finale qui exposera les survivants à un type d'acide très concentré et particulièrement nocif. Il pourrait n'y avoir aucun vainqueur, et nous désirons prévenir notre auditoire que les effets du produit risquent d'être spectaculaires. Si vous prenez votre pied en voyant les autres agoniser, ce sera le moment ou jamais de programmer vos magnétoscopes, car on vous promet de l'inédit et du saignant.

Des publicités suivent cette promesse inquiétante. Entre deux produits anodins, certaines firmes vantent des services affolants (notamment une entreprise d'« étiolement de gens âgés », aussi discrète qu'efficace. Leur slogan, « Pour anémier pépé », laisse présager le pire).

À côté de moi, un juge pâle a des haut-le-cœur. Je redoute des problèmes à venir, pour l'Organisation. Si c'est comme ça chaque fois, ça doit être compliqué. Seules des personnes très endurcies peuvent supporter un tel spectacle sans broncher.

Je me demande avec inquiétude à quoi ressemblera l'épreuve suivante : le patinage horrifique (épreuve de catégorie B).

On voit d'abord une patinoire vide. Deux femmes commentent l'événement en voix off :

— Pour cette épreuve de patinage libre, on exige une bonne dose d'originalité et d'efficacité. Pas d'élément imposé, mais il faut impressionner les juges. Le couple Rousseau/ Voillon entre en scène. C'est un duo exceptionnel, réputé pour la qualité de ses performances, mais on lui reproche parfois de favoriser la technique au détriment de l'émotion. Voyons ce qu'il en sera aujourd'hui.

Les patineurs, au visage inexpressif enduit de maquillage blanc, commencent par s'éloigner l'un de l'autre sur la glace, suivant une ligne droite. Ils bifurquent brusquement à 45 degrés, changent de direction, se croisent, changent de direction encore, empruntent une nouvelle trajectoire, se rapprochent, se croisent… Rien de nouveau, et je ne vois guère en quoi ce sport peut être horrifique. Cette idée ne me rassure pas, parce que je suis *certain* que la discipline mérite son nom et je m'attends au pire. Pourtant, rien ne se produit, pour l'instant. Rousseau et Voillon se déplacent, amorçant toujours ces virages saccadés dont je ne saisis pas la nécessité : aucune raison esthétique ne les justifie, et la composition ne me paraît pas très harmonieuse…

Tout à coup, une évidence me frappe : je me rends compte que les mouvements de chacun d'entre eux forment un triangle… et que ces deux triangles ressemblent à un pentacle inversé. J'ai à peine le temps de me faire cette réflexion qu'un visage de sorcière apparaît subitement, en très gros plan sur l'image, se surimposant aux sportifs. C'est une sorcière comme on se les représente souvent, âgée, ridée, édentée… Plus que son visage, ce qui me saisit, c'est la manière dont elle regarde l'objectif : avec une telle haine que je ne peux m'empêcher de reculer brusquement sur ma chaise, comme si elle allait sortir de l'écran pour venir me chercher et m'entraîner dans un univers de deuil et de douleur.

Les autres juges ont la même réaction, et tous laissent échapper un cri de stupéfaction. Les patineurs se mettent alors à tourner sur eux-mêmes à une vitesse ultrarapide, et leurs mouvements créent un tourbillon, une tornade dans laquelle la sorcière est prise. Elle commence à tournoyer elle aussi, sans jamais se départir de son expression haineuse, mais bientôt on ne distingue plus ses traits, seulement une image en rotation rapide. Un cratère se forme dans le sol, et la tornade s'y engouffre. Aussitôt, les patineurs la scellent d'un mouvement vif, en formant un cercle protecteur qui emprisonne l'apparition surgie à cause de leur évocation.

Les commentatrices se sont tues depuis un moment, estomaquées par l'audace et l'intensité du moment. La première reprend son souffle et, troublée, articule d'une voix tremblante :

— Eh bien !

Des applaudissements retentissent et des fleurs tombent sur la glace, entourant le couple de patineurs, qui sourit aux spectateurs. L'homme s'éloigne, prend une hache dans un coin de la patinoire, revient, et la plante au milieu du cercle. Une étincelle jaillit du manche de l'outil et s'envole vers le ciel.

— Ma foi ! C'est… imprévisible ! s'exclame l'autre commentatrice. On connaît les chorégraphies célèbres du duo, notamment leur « Massacre asymétrique » et le désormais célèbre « Double axel sur visage mutilé », mais rien ne nous permettait de prévoir…

— De s'attendre à un scénario… une chorégraphie occulte ! enchaîne sa collègue. J'en suis soufflée. Gaétan, c'est possible de passer une pub, histoire de visionner de nouveau ensuite ce… ce moment qui, je n'en doute pas, deviendra célèbre dans les annales du patinage horrifique ?

Des réclames suivent cette question. Je n'y prête guère attention, encore habité par l'image de la sorcière. Je m'aperçois qu'un tremblement incontrôlable agite mon bras droit. Je ferme les yeux, mais le visage de la sorcière s'impose à mon esprit. Me concentrant sur une publicité de foudre pour bébés, je prends de grandes respirations. Les battements de mon cœur ralentissent, reprennent un rythme régulier.

On rediffuse certaines parties de la chorégraphie Rousseau / Voillon, quelques passages au ralenti ; d'autres, sous différents angles. Je fermerai les yeux si la sorcière revient. C'est peut-être puéril, mais je sais que je supporterai mal de la revoir. Heureusement pour moi – et peut-être pour les mêmes raisons –, le visage édenté et malveillant ne réapparaît pas.

Les deux femmes parlent ensuite du pentacle, de l'idée géniale d'évoquer un esprit maléfique par le biais de formes ésotériques dessinées grâce à une chorégraphie.

— Tu te rends compte ? S'il y avait eu une erreur ? S'ils s'étaient trompés dans leur conjuration et n'avaient pas pu renvoyer la sorcière dans les limbes d'où elle venait ?

Selon les animatrices, ces considérations retardent le travail des juges. Ces derniers exigent un délai exceptionnel. Finalement, leur verdict tombe : les avis sont partagés. Certains estiment que la chorégraphie a mis en danger la vie du public et que, malgré son audace, le duo mérite une mauvaise note en raison de l'inconscience dont il a fait preuve.

D'autres chorégraphies s'ensuivent, mais aucune d'entre elles n'atteint l'intensité de celle que je viens de voir. Quelques moments perturbants me mettent cependant mal à l'aise (surtout la chorégraphie d'un couple en pleurs qui ne cesse de se donner des coups de couteau lorsque les patineurs passent à portée l'un de l'autre).

Quelques juges quittent la salle de projection vidéo. Perplexe, je reste assis pour le dressage d'icebergs possédés (une épreuve de catégorie B). L'événement se déroule dans une grande piscine glaciale. Debout sur un radeau instable, tel un draveur canadien des siècles passés, un homme vêtu d'un costume de dompteur tente de désenvoûter un iceberg dangereux.

181

L'objet possède une force vibratoire certaine. Juste à le regarder, on le sent habité par une puissance hostile... Pourtant, rien de moins effrayant qu'un gros morceau de glace aux arêtes tranchantes, non ? *Non...*

L'athlète finit par se jeter à l'eau et mourir noyé, vaincu par l'iceberg. Les juges, dépourvus de pitié, ne s'attardent qu'à l'aspect sportif de la compétition, sans s'émouvoir de ce décès. D'autres dresseurs succèdent au premier, mais aucun d'entre eux ne vient à bout de la grosse masse flottante. Le dernier finit par se jeter sur l'iceberg en hurlant, et une pointe de glace s'enfonce dans son orbite droite, en lui crevant l'œil.

C'en est trop. Je me lève et sors de la salle, imité par un juge blême. Dans le couloir, les néons lui donnent un air vert-de-gris.

— Encore une chance qu'on voie ces horreurs en noir et blanc, dit-il en s'appuyant sur le mur, le souffle court. J'aurais du mal à supporter ça en couleurs.

Je me lance :

— Tu ne penses pas qu'il y aurait un moyen d'interdire ces Jeux olympiques ? C'est... écœurant !

Il se raidit et regarde partout autour de lui, paniqué à l'idée que des caméras et des micros cachés aient pu surprendre mes paroles.

— Ne dis jamais des choses de ce genre-là ! As-tu envie de servir d'appât ou d'outil dans une compétition ? Les Jeux permettent de calmer le public. Ils servent d'exutoire à leur violence, à leur *bête intérieure*! Les sportifs participent de leur plein gré, personne ne les force.

Quand certaines disciplines nécessitent des victimes, on les choisit parmi les criminels. C'est à eux de se le tenir pour dit et de gagner leur vie honnêtement, s'ils ne veulent pas finir déchiquetés entre les griffes d'un monstre.

— Et aucun terroriste ou groupe de citoyens n'a tenté de s'opposer…?

Il pose sa main droite sur ma bouche, en un geste à la fois familier et angoissé.

— L'Organisation est partout ! s'écrie-t-il, soudain en sueur, les yeux fous. N'essaie *jamais* de t'opposer à elle. Jamais !

Il se détourne brusquement, comme s'il parlait à un lépreux capable de lui transmettre son infection.

Perplexe, je demeure quelques instants immobile dans le couloir. Le son du projecteur vidéo me provient, malgré la porte close. Des hurlements de femme et des rires traînants retentissent. Je ne regrette pas d'avoir quitté la salle. Qui sait quelles abominations se déroulent sur l'écran ?

Le battant pivote, laissant passer un autre juge dont les yeux fous indiquent sa frayeur. Sans même me regarder, il se laisse glisser le long d'un mur et sanglote.

Le cœur serré, je me dirige vers le secrétariat. Maudite Herminia ! À quoi a-t-elle donc pensé de m'envoyer ici ? Ce qu'elle présentait comme un cadeau, c'était une vengeance, non ? Ou alors la directrice de l'école est véritablement inconsciente, ou peu au courant des Jeux. Je préfère opter pour cette solution, mais rien ne me garantit l'innocence de Herminia.

Avec tout ça, je n'ai absolument pas envie de contacter Castellan. Endurer ses sarcasmes après ce que je viens de vivre, très peu pour moi.

Je prends l'ascenseur, me dirige au rez-de-chaussée et décide de prendre l'air, histoire de me débarrasser des tensions qui m'habitent et qui grandissent en moi. Dehors, il fait froid, et de gros nuages gris s'amassent dans le ciel. Le vent agite la cime des arbres dispersés çà et là.

Je n'aperçois personne dans le stationnement. J'aurais le goût de partir, de m'en aller au hasard, n'importe où, en me disant que rien ne sera pire que ces maudits Jeux… mais je ne parviens pas à m'en convaincre.

Il est préférable d'être du bon côté de la barrière, Alain, me chuchote ma conscience. *Tu ne risques rien en étant juge, non ? Tu veux quoi, au juste ? Organiser un putsch ? Une révolution ? Seul ? Sans alliés ? Aurais-tu le temps de saboter les Jeux cette année ?*

Non, bien sûr.

Ruminant ces pensées déprimantes, je marche le long de l'immense édifice et finis par en atteindre le bout. Je le longe sur le côté, maintenant. Je suppose, d'après ce que j'ai compris, que les installations olympiques se trouvent de l'autre côté. On a évoqué d'immenses terrains vagues, choisis et aménagés pour abriter l'événement.

Le visage de la sorcière ne cesse de s'imposer à mon esprit, comme si elle y avait laissé une marque ou une partie d'elle-même dès que je l'ai vue. C'est sans doute stupide de m'inquiéter ainsi, mais je ne peux rien contre cette impression pénible.

J'ai beaucoup de difficulté à m'imaginer assis sur un banc, feuilles d'évaluation à la main, en train de prendre des notes, de juger des... des « performances » de ce genre ! J'ignore si je serai capable de tenir le coup et, le cas échéant, de quelle manière l'Organisation réagira. Il faudra en glisser un mot à Castellan ou à Bouhier, dimanche. Mieux vaut prévoir que de me laisser prendre au dépourvu.

Je débouche enfin sur une grande aire bétonnée, séparée en différentes sections de grandeur inégale. J'aperçois des chapiteaux ici et là. C'est bizarre, et ces accessoires de fête foraine ne me disent rien qui vaille. Un peu partout, des estrades, plus traditionnelles, serviront sans doute à accueillir des visiteurs.

Plusieurs employés s'affairent à clouer, à peindre, à réparer… Une atmosphère étrange pèse sur l'endroit, un peu comme si le sol se crispait d'avance contre les événements qui auront lieu dans quelques jours.

J'observe les ouvriers pendant un moment. Leurs activités me vident l'esprit. Une querelle entre deux hommes musclés risque de s'envenimer, mais un collègue intervient et les sépare. Le tout s'achève dans un grand éclat de rire.

De voir ces scènes de la vie quotidienne m'aide à effacer ce que j'ai vu sur l'écran, ce qui m'a… oserais-je dire *souillé*? Pendant quelques secondes, l'image de la sorcière revient me hanter, mais je regarde les nuages et l'un d'eux, en forme de lapin bondissant, semble vouloir me dire que la beauté existe toujours.

Les mains dans les poches, je regagne le stationnement. Je pourrais prendre un taxi. Cette option m'éviterait de revoir Castellan. Tant pis pour la dépense, je n'ai pas besoin de tout cet argent de poche ! Je ne risque pas de dilapider des montants déraisonnables à Monochrome, puisque je passerai mes soirées à dormir. J'en aurai sans doute bien besoin après des journées épuisantes sur les plans physique et psychologique.

Cette idée me tourmente encore. Comment réagirai-je, si je n'ai pas la force morale nécessaire pour endurer les atrocités qui risquent de se dérouler sous mes yeux ? Comment supporter l'idée qu'un homme ou une femme se fasse massacrer devant moi sans que je puisse intervenir ? Peu importe qu'il soit criminel… C'est un homme, une femme, un semblable, après tout…

Je regagne le rez-de-chaussée, secoué par ces considérations. Un préposé à l'accueil me sourit. Très courtois, il se charge d'appeler un taxi pour moi. Je le remercie. J'ai l'impression que tout n'est pas perdu. Il lit une bande dessinée naïve, si j'en juge par la couverture et le titre : «*Amulette et le chat jaune*». On y voit une fillette ailée caresser un gros matou à l'air bonasse.

Peut-être que le contenu du livre n'a rien à voir avec la couverture, intervient la voix de ma conscience. *C'est peut-être atroce !*

Merci du réconfort ! J'ignore pourquoi nos pensées se retournent parfois contre nous et prennent un plaisir bizarre à nous tourmenter. Poussé encore plus loin, on appelle ça du masochisme.

Je me rends à l'extérieur de l'édifice, où je commence à attendre. Les nuages s'amusent à changer de formes dans le ciel. Lorsque l'un d'entre eux ressemble au visage de la sorcière, je m'efforce de l'ignorer. C'est un produit de mon imagination, n'est-ce pas ?

Le taxi surgit enfin, vieille bagnole déglinguée, rongée par la rouille. Je m'installe à droite du chauffeur chauve, qui porte d'énormes lunettes et se gratte sans cesse la joue droite. Dès qu'il démarre, il se met à parler sans arrêt. Distrait, je le laisse soliloquer en prononçant un « oui, oui » ou un « d'accord » de temps en temps. À la radio, un animateur déblatère contre un restaurant fantôme qui arnaque ses consommateurs en leur servant des aliments fictifs dénués de valeur nutritive.

— Ça vous amuse, de payer pour une illusion, même si elle a bon goût ? grince-t-il.

Le chauffeur saute sur l'occasion et s'empresse de *commenter le commentaire* déjà ennuyeux. Il s'interrompt subitement au milieu d'une phrase, se tourne vers moi et dit :

— Z'êtes pas du genre bavard, vous, hein ?

Sans me laisser le temps de répondre, il enchaîne :

— Remarquez, j'aime plutôt ça. Il m'arrive de prendre des clients qui monologuent sans jamais vouloir discuter. Avec eux, pas moyen de placer un mot. Ils nous parlent de n'importe quoi et, souvent, ils nous embêtent avec leurs opinions complètement idiotes.

Je ne peux m'empêcher de songer qu'il se décrit lui-même de manière très juste, sans même s'en apercevoir. Le reste du trajet est à l'avenant, et j'ai encore l'impression de l'entendre radoter dans ma tête plusieurs minutes après avoir acquitté le tarif de la course.

Je m'étends sur le lit de ma chambre d'hôtel, fatigué après les événements de la journée. J'aurais pu assister à la visite guidée des installations olympiques, mais à quoi bon ? Je les découvrirai dès lundi, et les voir à l'avance serait inutile. Après la projection, j'avais surtout envie de quitter ces lieux.

Une torpeur certaine m'envahit. Mes yeux se ferment. J'aurais dû y penser : c'est l'hôtel et le quartier bleu qui provoquent cette somnolence. À vrai dire, je n'ai rien contre l'idée de m'abîmer dans le sommeil et d'oublier mes problèmes.

Le visage de Florence apparaît dans mes pensées, mais celui de la sorcière s'y surimpose, et les deux femmes ne forment plus qu'une ennemie grimaçante, peu disposée en ma faveur. Ces images me flanquent le cafard. J'aurais le goût de dormir mille ans et d'émerger dans un nouveau monde, où ces histoires-là seraient finies et où je pourrais recommencer à neuf.

Il faudrait que je téléphone à Florence. Même si je n'ai plus tellement d'illusions quant à notre avenir commun, ma compagne (?) risque de s'inquiéter. Ne serait-ce que par la plus élémentaire considération envers elle, je devrais lui donner des nouvelles.

Elle s'en fiche, Alain, chuchote la voix de ma conscience.

Peut-être, en effet, mais qui sait si elle n'attend pas un coup de fil depuis plusieurs jours ? Je caresse un instant le projet de me lever, de marcher jusqu'au téléphone, de décrocher le combiné, mais je me sens si fatigué… J'irai dans quelques minutes. Juste le temps de me reposer un peu, de décanter ce que j'ai subi, d'accepter ce qui surviendra bientôt : les compétitions à juger, les horreurs à regarder sans pouvoir intervenir…

Mes membres sont lourds, si lourds que je m'étonne de ne pas m'enfoncer dans le matelas. Ai-je verrouillé la porte de ma chambre ? Je vérifierai tout à l'heure, quand je téléphonerai à Florence, quand…

9 : En route vers le banquet déconseillé

Avant, il y avait le néant. Maintenant, il y a la douleur. Je suppose que la création de l'humanité a dû ressembler à ça, mais pour l'heure, c'est moi qui encaisse et non le reste de la planète. À l'origine de mon *big-bang* personnel : Philippe Castellan, debout à côté du lit. Mal rasé, l'œil noir, une moue méprisante tirant ses lèvres vers le bas, il n'a pas l'air commode. Il s'apprête à me frapper encore et je le supplie d'arrêter, d'une voix éraillée.

Si je reconnais le chauffeur dès que j'ouvre les yeux, je suis au départ un peu confus. Où suis-je ? À l'hôtel *Belle-de-jour* ? Qu'est-ce qui se passe ? J'ai presque l'impression de sortir du coma.

— Vraiment, Dalenko, s'écrie-t-il, t'es ni marrant ni fiable ! Je t'avais dis que je ne jouerais pas les nourrices ni les réveils sur pattes, et tu te prends encore pour une diva. Tu devrais être prêt depuis longtemps. Tu dors depuis quand, comme ça ? À te voir,

191

quand je suis arrivé, on aurait cru que tu hibernais. J'ai dû employer la méthode forte pour te réveiller.

Que raconte-t-il là ?

Le passé récent me revient à la mémoire : je me suis assoupi vendredi dernier, en revenant de la projection. Pourquoi vient-il me déranger le samedi ? Ne devait-on pas se revoir deux jours plus tard ?

Je bredouille :

— Mais qu'est-ce que tu fais ici aujourd'hui ? Bouhier avait dit que nous étions libres jusqu'à dimanche.

— Mais on *est* dimanche, soupire le colosse en levant les yeux au ciel. Tu commences à m'énerver, mec.

Quoi ? J'ai dormi deux jours ! Je m'en étonne à haute voix, et le chauffeur s'impatiente.

— Évidemment. T'es dans un hôtel soporifique du quartier bleu. À quoi tu t'attends ? En plus, comme un imbécile, t'avais laissé ta porte déverrouillée, vendredi. N'importe quel bandit aurait pu entrer et te faire les poches. T'aurais pas été fier de toi, hein ?

Demande à Bouhier de te changer d'hôtel. Je te trouve bête de ne pas profiter de ton séjour à Monochrome. Aller dans une ville étrangère et passer son séjour à ronfler dans une chambre, t'admettras que ça ne signale pas une personnalité très intéressante.

Sans répondre, je me lève. Je suis courbaturé, ayant trop longtemps gardé la même
position. Mes premiers pas sont mal assurés.

— J'ai le temps de prendre une douche ?

Il grimace.

— T'es chanceux de me connaître, mec.
J'étais sûr d'être obligé de te réveiller. Je suis
arrivé plus tôt. Sans moi, t'aurais eu l'air
ridicule devant Bouhier.

Je le remercie et grogne :

— Mais le gros lutteur, celui qui m'a rem-
placé au *Belle-de-jour*, Il ne dormait pas quand
il logeait ici ?

— Bien sûr que si, mais il est allé se plaindre à la réception. Ils lui ont envoyé une jolie
soubrette, obligée de le réveiller chaque jour.
Ça a failli dégénérer à quelques reprises. Il
se jetait sur la fille en voulant la trousser. Tu
devines le soulagement de l'administration
quand tu as pris la place de ce gros connard
de Grégoire. M'enfin, depuis vendredi, entre
lui et toi, je ne sais plus lequel je préfère.

Qu'est-ce qu'il a donc à me traiter de cette
manière ? Un réveil de ce genre commence
mal une journée. Je passe une main dans mes
cheveux en broussaille et lui demande :

— Est-ce que je t'ai fait quelque chose ?
On dirait que tu m'en veux ?

— T'as la mémoire courte, répond-il, vexé.
Vendredi dernier, je t'ai attendu pendant des
heures. Sans nouvelles de toi, je me demandais

où tu étais, ce que tu pouvais glander dans les environs, quand j'ai eu la brillante idée d'appeler à l'hôtel, me disant que tu étais peut-être rentré là-bas par tes propres moyens. Ils ont téléphoné à ta chambre, mais, bien sûr, tu dormais tellement dur que la sonnerie ne t'a pas réveillé. J'ai dû insister pour qu'ils envoient l'un de leurs types vérifier. Tu étais là, évidemment. Monsieur avait préféré revenir chez lui à pied, en taxi, en bus, en métro ou je ne sais quoi. Eh ben ! j'ai perdu mon temps, moi, à cause de ça ! Je me tournais les pouces dans mon bureau… T'aurais pu me prévenir !

Ne me refais jamais ce coup-là, ou je me plains à Bouhier. Je ne suis pas du genre mouchard, mais tu me dois quand même un respect minimal…

Sans répondre, je referme la porte de la salle de bains derrière moi. Il a sans doute raison. Cependant, j'aurais dû lui rappeler son comportement de vendredi, mais je suis encore un peu dans les vapes, et mon esprit n'est pas aussi alerte qu'il le serait normalement.

Encore une fois, la douche produit un effet bénéfique. J'ai tant dormi que je serai très en forme pour les heures à venir.

Je m'habille et je sors de la salle de bains.

Je quitte l'hôtel en compagnie du chauffeur. Comme d'habitude, il se pense sur une piste de course. Rien de nouveau. Je commence même à m'habituer à son style de conduite. Je suis moins secoué qu'auparavant lorsque nous nous arrêtons dans le stationnement.

— Appelle-moi quand t'auras besoin que je te raccompagne à ton hôtel, laisse tomber Castellan. Si tu veux retourner là-bas d'une autre manière, libre à toi, mais préviens-moi.

J'acquiesce.

L'ascenseur me conduit au septième étage, dans la salle de réunion que je connais bien, maintenant. Bouhier m'y accueille avec son sourire que je commence à trouver un peu convenu. Quelques minutes s'écoulent avant que tous les juges soient présents. La réunion commence enfin. Les instructions du directeur sont brèves :

— On vous remettra vos habits de cérémonie dans la salle 700. Vous suivrez la procession filmée en faisant bonne figure. Quand elle sera terminée, un gros banquet suivra. Même si c'est tentant, je vous déconseille de trop boire et manger. Vous risqueriez d'être malades le lendemain, et aucune absence ne sera tolérée.

En acceptant d'être juges ici, vous avez donné votre parole, et on ne prend pas ce type d'engagement à la légère. L'Organisation des Jeux est très sérieuse, et vous connaissez le sort de ceux qui trahissent leur parole, n'est-ce pas ?

Le bellâtre maigre et prétentieux qui m'embêtait l'autre jour lève la main.

— Qu'est-ce qui leur arrive ?

— Les contrevenants sont châtiés. Ils servent aux jeux. On a toujours besoin de victimes, d'instruments humains, dans ces compétitions-là. Si vous n'avez pas envie de finir vos jours de cette façon, assurez-vous d'être *toujours* présents aux heures et aux endroits désignés sur votre horaire.

Les Jeux comptent beaucoup pour la population de Monochrome et des autres villes ; on ne peut pas se permettre d'abandonner, ou de bâcler notre travail. À présent, rendez-vous dans la salle 700 pour vous changer et entendre les autres instructions.

Le discours du directeur m'a refroidi. Devrais-je lui parler de mes appréhensions ? Je n'en suis plus certain. L'Organisation peut-elle condamner à mort un homme dont l'unique crime est de ne pas pouvoir supporter la vue d'êtres humains torturés ou tués ?

Si on t'expose à une compétition horrible, il te suffira de fermer les yeux et d'attribuer une note au hasard, souffle ma conscience. *Après tout, peu t'importe de noter ces compétitions démentes à leur « juste valeur ». Remplis ton mandat de ton mieux, et arrange-toi pour échapper au reste…*

Je me tairai donc. Les juges commencent à sortir de la salle de réunion, se dirigeant vers le local 700. Je m'apprête à les imiter, lorsque Bouhier me croise et me salue en me disant :

— Bonjour, monsieur Dalenko. Vous n'avez pas l'air dans votre assiette, ce matin. Ça va ? Vous avez des questions ?

Nous sommes maintenant seuls dans la pièce. Renonçant subitement à ma résolution, je me lance :

— Je ne sais pas comment vous dire ça, mais quand j'ai vu les projections vendredi, je me suis senti mal. Je me demande ce qui arrive quand un juge n'est pas capable de faire son travail, s'il… s'il s'évanouit pendant une compétition, par exemple !

Le directeur me regarde d'un drôle d'air. J'aurais dû me taire. Maintenant, il m'a repéré, je suis sorti du lot, et pas de la meilleure façon : en posant une question stupide, qui me désigne comme un déserteur potentiel. Bouhier m'étonne toutefois en répondant :

— Je vous remercie de m'accorder votre confiance. Je ne pense pas souvent à cet aspect de la question, car ces compétitions ne me font plus rien depuis longtemps. J'en ai trop vu, mais ce n'est pas le cas de tout le monde. Au cours des compétitions passées, certains juges ont parfois éprouvé des difficultés, vous vous en doutez. Dans ces cas-là, on ne peut pas faire grand-chose. Il faut se surpasser, apprendre à se blinder contre ce que vous voyez.

Je n'ai jamais vu de juge s'évanouir. J'en ai vu vomir, être malades, mais perdre connaissance, non ! On les excuse pour quelques minutes, mais ils doivent revenir au travail dès que le médecin les estime aptes à poursuivre leurs fonctions.

Si c'est votre cas, c'est le seul soutien dont vous disposerez. J'aimerais vous donner une réponse plus encourageante, mais c'est impossible. Et, puisque vous m'êtes sympathique, je préfère vous aviser de ne jamais tenter de vous soustraire à votre mandat. Je l'ai dit voilà quelques minutes et je le répète : la désertion est considérée comme un acte criminel grave.

Ébranlé, je remercie néanmoins Bouhier de sa franchise. Je saurai à quoi m'en tenir : il faudra me plier aux exigences de cet emploi, quitte à avoir des cauchemars pour le restant de mes nuits. Ce sera toujours préférable à finir torturé sur la place publique.

L'idée de m'enfuir ou de me rebeller passe furtivement dans mes pensées, mais je l'écarte : tout me porte à croire que l'Organisation est si efficace que s'y opposer ou vouloir fuir n'entraînerait que des malheurs.

Mortifié par ce constat, je passe dans le local 700. Quelques juges sont déjà habillés : ils portent un complet noir, avec un sigle des Jeux épinglé au-dessus de la poche droite. Un homme à moustache blanche me tend le mien après avoir pris mes mesures.

Quand Bouhier arrive auprès de nous, nous sommes tous vêtus et prêts.

— Parfait, déclare-t-il. Allons au cinquième étage pour les photos de presse. Les journalistes recueilleront votre opinion. Je compte sur vous pour donner une bonne image médiatique de l'événement ! Il est interdit de dire quoi que ce soit contre les Jeux. Vous devez persuader le public de votre enthousiasme.

Il me fixe soudain dans les yeux, comme si ce qu'il s'apprêtait à dire s'adressait à moi en particulier :

— Nous punirons tout propos émis contre les Jeux ou l'Organisation. Mentez, s'il le faut ! Si un journaliste prétend que vous manquez d'entrain, répondez que vous êtes fatigué parce que vous travaillez beaucoup, mais assurez-le de l'immense plaisir que vous aurez à remplir vos fonctions. Après la conférence de presse, vous aurez deux heures pour manger. Nous nous retrouverons à la salle de réunion à dix-huit heures pile. Aucun retard ne sera toléré.

Nous nous mettrons ensuite en route pour l'inauguration, qui durera jusqu'à vingt et une heures. Une fois la cérémonie terminée, vous serez libres jusqu'à demain matin. Pour le reste, consultez votre horaire afin de savoir à quelle heure arriver ici lundi, et à quel endroit. Chacun de vos chauffeurs connaît le terrain et saura où vous conduire. À présent, suivez-moi.

Nous empruntons l'ascenseur. Dans la cabine, les attitudes des juges varient. Certains rient très fort et affichent leur bonheur de manière ostensible – à moins qu'ils ne veuillent donner le change. D'autres ont des mines sombres et abattues. Je dois me situer plus près de ce clan-là que du premier.

Une horde de journalistes nous attend dans une grande salle. On nous fait monter sur une estrade. Une interminable séance de photos commence alors. Au début, plusieurs s'en amusent, mais l'activité devient vite lassante. Pourtant, rien n'indique qu'elle va s'achever sous peu. Des photographes de divers journaux se succèdent, des *cameramen* enregistrent l'événement, des dessinateurs s'attardent même à reproduire la scène !

Pour échapper à l'ennui, je laisse mes pensées dériver. Je songe à Florence. Je dois absolument lui téléphoner dès mon retour à l'hôtel, ce soir. Je m'informerai à la réception afin de savoir s'il existe un moyen de ne pas s'endormir. Peut-être vendent-ils du café ou d'autres produits aux vertus stimulantes.

De Florence, je passe bientôt à Jane dont je revois en pensée le corps délié et lisse. Dommage que je ne garde pas un souvenir très clair de cette nuit-là. J'aurais envie de voyager dans mon passé pour remplacer le moment que je suis en train de vivre par les heures vécues auprès de la punkette.

Je suis encore abîmé dans ces pensées lorsque la séance de photos s'achève. On installe une table, dix chaises, dix micros, dix verres d'eau. Chacun de nous s'assoit. Placé devant nous, un carton d'identification précise notre nom en grosses lettres, à l'attention des intervieweurs.

Les questions commencent à pleuvoir, précédées du nom du juge. La langue de bois règne en maître, et les reporters tâchent de nous déstabiliser, de poser des questions qui susciteront autre chose que des commentaires insipides. Jusqu'à maintenant, on ne m'a interrogé que deux fois, mais, à chaque reprise, mon cœur a manqué un battement quand j'ai entendu mon nom. Je redoute qu'on réussisse à me rendre nerveux, à m'arracher la vérité malgré moi.

— Monsieur Dalenko, intervient un journaliste, vous semblez perdu dans vos pensées. Pourquoi ?

— J'écoute les réponses de mes collègues.

— Les blagues de votre précédent confrère ne vous ont pas fait rire, pourtant. Vous êtes le seul qui n'avez pas bougé… comme si vous étiez distrait, ainsi que je viens de le faire remarquer.

— Absolument pas.

— Pourquoi n'avez-vous pas ri, alors ? Vous n'aimez pas l'humour des autres juges ?

Cet interrogatoire commence à m'angoisser. Le journaliste tente d'entraîner la discussion sur un terrain personnel, probablement pour mieux m'attaquer. J'ignore quoi répliquer. Je proteste sans conviction :

— Ce n'est pas cela.

— C'est quoi, alors ? Quand on trouve une blague amusante, on rit.

Une idée subite s'impose à mon esprit et me permet de me tirer de l'impasse :

— Je m'entraîne à dominer mes émotions, monsieur. Vous savez comme moi que les juges ne doivent pas se laisser influencer par l'apparence d'un candidat, ni par les circonstances qui entourent sa performance. Depuis plusieurs jours, je m'exerce à faire fi des interférences, à demeurer imperturbable et objectif.

Jugeant le sujet clos, un autre reporter s'adresse à l'un des juges sans plus attendre.

Au fil des minutes, mon dos se couvre de sueur. Ma chemise se colle à ma peau moite. Épuisé par la concentration dont je dois faire preuve afin de ne pas me laisser prendre au dépourvu, je sens mon front se glacer peu à peu. Le temps file cependant beaucoup plus vite que lors de la séance de photos, et c'est avec soulagement que je vois Bouhier monter sur l'estrade, prendre un micro et annoncer la fin de la conférence de presse. Les journalistes protestent, se bousculent, tentent d'intervenir, mais des gardes du corps les repoussent dans le couloir.

Lorsqu'ils sont tous partis, Bouhier nous regarde. Se déclarant content de nous, il quitte la salle.

J'ai pris un repas léger en compagnie de quelques collègues. Certains partagent mes inquiétudes : la projection vidéo n'a pas été de tout repos. Le bellâtre maigre et insupportable affirme cependant qu'il ne comprend pas notre attitude, que les compétitions sont drôles, divertissantes.

— Pourquoi se soucier du sort des athlètes ? Ils n'ont qu'à rester chez eux s'ils ne veulent courir aucun risque. Quant aux autres, les criminels qui sont sacrifiés, ce sont les éléments corrompus de la société, des bons à rien qui méritent leur sort.

Il passe son temps à se vanter, à couper la parole aux autres convives ou à se moquer d'eux, à interrompre leurs commentaires par des jeux de mots ridicules.

Lorsque vient le moment de regagner le septième étage, j'aurais envie de l'attacher à la table pour qu'il arrête de nous embêter. J'imagine que je pourrai m'éloigner de lui pendant la cérémonie d'inauguration.

Dans la salle de réunion, personne n'ose arriver après dix-huit heures. Les menaces de Bouhier ont porté fruit. Notre groupe suit le directeur jusqu'au rez-de-chaussée. Devant l'entrée, un autobus nous attend. Nous y montons, et le véhicule nous conduit à quelques kilomètres de là.

Nous arrivons dans une rue où un grand nombre de badauds s'entasse déjà. De nombreuses voitures tentent de se frayer un passage parmi la foule. Des policiers armés veillent devant des barrières de sécurité. Une excitation palpable plane dans l'air, et il suffirait sans doute d'un rien pour électriser la foule et provoquer une émeute. L'autobus gravit une pente accentuée, au sommet de laquelle se trouve un vaste plateau bétonné. Bon nombre d'officiels des Jeux s'y tiennent déjà. Des journalistes prennent des photos et interrogent quelques personnages de marque.

Nous descendons de l'autobus et suivons Bouhier. Il nous entraîne à l'écart. Pointant diverses personnes du doigt, il nous explique :

— Le gros roux à l'air renfrogné, c'est le maire ; à côté de lui, le nain bizarre qui passe son temps à rire, c'est l'athlète Pierre Ortolani. Vous voyez ce journaliste, un peu plus loin ? Le type qu'il interroge est un membre du sénat passionné par les Jeux, un dénommé Franz Reuter.

Il continue son énumération, perdant bientôt l'intérêt de plusieurs juges. À quoi bon chercher à retenir ces noms et ces visages ? Ces informations ne revêtent aucune utilité pour nous.

Sans écouter plus longtemps le directeur, je laisse mon regard dériver dans la foule, observant les journalistes gesticulants, les athlètes dont la posture révèle la fierté, le nain qui cabotine auprès d'une starlette au sourire exagéré.

J'aperçois tout à coup une silhouette se détacher de la masse. Je vois son visage une demi-seconde, avant que l'homme ne se détourne, mais durant ce bref intervalle, j'ai cru le reconnaître.

Je pense un instant à m'élancer vers le personnage en question, puis je renonce à mon projet. C'est inutile, je dois faire erreur. J'ai été victime d'une illusion. Qu'est-ce qu'Édouard Leroux viendrait faire ici ? Cet homme que j'ai connu à l'école de Noireterre a obtenu un poste à la Maison Blême voilà deux ans, et je n'ai jamais plus entendu parler de lui depuis. Rien ne motiverait sa présence aux Jeux olympiques…

Pourtant, l'inconnu entraperçu lui ressemblait beaucoup : mêmes cheveux poivre et sel, mêmes traits secs et volontaires, haute taille similaire, expression faciale identique. Je garde un souvenir désagréable de cet enseignant qui me traitait comme le dernier des derniers. Pourquoi irais-je le voir ? Nous n'avons rien à nous dire, et j'imagine l'accueil qu'il me réserverait : soit de la politesse ennuyée, soit quelque répartie assassine. De toute manière, j'ai dû me tromper.

L'un des juges s'approche de moi : c'est l'homme au visage oblong qui discutait avec le bellâtre, l'autre jour, dans la salle d'attente. Ses yeux peu assurés s'agitent toujours derrière des lunettes aux verres ronds et petits.

— Je n'aurais jamais dû accepter cet emploi, dit-il en regardant ses souliers.

Il se lance dans un long monologue, décrivant son enfance malheureuse. Se présentant comme un pacifiste, il prétend n'avoir jamais cessé d'être confronté à la violence sous différentes formes. Il redoute l'horreur intensive que lui réserve la semaine à venir.

— Quand on voit trop d'atrocités, chuchote-t-il, ça nous gruge le cerveau… Ça s'imprime dans notre tête. Ça ressemble à du feu qui brûlerait un chiffon plein d'essence. Je suis trop fragile.

Il se tait soudain, car le bellâtre maigre s'approche de nous, un large sourire sur les lèvres. Excellent candidat pour une publicité de dentifrice. Si je rencontre un dentiste à Monochrome, je lui en glisserai un mot. Le nouvel arrivant prétend que les femmes le regardent et qu'il se sent d'attaque ce soir.

— Les chéries n'ont qu'à bien se tenir, dit-il.

J'ai presque envie d'ajouter : « Quand Castellan s'en mêle, les mignonnes se fêlent », mais je me tais.

Provenant de gros haut-parleurs disposés partout autour de nous, une voix nous épargne la suite des vantardises du bellâtre, en couvrant ses paroles.

— Bienvenue à l'inauguration de l'édition 2005 des Jeux olympiques des monstres. À Monochrome, nous avons toujours préféré l'action aux paroles, aussi éviterons-nous tout discours ennuyeux. L'important, c'est que nous sommes fiers d'accueillir l'événement cette année. Nous souhaitons qu'il vous plaise autant qu'il nous ravira…

Voilà déjà assez de paroles : ainsi que le veut la tradition, place à la procession ! Mettons-nous en marche vers le terrain où se tiendront les Jeux et le banquet d'honneur de ce soir.

Les officiels se placent en une longue file. En avant, des athlètes musclés tiennent un flambeau à l'effigie d'une momie mécontente. Le cortège s'ébranle. Les médias nous suivent, caméras ou micros en main, interrogeant parfois les marcheurs.

Nous avançons lentement, et nul doute que nous ne sommes pas près d'arriver au terrain. Tant mieux, car un peu d'exercice, même bénin, ne me nuira pas. Depuis mon arrivée ici, j'ai beaucoup dormi, j'ai assisté à des conférences, à des projections : rien de très physique. Je respire l'air frais autour de moi, en fermant les yeux pour mieux m'emplir de cette sensation.

De temps à autre, le nain sort de la file, gambade, saute dans les airs, grimace, sous l'œil amusé des badauds, tenus en respect par les gardes armés placés devant les barrières de sécurité. Les autorités interviennent avec une vigueur étonnante quand un fêtard franchit la zone réservée au public. Les matraques s'abattent sans ménagement, et le sang coule parfois, sous les yeux indifférents des hommes et des femmes amassés là.

À quelques mètres de moi, Bouhier converse avec le sénateur dont il nous avait parlé. Le ciel se couvre, et l'air devient frisquet. Quel temps ! Je ne me rappelle pas avoir connu un mois de juin aussi froid quand j'habitais au Québec.

En se dissimulant de leur mieux, certaines personnes se réchauffent d'ailleurs en buvant des gorgées à même des flasques cachées dans leurs vêtements. Les joues et les nez rouges révèlent que je ne suis pas le seul à frissonner. Le vent ébouriffe les cheveux des personnes présentes, et les femmes se recoiffent de leur mieux.

Le bellâtre continue de parler au pacifiste à lunettes. Ce dernier l'écoute sans protester. En observant les gestes et les mimiques du grand prétentieux, on comprend qu'il se moque de son auditeur.

Je bavarde un moment avec le peintre barbu choisi pour être juge. Avec une certaine philosophie, il évoque son destin sans se prendre au sérieux. Je lui demande :

— Ça ne vous effraie pas, vous, la perspective de voir des hommes et des femmes mourir devant vos yeux ?

— Bien sûr que si, avoue-t-il, mais je ne pouvais pas refuser la chance qu'on m'offrait. Obtenir assez d'argent pour consacrer les prochaines années de ma vie à la peinture, vous y pensez ? Si j'avais refusé la proposition, j'aurais dû exercer une foule de petits boulots minables que je déteste… Mes employeurs finissent par me renvoyer.

Je survis en donnant des cours ici et là, mais si vous voyiez mes élèves, vous seriez découragé. Ils ne veulent faire aucun effort et ils se permettent de me traiter de manière ignoble, sous prétexte qu'ils me paient.

Vous savez que j'ai déjà travaillé pour un peintre célèbre ? Je ne dirai pas son nom, mais j'exécutais des toiles qu'il signait et qu'il vendait très cher à un public de bourgeois. Accepter d'être juge me permet d'échapper à tout ça, et, si je ne fais pas le boulot, un autre le fera à ma place, alors j'ai décidé de ne pas m'encombrer de problèmes moraux.

Nous devons nous arrêter pour assister à un bref spectacle de danse donné par une troupe de femmes très minces aux longs cheveux noirs.

— Ce sont des sorcières, chuchote quelqu'un devant moi.

Sorcières véritables ou non, elles dansent avec des balais et portent des chapeaux pointus qu'elles parviennent à ne jamais perdre, malgré leurs mouvements brusques. Leur chorégraphie, curieusement tribale, n'est pas dépourvue de connotations sexuelles, et je vois le désir allumer les prunelles de certains hommes.

Le bellâtre tente d'attirer l'attention des femmes, sans y parvenir. Il prétend cependant le contraire en ricanant.

— Elle m'a vu ! ment-il en donnant un coup de coude au pacifiste. Je te le dis, ce soir, je m'en occupe. J'en prendrai deux en même temps.

Le reste de la procession se déroule sans événements notables. Je bavarde avec des juges et d'autres participants aux Jeux sans apprendre rien d'important.

Lorsque nous arrivons dans le stationnement, certains officiels paraissent essoufflés. Les médias doivent capter des images amusantes, commentaires ironiques à la clé : il faut voir ces bonshommes en mauvaise forme physique défiler pour souligner un événement consacré au sport !

Nous longeons le côté de l'édifice, comme je l'ai fait vendredi dernier. Au bout de quelques minutes, nous atteignons le vaste terrain où la plupart des Jeux se tiendront.

Quatre immenses tables ont été dressées, circonscrivant chaque extrémité du terrain. Des serveurs en tenue de soirée nous attendent, un sourire artificiel figé sur leur visage. En les observant, on distingue une sorte de frayeur dans leur regard. Accommoder tout ce monde ne sera pas simple. Des fourgonnettes se chargent du ravitaillement, faisant la navette entre les tables et le bout du terrain. Des camions s'y entassent, remplis de vivres.

Bientôt, les officiels assiègent les tables. Des agents de sécurité circulent parmi nous, vérifiant du regard si nous portons un badge d'identification. Le grand public n'est pas convié à ce banquet réservé aux membres des Jeux.

Les premiers verres d'alcool disparaissent, vite bus et remplis par les serveurs. Les rires s'intensifient, les visages deviennent plus rouges, on se permet quelques incorrections ou des plaisanteries grivoises. Les hommes tournent autour des femmes ; ces dernières les encouragent ou les repoussent d'un air excédé. L'objectif des caméras enregistre les images. Plus tard, des monteurs en extrairont sans doute les moments plus juteux et présenteront ces scènes choisies comme « la réalité ».

Sur une estrade dressée pour l'occasion, un groupe joue une musique étrange et lancinante. Ils emploient des instruments bizarres, dont un soufflet de forge et une antenne semblable à celle d'une radio, qu'un gaillard chauve utilise en la frottant avec ses doigts, de haut en bas.

Je jette un regard à ma montre. Presque vingt et une heures. L'atmosphère festive de l'endroit se communique à moi, et j'aurais envie de boire. Cependant, à cause de la nature imprévisible de ces boissons, je serai peut-être incapable de m'arrêter après un verre, et le résultat serait trop dangereux pour que je puisse me permettre cette imprudence. Je ne veux pas finir mes jours au milieu d'une arène, poursuivi par des monstres !

La meilleure manière d'y échapper est sans doute de m'éclipser. Je salue les collègues, dont certains me regardent partir avec mépris. Le bellâtre lance même :

— T'as peur d'être malade demain ? Tant mieux, ça me fera plus de filles. Quoique tu n'en aurais peut-être même pas emballé une.

Quel imbécile ! Je l'ignore et poursuis mon chemin. Je longe l'édifice, et la musique décroît. Dans le stationnement, des badauds s'entassent, tenus en respect par des gardes.

J'entre dans l'édifice. Le réceptionniste que j'y ai vu vendredi lit toujours une bande dessinée, intitulée cette fois-ci «*Haro sur le moustique !*» La couverture représente un insecte attaché sur le dos d'un loup aux pattes ornées de lames. À en juger par cette illustration qui provoque un curieux malaise en moi, le contenu du livre paraît moins naïf que celui de l'ouvrage précédent. À ma demande, l'employé téléphone à Castellan et lui dit de me rejoindre dans le hall.

Je fais les cent pas en l'attendant quand mon chauffeur surgit enfin.

— T'as l'air crevé, laisse-t-il tomber dans le stationnement. Tu vas déjà te coucher ? Les hôtels du quartier bleu finissent par inoculer une sorte de virus à leurs clients. Quand tu retourneras chez toi, t'en auras pour des mois à t'endormir sans arrêt !

Je m'étonne :

— Es-tu sûr de ce que tu dis ? C'est malhonnête de leur part de ne pas nous prévenir ! Pourquoi les touristes logent là-bas, si c'est le cas ?

— Ils ne le savent pas. Quand ils reviennent chez eux, ils doivent être trop fatigués pour se plaindre.

— C'est absurde ! Les membres de leur famille s'en rendraient compte.

— Pense ce que tu veux, je maintiens mon opinion.

Sur ce commentaire à l'emporte-pièce, il monte dans sa voiture. Je me glisse dans le véhicule sans dire un mot. Castellan cherche à me pousser à bout. Il dit n'importe quoi, et ses propos sont dénués de fondement.

Au terme d'un trajet en automobile digne d'une course de F1, je quitte le chauffeur en le remerciant du bout des lèvres. Il m'adresse un sourire forcé avant de démarrer en trombe.

Dans le hall, un réceptionniste fatigué cogne des clous derrière son comptoir. Il sursaute lorsque je lui adresse la parole.

— Excusez-moi, lui dis-je, mais je me demandais s'il existait un moyen de ne pas dormir… Un café très fort ou quelque chose du genre.

— Il y a toujours les pilules insomniaques, mais elles vous épuiseront. Si vous en prenez une, vous resterez éveillé toute la nuit, mais dès demain, vous vous sentirez crevé pendant une semaine.

Charmante perspective.

— Il n'y a pas de produit intermédiaire ?

— Oui, mais ils sont très chers. La pilule triangulaire permet de tenir le coup pendant deux ou trois heures, mais je sais qu'elle provoque des troubles cardiaques chez certaines personnes. Il y a toujours la carrée, mais on peut avoir des hallucinations.

Puisque je dois être en forme lundi, l'idéal est peut-être de laisser tomber ces solutions et de téléphoner tout de suite à Florence, pendant que je m'en sens encore capable. Je demande qu'on vienne me réveiller vers sept heures demain matin, afin de ne pas encourir les foudres de Castellan. Je vérifie ensuite s'il y a une cabine téléphonique pas trop loin.

L'employé me tend un jeton.

— Utilisez la 2, à l'entrée du restaurant. Le montant de l'appel sera ajouté à votre facture. Je crois que vous faites partie de l'Organisation ? Ils rembourseront probablement, en autant que vous ne bavardiez pas une heure.

Je le remercie et me dirige vers l'endroit indiqué. Dans la salle, des gens mangent en discutant. Un éclairage tamisé et une musique feutrée complètent l'ambiance. Je pourrai entendre Florence... si je la rejoins.

On me transfère à Noireterre. Après un moment, j'obtiens la chambre demandée. Florence répond d'une voix neutre :

— Allô?

— Florence ? C'est Alain !

Un silence, au bout du fil. Comme entrée en matière, j'ai connu mieux.

— Ça va ?

Un autre long silence, puis, méfiante :

— Oui.

— Quoi de neuf ?

— J'ai réfléchi à nous deux. C'est fini. T'es même pas fichu de me donner des nouvelles.

Tu te fous de ma gueule. On a perdu notre temps ensemble. J'aurais dû le comprendre beaucoup plus tôt.

J'essaie de me justifier en expliquant que j'étais très occupé, que je loge dans un hôtel somnifère, que j'ai eu des ennuis, mais elle ne veut pas m'entendre et m'interrompt :

— Je te dis que c'est fini, arrête d'insister. Je suis fatiguée. La fin d'année est difficile, et j'allais me coucher. J'ai besoin de repos.

Je hausse les épaules, geste inutile, puisqu'elle ne me voit pas.

— Comme tu veux. On se reverra à l'école, à mon retour.

— C'est ça, on se croisera peut-être. Au revoir, Alain.

Elle raccroche.

Je pousse un soupir et reste appuyé contre la cabine. Ça valait la peine de l'appeler ! Si j'avais pu prévoir un tel accueil, je me serais gardé de vouloir la rassurer. Elle m'a reproché de ne pas l'avoir contactée dans l'unique but de justifier son attitude glaciale. Si ça se trouve, elle fréquente déjà Malignac, l'imbécile qui lui tourne autour depuis plusieurs semaines. Tant pis pour elle !

Il ne faut pas me laisser abattre par ces événements prévisibles. Je les pressentais depuis longtemps ! D'ailleurs, j'ai trompé Florence avec la première venue, sans aucun remords. Mon comportement suffirait à prouver que je ne croyais plus à un avenir possible avec elle… Et pourtant, est-ce la nostalgie du passé, la force de l'habitude, la perte de mes illusions ? Je l'ignore, mais une tristesse diffuse m'envahit. Je me félicite de ne pas avoir pris de pilules contre le sommeil : elles m'auraient valu de passer la soirée à broyer du noir, seul dans ma chambre. Je sens une angoisse vague me ronger le cœur et j'ai hâte d'y échapper.

Je tâche de garder le moral en me disant que, grâce à l'hôtel, je m'endormirai bientôt sans que ma mélancolie ne puisse se développer davantage. Quant à demain, je n'aurai pas plus le temps de penser à cette rupture ou de m'apitoyer sur mon sort : le travail me tiendra l'esprit occupé.

Le travail ou l'horreur…

10 : La longueur des bras est parfois utile

Le chien de glace me lèche la joue, et c'est froid, c'est froid ! Tellement froid que je me réveille, découvrant un employé de l'hôtel, gêné. Dans sa main droite, il tient une éponge. Sur la table de nuit, il a posé un seau rempli d'eau glacée.

— Bon matin, monsieur, dit-il en voyant que j'ouvre les yeux. Vous pardonnerez ma façon de procéder, mais c'est la meilleure méthode que je connaisse pour réveiller les clients sans les brusquer.

Je le remercie, et il s'éclipse dans le couloir, pourboire en poche.

J'ai dormi profondément. Je me sens mieux, ce matin. Ma tristesse d'hier semble loin. Que Florence fasse ce qu'elle veut.

Sous la douche, je songe aux épreuves qui m'attendent, et cette perspective tempère mon enthousiasme, suffisant à me rendre mal à l'aise. Je devrais pourtant être habitué aux bizarreries, avec tout ce que j'ai vu depuis que j'habite à Noireterre, mais le spectacle de la souffrance humaine ne me laisse pas encore indifférent.

Sans doute en vaut-il mieux ainsi, car je ne souhaiterais pas devenir blasé sur ce chapitre : le prix à payer s'inscrirait en lettres de sang. Le sang des autres.

Je frissonne à cette idée, et je règle l'eau chaude au maximum. Tant pis si je m'ébouillante !

Lorsque Castellan surgit dans la chambre, je l'attends avec un sourire narquois. Cette fois, il est arrivé volontairement à la dernière minute. J'ignore s'il voulait que l'Organisation me réprimande, mais si tel est le cas, ses désirs ne seront pas exaucés…

— Dépêche-toi, grogne-t-il. On n'a pas une minute à perdre.

Une fois dans sa voiture, il conduit rageusement. La pluie ruisselle sur les vitres du véhicule. Il pleut, le ciel nuageux nous écrase d'un blanc uniforme et déprimant. Même le visage bronzé de Castellan paraît exsangue.

Au terme du trajet, le chauffeur se gare, et nous quittons la voiture. D'un pas très rapide, il m'escorte jusqu'à l'arrière de l'édifice. Nos pas claquent sur le sol mouillé.

Sur le terrain, une ambiance fébrile règne. Partout autour de moi, j'entends des cris dont je préfère ne pas découvrir la cause. J'aurai amplement le temps de regarder ce genre de spectacle au cours des journées à venir. Un frisson court le long de ma colonne vertébrale.

Peu impressionné, Castellan consulte une feuille en murmurant. Il lève la tête et explique :

— Cet avant-midi, tu juges deux compétitions. J'imagine que tu t'en rappelles ? La première commence dans trente minutes, le désossement d'insectes.

Esquissant un sourire méchant, il poursuit :

— C'est une très bonne façon de commencer la journée. Tu m'en donneras des nouvelles.

Il se remet en marche sans me fournir d'explications supplémentaires. Je le suis, plein d'un malaise indéfinissable. J'ai l'impression de sentir une lame minuscule me fouailler la poitrine.

Nous arrivons près de gradins où s'entassent des juges qui grelottent, gobelets de café en main. En m'installant près d'eux, je me trouve face à une cabane constituée de deux hauts murs à gauche et à droite, d'un troisième situé au fond, d'un plancher et d'un plafond qui l'isolent du reste des activités. On dirait une sorte de gros cube auquel il manquerait l'une de ses six faces. Cette ouverture nous permet d'observer ce qui s'y passe. Pieds nus malgré le froid, une grosse femme se tient immobile devant mes collègues. En m'entendant, elle se retourne vers moi et lance :

— Vous voilà ? Il était temps ! Je vous attendais pour commencer. Prenez votre feuille d'évaluation.

Je saisis le document qu'elle me tend et m'installe près d'un professionnel des sports. Il me salue par obligation, mais je vois dans ses yeux qu'il méprise les amateurs dans mon genre.

— Je suppose que vous savez tous comment juger la compétition, sauf le représentant du public, reprend la femme en m'adressant un regard sévère. Vous n'avez qu'à lire votre feuille. Si vous avez des questions, venez me voir.

Ennuyés, les autres me toisent en soupirant. Ils ne déploient aucun effort pour dissimuler ou atténuer leur expression blasée. Castellan s'en rend compte et, imitant leur attitude, s'en va sans me saluer.

La journée commence mal. Je repense à Herminia. Si j'avais su, j'aurais continué d'enseigner à mes *suicideurs*. Cette tâche n'était pas toujours aisée mais, au moins, personne dans ma classe ne se permettait d'avoir une attitude aussi condescendante à mon égard.

Je lis les différentes sections de la feuille : il faut noter plusieurs aspects de 0 à 6 (style, rapidité, aisance, respect du temps, horreur, impassibilité, précision des mouvements, etc.). Selon ce que je comprends, les sportifs ne doivent manifester aucune émotion et paraître inébranlables.

Les autres juges discutent entre eux. Je me tourne vers mes collègues, mais ils m'ignorent. Bientôt, un homme aux cheveux gris et aux oreilles décollées marche jusqu'à l'entrée de la cabane. Il tient une boîte à outils dans la main droite. Deux colosses masqués vêtus d'un collant noir le suivent en portant une grosse caisse de métal. Ils la posent sur le sol, entre lui et nous, et s'en vont. L'homme esquisse une révérence, nous sourit, croise les mains et cesse de bouger.

La femme aux pieds nus prend un chronomètre et déclare :

— Messieurs les juges, tenez-vous prêts. Le candidat a trois minutes pour désosser un *anoplophora glabripennis* modifié, vulgairement appelé « longicorne asiatique géant ». À vos marques, prêts... Désossez !

Sans doute actionné par une commande à distance, l'un des panneaux de la caisse de métal pivote. L'ouverture se trouve face à l'homme : il peut voir à l'intérieur, contrairement à nous. Il s'empresse d'ouvrir sa boîte à outils. La fébrilité de ses gestes témoigne déjà de son angoisse. Il y fouille bruyamment, mais un curieux crissement qui provient de la caisse couvre vite son tapage.

Deux grandes et très longues antennes rayées noires et blanches émergent déjà de l'ouverture. D'où nous sommes, nous apercevons ensuite la tête, puis deux pattes. Le corps long et luisant de l'insecte sort en un mouvement lent et précis. Le longicorne doit mesurer au moins un mètre ! Il darde ses yeux noirs sur l'homme. Celui-ci s'empare d'un marteau, qu'il échappe. Tremblant, il le récupère et recule brusquement au fond de la cabane, les yeux agrandis par la frayeur. L'insecte se dirige vers lui.

L'athlète lance le marteau sur la tête du coléoptère, sans doute dans l'espoir de l'assommer, mais l'outil rebondit sur le corps sans ralentir la démarche du longicorne. L'homme aux cheveux blancs a très mal calculé son coup. Nervosité ? Distraction ? Il est trop tard. L'insecte au thorax tacheté est presque sur lui. L'homme le frappe, mais la bête enfonce ses antennes dans son cou, d'où se met à gicler un geyser de sang. C'en est fini…

Le longicorne se désintéresse déjà de sa proie et se tourne vers nous. Son regard glacé me vrille les pupilles, et je sens un poing nouer mon ventre. Je me plie en deux. À ce moment, les deux hommes masqués surgissent en courant et aspergent l'insecte à l'aide d'un boyau d'arrosage. L'animal s'écroule, anesthésié. Pendant ce temps, sa victime continue à se vider de son sang sur le mur de bois.

Je détourne mon regard de cette scène, en proie à une peur grandissante. Sans m'en rendre compte, j'ai plaqué ma main droite sur mes yeux. À côté de moi, un juge éclate de rire en me voyant, et dit à son collègue :

— T'as vu le novice ? J'ai l'impression qu'il ne s'ennuiera pas pendant les Jeux.

L'autre lui répond par une plaisanterie, mais je ne l'entends pas. Je me sens fiévreux, j'ai la nausée.

Une poigne de fer se referme sur mon avant-bras et mon cœur manque un battement. J'ouvre les yeux et je reconnais la femme aux pieds nus. Elle manifeste son impatience en me tutoyant :

— Dépêche-toi de remplir ta feuille d'évaluation ! Le prochain athlète commence dans deux minutes. Allez ! T'as pas envie que je te signale à l'Organisation des Jeux comme un trouble-fête, hein ? À moins que tu veuilles finir entre les pattes d'une sale bestiole dans le genre de celle que tu viens de voir ?

Cette seule pensée me galvanise, et je réunis tous mes efforts pour me ressaisir. Je prends ma feuille d'une main tremblante et j'essaie d'écrire, mais ma main bouge tant qu'il est difficile d'inscrire une note dans la case appropriée. Sans aucun respect, mes collègues s'esclaffent et lancent des plaisanteries grasses à mon sujet. Une montée de haine subite remplace mon anxiété, et il s'en faut de peu que je ne m'en prenne à l'un d'eux. Seule la crainte d'un châtiment me retient.

J'ai à peine le temps d'attribuer des zéros dans la plupart des catégories que les deux minutes se sont déjà écoulées. La cabane est vide. Les colosses ont dû emporter le cadavre, le longicorne endormi et la caisse de métal. Une athlète aux traits bizarres succède à l'homme mort. Ses longs cheveux blonds encadrent un visage dur et anguleux, très maquillé, d'où émergent des yeux cruels. Les hommes masqués reviennent, une nouvelle caisse en main. Ils la posent sur le sol et s'en vont. Comme l'homme avant elle, la femme esquisse une révérence, nous sourit, croise les mains et cesse de bouger.

La femme aux pieds nus reprend son chronomètre et déclare :

— Messieurs les juges, tenez-vous prêts. La candidate a trois minutes pour désosser une *éphippigère* des vignes corrosive. À vos marques, prêts… Désossez !

L'un des panneaux de la caisse de métal pivote. Un pincement me vrille la poitrine. Je ne crois pas pouvoir supporter un autre spectacle comme celui que je viens de voir. Tant pis, je fermerai les yeux s'il le faut. La femme, beaucoup plus assurée que son pré-décesseur, ouvre sa boîte à outils en ne perdant pas la caisse des yeux.

Deux antennes longues et fines surgissent d'abord. Je sens une rigole de sueur froide inonder mon dos. Quand je vois la tête immense de l'insecte, je frémis. Ces yeux que j'imagine, ce regard absolument inhumain doit fixer la femme avec convoitise, sans aucune compassion. Le corps annelé émerge en produisant un crépitement de bûche qu'on jette dans un foyer. L'athlète s'est emparée d'un arc et d'une flèche. Elle vise, tire. La pointe de métal s'enfonce dans l'œil de l'insecte, qui émet un son aigu. Il ouvre sa gueule et propulse un jet de liquide clair au visage de son adversaire.

Aussitôt, la partie atteinte commence à se désagréger, soudain devenue sèche. Le nez tombe, suivi des oreilles… Je ferme les yeux. Je ne veux plus rien regarder. Plus jamais. Je me lève et je commence à gueuler, à hurler de tous mes poumons pour ne plus rien voir, pour ne plus avoir à être là, à endurer cette horrible cérémonie, à voir ces insectes géants mordre, faire couler le sang, mettre à mort, à mort, à mort, à mort... Qu'on m'emmène, qu'on fasse ce qu'on veut, qu'on m'emprisonne, qu'on me torture, qu'on m'exécute, mais je ne veux plus rester ici une seconde de plus…

J'ouvre les yeux une fraction de seconde et je croise encore le regard de l'insecte, qui me sonde comme l'a fait le longicorne. Il s'apprête à bondir, à bondir vers moi, à m'en-

227

velopper contre ses ailes, à m'entourer le cou de ses mâchoires, je sentirai sa carapace, mes mains effleureront le thorax rugueux et je crèverai en continuant de crier, en sentant ses dents, en…

— Eh ! tu te calmes, oui ou merde ?

Furieux, l'un des juges vient de me frapper violemment la mâchoire. À tour de bras, il m'assène encore deux gifles et me prend par les cheveux. L'un de ses collègues s'interpose.

— Ça suffit, Louis, arrête ! Il a eu sa dose. Calme-toi, ou ça finira comme l'an dernier. T'as pas envie d'avoir encore des ennuis avec l'Organisation ?

Ces propos adoucissent mon assaillant, qui me lâche. Je me retiens à temps à l'un des bancs. À quelques mètres de moi, j'aperçois les deux hommes masqués asperger l'insecte qui s'écroule sur le sol.

Tout tourne autour de moi, je me sens mal, je… je… je…

En ouvrant les yeux, je vois Bouhier, penché sur moi. Un pli barre son front. Quand il se rend compte que je le regarde, il laisse un sourire faible éclairer son visage.

— Vous revoilà enfin ! Vous nous avez fait peur. Vous êtes dans le cirage depuis plus de deux heures. Un autre juge a dû être dépêché pour vous remplacer dans l'évaluation de la seconde épreuve que vous deviez voir cet avant-midi : les hardes parallèles.

Je m'étouffe, tousse un peu, me racle la gorge. Une crampe désagréable me scie les côtes. Sans s'en soucier, le directeur poursuit :

— Vous vous doutiez à ce point-là que devenir juge vous rendrait aussi malade ?

Je bredouille une réponse affirmative en grimaçant.

— Je ne comprends pas pourquoi vous réagissez aussi mal. Vous avez grandi à Noireterre, non ?

— C'est le problème : je ne viens ni de Noireterre ni de votre monde. J'ai eu le malheur, voilà deux ans, de monter à bord d'un train hanté qui m'a conduit à la gare des brumes. Vous connaissez le reste : je ne peux plus rentrer chez moi, parce que si je m'éloigne, je me transformerai en monstre.

— Ah ! mais ça explique bien des choses ! s'écrie-t-il.

Il fronce les sourcils.

— Si je l'avais su plus tôt, je vous aurais parlé ce matin de la nouvelle que j'ai apprise hier soir, mais je pensais que vous voudriez au moins assister à deux épreuves d'abord, afin de savoir à quoi vous en tenir !

— Une nouvelle ?

— Mais oui. Vous vous rappelez pourquoi nous vous avons engagé ici, n'est-ce pas ? Antoine Busquet, l'un de nos juges, est tombé malade voilà quelques jours. Il se conduisait bizarrement, comme s'il était possédé. Il se sentait malade, avait des pensées suicidaires, il devenait fou.

Nous l'avons fait examiner pour être certains qu'il ne cherchait pas à jouer les déserteurs, mais il a fallu nous rendre à l'évidence, d'où la nécessité de le remplacer au pied levé.

Sur ces entrefaites, Busquet n'est pas resté inactif. Son état empirait. L'homme a consulté son médecin de famille, qui a lui-même discuté avec un spécialiste. Bref, figurez-vous que dimanche matin, Antoine a vomi un minuscule pendentif de chrome qui représentait une tête de bouc. Il n'est pas difficile de comprendre ce qui lui était arrivé : l'un de ses amis, l'un de ses collègues, quelqu'un de sa famille ou de son entourage était jaloux qu'il ait pu aller aux Olympiques.

On a dû mettre ça dans son eau, dans sa nourriture, n'importe où... L'un de ces pendentifs invisibles, inodores, qu'on avale sans s'en rendre compte et qui vous pourrit l'existence jusqu'au jour où vous le vomissez, si vous êtes chanceux. S'il n'avait pas été traité à temps, Busquet aurait pu poignarder quelqu'un, sacrifier des enfants, violer une fille...

D'un geste faible, j'interromps l'énumération de Bouhier. J'ai compris, et j'ai assez enduré de monstruosités comme ça sans qu'il ait besoin d'en rajouter.

— En bref, Busquet est en forme, et il m'a téléphoné pour savoir s'il pouvait reprendre sa place. Suivant le protocole des Jeux, j'ai promis d'en parler au juge qui le remplaçait et de le rappeler.

Un soulagement indescriptible m'envahit. J'ai l'impression de sentir un poids disparaître. On dirait presque que je vais m'envoler, plein d'une liberté nouvelle et enivrante. Je ne demande qu'à m'en aller d'ici au plus vite et oublier ce dont je viens d'être témoin.

Je songe à Herminia, aux reproches dont elle m'abreuvera quand je reviendrai à l'école, mais qu'importe ! Tant pis, c'était à elle de me prévenir ! Elle m'a présenté cette compétition comme des vacances reposantes, comme une faveur dont je bénéficiais grâce à sa générosité.

Elle tempêtera si elle le veut. De toute manière, elle ne pourra rien y changer, car je la mettrai face au fait accompli. Sa colère me paraîtra anodine face à ce que j'ai vu ce matin.

— Vous avez l'air d'aller beaucoup mieux, sourit Bouhier. Ce poste ne vous convenait pas, on dirait. Malgré tout, le protocole m'oblige à vous laisser deux heures de réflexion.

Je proteste :

— Je n'ai pas besoin de ce temps-là pour décider. Redonnez sa place à Busquet. Je lui cède la mienne avec plaisir.

— Je comprends votre empressement, mais je suis *obligé* de n'accepter aucune réponse avant deux heures. On se rencontrera vers treize heures, au rez-de-chaussée de l'édifice administratif, près du comptoir du réceptionniste – vous savez, ce type qui lit sans cesse des bandes dessinées ?

— Parfait.

Il quitte la chambre.

Ma crampe a disparu. Je suppose que les médecins évoqueraient une contraction psychosomatique. Ils auraient sûrement raison.

Une infirmière maigre et lugubre vient me voir. Elle ressemble à une mante religieuse, et cette idée me donne la chair de poule, l'espace de quelques secondes. Le souvenir du longicorne s'y surimpose, et le résultat n'a rien pour me plaire. La femme me tâte en marmonnant des paroles incompréhensibles. Après avoir terminé son examen sommaire, elle me donne mon congé. Je me hâte de m'habiller et de partir.

Une fois dans le couloir, je comprends qu'on m'avait admis dans une maison qui, pour l'occasion, fait office d'hôpital. J'aperçois quelques civières, des blessés qui geignent, des médecins qui s'affairent. Je sors à l'air libre : l'hôpital improvisé se dresse au bout du terrain où se déroulent les compétitions. Pour regagner l'édifice administratif, je dois le parcourir en entier. J'entreprends de le longer sur la droite. Il me suffira de ne pas trop regarder autour de moi si je veux éviter d'avoir à découvrir des scènes perturbantes.

Vers le milieu du terrain, je distingue une aire réservée aux rafraîchissements et au repos. Quelques gens font la queue devant le stand d'un marchand de frites. Je m'apprête à m'y diriger lorsque je reconnais Félix et l'un de ses amis. Ils ne m'ont pas aperçu et, malgré la foule, je crois imprudent de me frotter à eux. Qui sait comment une telle rencontre pourrait finir ?

Je reviens donc sur mes pas, dans l'intention de regagner le bout du terrain et de m'approcher de l'édifice administratif en longeant le côté gauche. De toute manière, j'ai deux heures à meubler avant de revoir Bouhier et de quitter enfin Monochrome.

Parvenu à proximité de l'hôpital improvisé, je sens la faim me tirailler l'estomac, et j'avise au même moment l'un des camions remplis de provisions utilisés lors de l'inauguration des cérémonies. Il est stationné à quelques mètres de moi, personne ne se trouve à proximité. Je vais aller vérifier si on pourrait me vendre ou me donner quelque chose.

Je m'approche. La vitre du véhicule est baissée, mais je n'aperçois personne à la place du conducteur. Pourtant, une voix provient de l'intérieur du véhicule. Assis au fond de la fourgonnette, le conducteur doit discuter au téléphone. Sa voix m'est curieusement familière :

— Baisser le ton ? Pourquoi voulez-vous que je baisse le ton ? Personne ne peut m'entendre, je suis planqué dans ce foutu camion ! Voilà des années que j'organise ces paris-là pendant les Jeux et je n'ai jamais eu de problèmes. Je ne suis pas le dernier des imbéciles.

Donc, je compte sur vous pour droguer l'insecte, hein ? Il faut qu'il se rue sur le gros Berland dès l'ouverture de la caisse.

L'homme qui parle au téléphone truque les compétitions afin d'amasser de l'argent grâce à des paris illégaux ! Et il entraîne, par le fait même, la mort d'athlètes qui, sans avoir gagné, auraient pu s'en tirer...

Mais à qui appartient cette voix, ce ton rude et autoritaire ? Bouhier, Castellan, un juge ? Non, j'en suis sûr, ils ne sont pas en cause. Mais qui ? Qui ?

À ce moment, une poigne de fer m'entoure la poitrine et les bras, m'empêchant de bouger. L'assaillant a dû s'avancer à pas de loup pour me surprendre par derrière. Je veux me débattre, mais l'homme qui me tient est si fort qu'il m'est impossible de bouger.

— Monsieur Leroux, crie-t-il à l'adresse du conducteur, venez ici.

De l'intérieur du véhicule, une voix mécontente maugrée :

— Qu'est-ce que tu veux, Loïc ?

— Vite, c'est important.

Quelques grognements s'ensuivent, l'homme interrompt sa conversation, la portière arrière s'ouvre, et le chauffeur du camion apparaît. Je ne m'étonne pas. Lorsque « Loïc » l'a nommé, j'ai identifié la voix que je peinais à reconnaître, quelques instants plus tôt : la voix d'Édouard Leroux, l'homme que j'avais cru reconnaître lors de la procession inaugurale des Jeux.

Que cet ex-enseignant désagréable organise ici des activités illégales ne me surprend guère. Je constate d'ailleurs qu'il a peu changé : toujours les mêmes traits durs, autoritaires, et la même expression de mécontentement imprégnée en permanence sur le visage. Il porte l'un des complets blancs qu'il affectionne. En m'apercevant, il hausse les sourcils, déconcerté pendant un moment.

— Dalenko ? Mais… Mais qu'est-ce que tu fais ici ? demande-t-il, intrigué.

Le naturel reprend vite ses droits :

— Tu m'espionnais ? Tu es à la solde des Anglais ou quoi ? C'est Daninsky qui t'envoie ? Cet abruti essaie sans cesse de me filouter.

Il jette tout à coup des regards à la ronde, comme s'il redoutait que les autorités ne découvrent la scène inusitée qui se déroule. Fronçant les sourcils et adoptant un ton sans réplique, il ordonne :

— Tu vas me suivre à l'intérieur de la fourgonnette, et ne t'avise pas de jouer aux héros. Loïc te tordrait le cou.

Je n'ai pas le choix de suivre mon hôte. Notre curieux trio regagne l'antre obscur et Leroux referme la portière derrière nous. Nous voilà tous les trois assis sur un plancher dur, plongés dans l'obscurité. L'homme de main d'Édouard ne m'a pas lâché. En plus, sa main gauche m'entoure le cou, signifiant ses intentions de manière on ne peut plus claire.

Leroux allume une lampe de poche qu'il braque vers mon visage. Il se croit en plein interrogatoire.

— Tu vas me dire ce que tu foutais ici, lâche-t-il.

En tâchant d'être concis, je résume les raisons de ma présence sur le terrain. J'explique pourquoi je me suis approché de son camion ; je l'ai confondu avec celui d'un des traiteurs. Quand je termine mon récit, Édouard grimace.

— Je ne suis pas sûr de te croire. Je te connais et je me méfie de toi. T'as l'air un peu moins empoté qu'à l'époque où on s'est connus. Tu n'essaierais pas de me raconter des histoires, par hasard ?

— Appelez Herminia. Elle confirmera que je dis la vérité. De toute manière, je m'en fiche, moi, de vos paris illégaux. Tout ce que je veux, c'est m'en aller d'ici et retourner à Noireterre.

— C'est ce que tu dis, jette-t-il. Rien ne me prouve que tu n'iras pas me dénoncer à l'un des organisateurs des Jeux, si je te laisse partir.

Incertain, il se gratte la joue gauche, en proie à d'intenses réflexions dont mon sort dépendra.

— Quelqu'un t'a vu t'approcher d'ici ? dit-il soudain.

Je ne suis pas imbécile. Si je réponds « non », il serait capable de me faire assassiner par son homme de main. En même temps, mentir est peut-être imprudent. Il pourrait démarrer en trombe, dans l'espoir de semer un éventuel poursuivant, et se débarrasser de moi dans un lieu abandonné. Je réponds :

— Je ne sais pas. C'est possible.

L'angoisse recommence à m'étreindre. Leroux réfléchit. Va-t-il me tuer ? Il a pu changer, en deux ans. Qui sait ce qu'il est devenu ? Autant tenter de l'influencer. J'essaie de me montrer aimable, proposant :

— On peut sûrement s'arranger. Je vous répète que vos paris ne me dérangent pas. Je veux retourner à Noireterre, c'est tout.

— Tu l'as déjà dit, gamin.

Ça y est : il me donne encore cet insupportable sobriquet, comme par le passé. C'est plus fort que moi, je ne peux m'empêcher de rétorquer :

— Je n'ai rien d'un gamin, au cas où vous ne l'auriez pas remarqué.

Cette preuve d'insolence déplaît à Loïc, qui resserre son étreinte autour de mon cou. Je m'étouffe aussitôt, et l'homme de main ricane. Je tourne la tête, détaillant cette brute : un gros chauve aux yeux inexpressifs.

Leroux demeure impassible. Quelques secondes pénibles s'écoulent. J'avais bon espoir un peu plus tôt, mais le mutisme de l'ex-professeur m'inquiète. À quoi pense-t-il donc ?

Il finit par prendre une grande respiration et dire :

— Tu sais que j'avais obtenu un poste à la Maison Blême, n'est-ce pas ?

Je hoche la tête, interloqué.

— Ils m'ont nommé chef spirite l'an dernier. J'ai développé mes dons, là-bas. J'ai maintenant des appuis politiques importants, en haut lieu. J'ai aussi beaucoup d'alliés dans divers milieux. Tu connais les politiciens. Tu sais aussi qu'on a le bras long, dans ce domaine.

Je suppose que tu t'es seulement mis les pieds dans les plats, comme tu en as l'habitude. Je veux bien te croire, quand tu me promets de ne pas parler de ce que tu as entendu… Laisse-moi quand même t'avertir : tu as intérêt à ne pas essayer de me compromettre. Ne va *jamais* révéler quoi que ce soit au sujet des paris et de mon implication là-dedans, compris ? *Jamais*! Ça te serait inutile, parce qu'avec mes appuis, je m'en tirerais, mais toi… Toi ! Je m'arrangerais pour que tu crèves, mais pas avant de t'avoir vu agoniser pendant très, très longtemps. C'est clair ?

C'est on ne peut plus clair. Si j'ai jonglé un instant avec l'idée de dénoncer Leroux auprès de Bouhier, je préfère y renoncer. Leroux ne ment sûrement pas, et je n'ai pas l'âme d'un martyre.

Avec une dose de fatalisme, je me dis que de telles compétitions truquées ne datent pas d'hier. Même si la police emprisonnait Édouard, un autre escroc prendrait sa place et j'aurais couru des risques pour rien. Tant pis pour l'héroïsme. Je commence à en avoir assez de Monochrome, de Noireterre et de toutes ces histoires que je n'ai jamais demandé de vivre.

Je me résigne, m'apprêtant à promettre, lorsqu'on frappe trois coups à la portière arrière de la fourgonnette. Édouard se fige, méfiant. D'une voix de stentor, il beugle :

— Qui est là ? Nous sommes occupés.

Derrière la cloison, une voix répond sans s'inquiéter :

— Ouvrez-moi.

Déstabilisé par le peu de cas que l'inconnu fait de sa menace, Leroux obéit. Nous découvrons, debout devant le véhicule, un homme d'une quarantaine d'années. D'allure très aristocratique, il s'appuie sur une canne, et sa fine moustache lui donne des airs de gentleman anglais. Un petit chapeau de feutre couvre le haut de sa tête.

Cette apparition arrache une moue de perplexité à Édouard. Pour une fois, il quitte son ton de tyran et l'interroge, adouci :

— Qu'est-ce que je peux faire pour vous ?

L'autre sourit et explique avec un naturel déconcertant, dans un français d'une élégance surannée :

— Je me nomme Werner Horwitz. Vous me pardonnerez d'interrompre ainsi votre conciliabule, messieurs, mais j'ai surpris votre intéressante conversation. Ainsi, vous êtes chef spirite ?

La méfiance de Leroux revient bientôt. Que lui veut donc cet hurluberlu ?

— Oui, et alors ? Je viens de vous le dire : nous sommes occupés. Je n'ai pas le temps de bavarder avec vous. Fichez le camp.

— Vous me comprenez mal, précise Horwitz, dont le ton change soudain. J'ai surpris votre conversation *dans son intégralité*. J'ai tout entendu. Tout.

Leroux se tourne vers son acolyte.

— Loïc, soupire-t-il, charge-toi de lui.

L'homme de main me lâche et bondit vers le nouveau venu. Ce dernier lève sa canne, appuie sur le manche. Une lame en sort, qu'il braque vers la poitrine de son agresseur.

— Vos procédés manquent de finesse, monsieur, reproche-t-il à Leroux. Vous devriez savoir qu'on ne s'attire guère la sympathie de ses semblables par des méthodes aussi désagréables.

Leroux hésite entre la rage, l'incompréhension, l'indignation et la soumission. Je vois des émotions contradictoires se succéder sur son visage à une vitesse folle. Il finit par demander :

— Qu'est-ce que vous voulez ? Vous nous avez entendus, et alors ?

— Vous êtes chef spirite ?

— Je vous l'ai déjà dit : oui.

— Vous m'en voyez ravi. Si vous acceptiez de m'accorder votre aide dans l'un de mes projets…

Leroux l'interrompt :

— Impossible. Vous n'avez pas l'air de saisir : je n'ai pas une minute à perdre. Et ne vous avisez pas de chercher à nous nuire, si vous ne voulez pas d'ennuis. J'ai des amis haut placés qui régleraient votre cas en un instant.

Sans se départir de son sourire poli, Horwitz le foudroie du regard, tenant toujours la pointe de sa canne-épée contre la poitrine de Loïc, qui n'ose pas bouger, craignant de sentir la lame lui déchirer la chair.

— Vous connaissez le juge Horwitz ? demande Werner. J'ai l'honneur d'être son fils. Par modestie, je répugne à le souligner en public, mais certaines circonstances dictent leurs lois, n'est-ce pas ?

Exaspéré par les paroles de son interlocuteur, Édouard tonne :

— Vous ne pouvez pas parler plus clairement ? J'ai l'impression d'entendre une pièce de théâtre. Je n'ai rien à foutre que vous soyez le fils du ministre, du premier ministre, de l'homme invisible ou de n'importe qui d'autre.

La lame s'enfonce un peu dans la poitrine de Loïc. Les larmes aux yeux, celui-ci tourne sa tête vers son employeur et supplie :

— Monsieur Leroux, il me pique ! Écoutez-le.

Édouard lève les yeux au ciel et croise les bras. Il abdique. Satisfait, Werner Horwitz reprend :

— Vous acceptez donc de m'aider.

— Non, tranche le chef spirite.

— Vous m'excuserez d'utiliser des arguments d'une franchise aussi brutale, mais vous n'avez pas le choix, pour employer un langage militaire qui semble d'ailleurs vous convenir assez bien, si vous m'en permettez la remarque. Vous vous apprêtiez à faire une grossière erreur, en me livrant aux mains de votre phénomène de foire. Je porte sur moi un émetteur-récepteur qui préviendra mon valet, en cas de problèmes.

On ne s'en prend pas impunément à un homme comme moi, même si on a « le bras long », comme vous le prétendez. Un bras long, ça se coupe. Toutes vos paroles ont été enregistrées, et je doute qu'elles ne fassent bonne impression au tribunal politique suprême, dont mon père est le juge en chef...

Il prononce ces derniers mots avec un sourire de satisfaction qui arrache une grimace épouvantée à Leroux. D'évidence, l'homme d'affaires n'a aucune chance contre Horwitz. Conscient de l'avoir sous-estimé, il baisse la tête. Je m'étonne de le voir se soumettre ainsi, mais, malgré sa morgue, Édouard Leroux n'est ni invincible ni au-dessus de tout.

Werner reprend, enthousiaste :

— Je me passionne pour l'évocation des esprits, malgré mon manque de talent dans ce domaine. Mes séances de spiritisme se soldent souvent par des catastrophes. Puisque vous excellez dans le domaine du spiritisme, vous pourrez m'aider. Je cherche à entrer en contact avec mon oncle Jacob, à qui je dois poser des questions importantes... En échange de votre collaboration, je veux bien fermer les yeux sur ce que j'ai vu et entendu aujourd'hui. Quand vous m'aurez permis de parler à Jacob, vous serez libre d'aller où bon vous semble.

Leroux grogne, mais il n'a guère le choix.

— Mais je dirai quoi à mes associés ? se plaint-il. Je suis impliqué dans une organisation immense. Je n'ai pas envie de finir assassiné par d'anciens complices qui voudraient se venger !

— Préférez-vous le tribunal politique suprême ? Vous savez qu'on y torture les gens, et que des âmes sensibles l'ont comparé à l'Inquisition des anciens jours ? Vous connaissez l'Inquisition ?

Leroux pâlit et déglutit péniblement. Bon prince, Horwitz se hâte de le rassurer :

— Ne vous inquiétez pas, je connais un excellent chirurgien plastique qui me doit, lui aussi, quelques services. Quand vous m'aurez aidé à contacter Jacob, je solliciterai l'aide de mon père : si vous le souhaitez, on vous refera une identité neuve, un nouveau visage, de nouveaux papiers, un nouveau poste à la Maison Blême, plus intéressant et lucratif que celui que vous occupez en ce moment.

Une lueur de convoitise allume les yeux de Leroux. Je reconnais son avidité, que j'avais déjà constatée par le passé.

— De toute manière, reprend Horwitz, vous ne pouvez pas refuser. Je dois aussi vous prévenir, comme vous avez eu la gentillesse de le faire auprès du jeune homme ici présent : il est inutile de chercher à me berner. Les conséquences vous déplairaient.

D'un geste sec, il tire vers lui le manche

de sa canne. Loïc craint que ce geste n'annonce un coup à venir et pousse un petit cri, mais Werner demeure immobile, et la lame rentre dans le manche.

— Fous le camp, ordonne Leroux à son allié.

— Non, au contraire, qu'il reste ! décide Horwitz. Il pourra nous être utile. Dites-lui seulement d'avoir l'intelligence de ne pas s'opposer à moi, quoi qu'il advienne.

— J'espère que t'as compris, gronde l'homme d'affaires en jetant une œillade méprisante à son employé.

— Oui, mais qui va me payer ? demande Loïc.

La lame de l'épée pique de nouveau la poitrine.

— Nous verrons cela plus tard, élude l'homme à la canne. Il faut nous mettre en route, à présent.

— En route ? s'étonne Leroux.

— Maintenant que j'ai la chance de connaître un chef spirite, je ne perdrai pas une minute de plus ici. J'étais venu à Monochrome pour m'amuser, parce que les Jeux m'intriguaient. Puisque je vous ai trouvé, je dois regagner mon manoir au plus vite ! J'ai hâte de discuter avec Jacob.

Ses yeux brillent d'excitation. Il ressemble tout à coup à un enfant pressé de développer un cadeau de Noël.

— C'est votre camion ? demande-t-il à Leroux.

— Je l'ai loué pour l'occasion, oui.

— Parfait. Léonard, prenez mes bagages et venez ensuite nous rejoindre.

— Léonard ?

— Je parlais à mon valet. Je vous l'ai dit, je porte un émetteur-récepteur.

Deux ou trois minutes s'écoulent dans un silence lourd, sans que Léonard ne survienne. Personne n'ose parler. J'aurais envie de plaider mon cas, mais j'hésite à me lancer. Pourtant, je ne peux pas me permettre d'attendre, car nous quitterons Monochrome dès l'arrivée du valet.

Comme Horwitz paraît raisonnable et capable de discuter, autant profiter de ce moment de silence pour lui demander si je pourrais descendre. Je prends la parole en tentant d'affermir ma voix. J'expose ma situation et m'engage à garder le silence à propos des événements dont j'ai été témoin.

Avant que l'homme à la canne n'ait pu répondre, Leroux intervient :

— Ne le laissez pas s'en aller. Il pourra m'être utile pendant la séance de spiritisme. Il a acquis de l'expérience dans le domaine des phénomènes surnaturels. C'est un professeur à l'école de Noireterre. Ses énergies me serviront.

Werner me regarde, et, sourire au coin des lèvres, tourne ses paumes vers le ciel en signe de résignation. M'aurait-il laissé partir sans la demande d'Édouard ? Je suis persuadé que l'ex-enseignant m'oblige à rester pour se venger et n'être pas le seul à subir les conséquences de cette histoire. Dans son esprit, j'en suis à l'origine. Sans mon espionnage involontaire, Horwitz n'aurait sans doute jamais su qu'il était spirite.

Je pousse un soupir, en me demandant où cette affaire va me conduire. Herminia se posera des questions, on va me rechercher, mais qui pourrait se douter de ce qui m'est arrivé ? Je n'ai avoué à personne avoir cru identifier Leroux, l'autre soir. En plus, la piste de Leroux ne mènerait nulle part, puisqu'il ne connaissait pas Horwitz voilà à peine une heure. Il serait donc impossible de remonter jusqu'à notre ravisseur, même en voulant retracer Leroux.

Un homme défiguré, vêtu d'une livrée grise, survient, valises en main. Une balafre lui scie le visage, et l'une de ses paupières ne s'ouvre jamais. L'homme monte dans le camion. Werner referme la portière, puis commande à Loïc et à Leroux de s'installer à l'avant. Sur ordre de Werner, le véhicule démarre.

**Seconde partie
Quand s'échouera
la dernière vague**

1 : La salle des esprits

— Vous connaissez la région ? demande l'homme à la canne après un moment de silence.

— Oui, répond Leroux. J'ai beaucoup voyagé.

— Vous savez comment vous rendre à Alkenraüne ?

— Alkenraüne, vous voulez dire le bled au nord du pays ? Ça ne devrait pas être trop compliqué, mais c'est au moins à deux heures d'ici, non ?

— En effet. C'est là que nous allons. D'après ce que je vois sur le tableau de bord, il faudra nous arrêter afin de faire le plein. Dès que vous verrez un poste d'essence, je compte sur vous.

Édouard acquiesce en silence. Accoutumé à donner des ordres, il n'a pas l'habitude d'en recevoir. Nous roulons sous la pluie. La manière dont Édouard conduit ressemble à sa personnalité : c'est sec, nerveux, sans douceur. Chacun s'enferme dans le mutisme. Tous pensent à leur avenir proche, mais d'une manière différente. Un sourire fin étire les lèvres de Werner. Il doit songer à son oncle Jacob et à leur future conversation. Que peut-il bien vouloir demander à un mort, d'ailleurs ? Un conseil ? Un secret ? L'emplacement d'un trésor ? Il paraît riche… mais l'appât du gain attire même les milliardaires.

Suivant les instructions de Horwitz, le chauffeur s'arrête dans une station-service. L'employé qui remplit le réservoir d'essence nous trouve peut-être bizarres, mais personne n'ose parler. Les menaces de Horwitz ont porté fruit. Notre nouveau chef règle l'addition en argent comptant, et le véhicule redémarre.

La fourgonnette s'engage ensuite sur l'autoroute. Le bruit des pneus sur l'asphalte mouillé devient hypnotique, de même que le ronronnement du moteur. Le silence qui règne dans l'habitacle contribue à créer une atmosphère feutrée, cotonneuse. Je me sens curieusement fatigué. Est-ce l'épuisement dû aux émotions fortes des derniers jours ? Peut-être s'agit-il des effets de l'hôtel bleu, comme l'avait dit Castellan.

Je ferme les yeux et, sans m'endormir, laisse mes pensées dériver.

Depuis combien de temps roulons-nous ? Je ne saurais trop le dire. Je pourrais consulter ma montre, mais je crains qu'elle ne me révèle qu'à peine trente ou quarante minutes se sont écoulées. Ce ciel blanc rempli de nuages, cette pluie incessante me donnent l'impression de revivre sans cesse les mêmes moments. Nous avons quitté Monochrome, bien sûr, mais cet éclairage cru et déprimant semble aspirer les couleurs environnantes et le noir et blanc n'est pas loin.

Ce trajet me paraît interminable, bien que j'aie somnolé un peu. Quand j'ouvrais les yeux, je découvrais parfois le regard de Werner braqué sur mon visage. Son acuité me rendait mal à l'aise.

Je m'imagine peut-être des choses. Quand on patauge entre l'état de veille et le sommeil, de drôles d'idées et de curieuses sensations peuvent nous assaillir. J'essayais de me rassurer en me disant que c'était mon cas.

Depuis un moment, nous ne croisons personne sur l'autoroute. À croire que ce coin du pays est désert. Une brume s'est levée, s'épaississant au fur et à mesure que nous progressons. Je m'apprête à regarder ma montre, lorsqu'un panneau attire mon attention, sortant du brouillard comme une apparition ou un présage : «*Prochaine sortie, Alkenraüne, un kilomètre*».

Nous franchissons encore mille mètres d'asphalte, et le véhicule emprunte une bretelle, au bout de laquelle nous avons le choix de tourner à droite ou à gauche. Cette dernière direction nous mènera à Alkenraüne, si j'en juge par un panneau indicateur. Leroux se racle la gorge et interroge Werner d'une voix où perce l'agacement. Je m'attendais à découvrir le « bled » évoqué par notre chauffeur, mais il n'en sera rien, puisque l'homme à la canne donne l'ordre d'aller à droite, vers Lierrebrisé.

Nous nous engageons donc sur une route sinueuse, en mauvais état. De grands arbres décharnés et lugubres entourent la route de part et d'autre. Je ne repère aucune feuille, on se croirait en plein mois de novembre ! D'ailleurs, le vent s'intensifie et des bourrasques sifflent aux vitres du véhicule, qu'elles agitent. Pour ne rien arranger, de nombreux nids-de-poule font jurer le conducteur. Des cahots ébranlent le véhicule et nous sursautons parfois. Nous ne croisons personne, et je n'aperçois aucun signe de vie en bordure de la route ou plus loin.

La chaussée semble s'amenuiser. L'espace est insuffisant pour permettre à deux véhicules de se croiser. Si tel est le cas, l'un des deux devra inévitablement se garer sur l'accotement.

Bientôt, l'asphalte ne recouvre plus la route. C'est sur un chemin de terre cailouteux que nous peinons. J'ai presque l'impression d'être en carriole tant nous sommes secoués et je ne peux m'empêcher de songer à la suspension du véhicule, qui doit prendre un coup de vieux.

La route devient encore plus étroite, et les longues branches des arbres viennent parfois griffer les vitres et le toit de la fourgonnette. Les végétaux sont-ils des ogres déguisés, attendant, immobiles et inoffensifs en apparence, qu'un voyageur imprudent passe à leur portée pour mieux le dévorer ?

Des nuages noirs s'entassent dans le ciel, étouffant la lumière. On se croirait en pleine éclipse. J'entends un chuchotement près de moi, et je tourne la tête vers Werner. Les yeux fermés, les mains jointes, il marmonne une curieuse prière dont il m'est impossible de distinguer les mots. Très concentré, l'homme ne m'accorde aucune attention.

Aucun chemin ne s'ouvre à notre droite ou à notre gauche. Personne n'habite ici ! Le manoir de Horwitz doit se dissimuler au bout du monde. Le brouillard s'intensifie, augmentant ma sensation d'errer au milieu de nulle part.

Nous roulons encore pendant des kilomètres sur cette route mal entretenue, avant d'aboutir à une grille qui barre la route. Je lis, sur une plaque de métal, vissée au milieu par de gros boulons : «*Propriété privée. Entrée interdite au public, sous peine de poursuites judiciaires. Terrain dangereux !*»

Léonard, le valet de Horwitz, descend du véhicule immobilisé. Il déverrouille plusieurs gros cadenas à l'aide d'un jeu de clés, ouvre la grille, remet tout en place derrière nous et revient dans la fourgonnette.

De hautes herbes folles entourent le nouveau chemin, encore moins bien entretenu. C'en est à se demander si nous ne risquons pas de nous embourber et de demeurer pris, là, n'ayant d'autre choix que d'avancer à pied sous la pluie qui s'est mise à redoubler d'ardeur. Conscient de cette possibilité, Leroux conduit avec prudence. Sa tête s'enfonce dans ses épaules ; il se concentre tant qu'il se crispe. D'étranges sons étouffés proviennent du dehors, mais je les entends mal, à cause des bruits du véhicule, du vent et de la pluie. Peut-être n'est-ce que mon imagination ?

Le chemin s'incline tout à coup, se changeant en côte assez abrupte. La végétation dense et serrée s'interrompt, dévoilant le manoir, perché sur un vaste plateau qui domine la côte et les environs. Ce plateau paraît en équilibre précaire, soutenu par une base de terre en forme de V. Le manoir, lui… Sombre, anguleux, immense, il a des airs de bête endormie dont il faut s'approcher prudemment. Deux tourelles cylindriques, dont les pignons poignardent le ciel, encadrent un vaste corps de bâtiments.

Nous franchissons un mur d'enceinte à moitié démoli et nous arrivons dans l'antre de la bête. Lorsque nous nous immobilisons enfin, Leroux ne peut s'empêcher de lancer un juron exprimant son soulagement. Il arrête le moteur et laisse tomber ses bras contre son corps. Loïc ne prononce pas une parole, mais il est clair que le décor l'inquiète. Comme moi. Sommes-nous tombés dans un guet-apens ? Nous ignorons tout de Horwitz. Peut-être fait-il partie d'une bande d'assassins.

Je descends le dernier. Mes jambes sont fatiguées par le trajet et je me dégourdis les membres de mon mieux. Horwitz n'a guère l'intention de perdre son temps ici. Après avoir ordonné à son valet d'apporter les vali-ses, l'homme à la canne nous demande de le suivre.

Une lourde porte de fer défend l'entrée du manoir. Horwitz manœuvre pas moins de deux serrures avant que nous entrions dans un hall poussiéreux dont l'odeur de ren-fermé nous surprend. L'endroit est ténébreux, et je m'attends à voir notre hôte actionner un interrupteur, mais il n'en fait rien. Il allume une série de lampes à huile et de chandeliers qu'il nous tend à tour de rôle.

— Suivez-moi, je vais vous désigner vos chambres, dit-il enfin.

Nous traversons un couloir au bout du-quel un escalier conduit au premier étage ou à la cave. Nous montons. Sur les murs, le jeux des ombres crée d'étranges formes aux allures de diablotins ricanants.

Je suis le premier à me voir assigner une pièce.

— Vous pouvez vous reposer un peu du voyage, nous dit Horwitz, au moment où je franchis le seuil. Dans une heure, vous nous rejoindrez dans le hall d'entrée. Je vous accorde ma confiance. N'en abusez pas.

Se tournant vers les autres, il poursuit :

— Je ne saurais trop vous déconseiller de vouloir vous enfuir, ou de vous aventurer hors du château. Des êtres bizarres hantent le coin. Vous avez remarqué que personne n'habite à des kilomètres à la ronde, n'est-ce pas ? Les autorités ont déjà tenté de régler le problème, mais elles n'y sont jamais parvenues.

— Comment des gens ont-ils pu bâtir ce manoir, alors ? demande Leroux, sceptique.

— Mes ancêtres savaient *des choses*. Ce n'est pas pour rien que je désire m'entretenir avec mon oncle Jacob. Vous aurez aussi remarqué que je murmurais des prières de conjuration, pendant notre trajet jusqu'au manoir. Elles nous ont permis de nous rendre ici sans trop de danger. Si je ne les avais pas prononcées, le pire aurait pu arriver.

Werner ment-il ? Invente-t-il des histoires pour décourager toute tentative de fuite ?

C'est très difficile à dire, mais il est vrai que la région n'est pas rassurante, encore moins pour des gens qui ne la connaissent pas, comme nous.

— De toute manière, reprend notre hôte, prenez votre mal en patience : vous serez libres d'aller où bon vous semble dès que j'aurai parlé à mon oncle Jacob. Vous pourrez reprendre la fourgonnette si cela vous plaît.

Nous tiendrons la séance le plus tôt possible, de façon à ne pas vous garder trop longtemps entre ces murs. Il serait vain de risquer votre vie sottement pour échapper à une captivité aussi brève. Vous ne resterez pas plus de quelques jours ici.

Sur ces paroles, il s'éloigne dans le couloir. Je l'entends attribuer leurs chambres à Loïc et à Édouard, puis il redescend dans le hall.

La pièce où je loge est relativement vaste, quoique vieillotte et froide. Je m'approche d'une fenêtre qui donne sur une cour où foisonnent des plantes et des herbes aux formes et aux couleurs bizarres. Une ambiance pesante règne sur le manoir, et je me demande à quoi ressemble la vie quotidienne du propriétaire.

Quand il nous parle, on croirait entendre un gentleman un peu excentrique, mais inoffensif. Un grand enfant dont la vie facile se modèle à son comportement insouciant et superficiel. Cette image correspond-elle à la réalité ? Ne dissimule-t-elle pas un caractère plus inquiétant, fantasque, certes, mais aussi plein d'un égoïsme qui confine à la méchanceté ?

Après tout, il ne s'est pas embarrassé des conséquences que sa volonté entraînerait dans notre vie personnelle, et n'a pas hésité une seconde à sacrifier nos priorités au profit des siennes.

Édouard redoutait une vengeance de la part d'ex-associés ? Qu'à cela ne tienne, il suffisait de lui proposer une chirurgie plastique et une nouvelle identité pour régler le problème. C'était à prendre ou à laisser, mais, dans tous les cas, il fallait obéir... Tout ça pour une séance de spiritisme. Que peut-il donc tant lui vouloir, à l'oncle Jacob ?

Fatigué, je m'étends sur le lit, qui gémit sous mon poids. Les mains croisées derrière la nuque, je ferme les yeux. Encore cette fatigue qui se manifeste. Castellan avait-il raison ? Si je continue à somnoler ainsi, c'est qu'il disait la vérité, et qu'un passage dans le quartier bleu de Monochrome laisse des traces durables.

Mes pensées dérivent, s'effilochent, se fondent en une tapisserie confuse de visages, d'images, de situations... les yeux de Félix se mêlent au nez de Castellan, à la bouche de Leroux et à la balafre du valet Léonard.

Le sourire de Jane se greffe au visage de Florence. À l'heure actuelle, Bouhier doit avoir contacté le juge que je remplaçais. Ne me voyant pas au rendez-vous, il a dû conclure que j'étais déjà parti sans le saluer. J'ignore s'il en a glissé un mot à Herminia. Si ce n'est pas le cas, elle ne m'attendra pas à l'école avant plusieurs jours. Je devrai alors tout lui expliquer et je me heurterai évidemment à son scepticisme. D'emblée, elle me jugera coupable et m'en voudra d'avoir entraîné la perte d'un revenu substantiel pour son établissement.

Ces pensées achèvent de me déprimer. Pourvu que Horwitz se hâte de préparer cette séance de spiritisme à laquelle il tient tant, afin que nous puissions nous en aller au plus vite.

Je me réveille en sursaut.

Le valet répète sa question :

— Monsieur veut-il se joindre au reste des invités pour le repas du soir ?

Le repas du soir ? Un regard à ma montre m'apprend qu'il est vingt heures. J'ai dormi tout l'après-midi et je me sens encore fatigué, l'esprit embrumé. Décidément, la théorie de Castellan se confirme. J'aurais dû le croire. Pour combien de jours, de semaines… de mois… en aurai-je encore à m'endormir sans cesse ?

Je remercie Léonard de son invitation. Le valet m'attendra dans le hall, d'où il me conduira à la salle à manger. Seul dans ma chambre, je m'étire. Prendre une douche me ferait du bien, mais j'ignore si ce château à l'ancienne en possède une. Ça m'étonnerait plutôt, puisqu'il n'a même pas l'électricité.

Chandelier en main, je rejoins Léonard, comme convenu. Nous traversons le hall ensemble. Il soulève une tapisserie, découvrant une porte. À quoi rime cette ouverture dérobée ? Il tourne une poignée, nous traversons un couloir au bout duquel les autres m'attendent, déjà attablés, en train de manger une soupe. Au fond de la pièce, un foyer dispense une chaleur bienfaisante.

— Bonsoir ! s'exclame Horwitz, joyeux. Tu nous pardonneras de ne pas t'avoir attendu ; j'ignorais si tu voulais manger, ou si tu préférais te reposer. Tu semblais épuisé aujourd'hui. Je suis allé te voir dans ta chambre, voilà quelques heures, et tu dormais si profondément que je n'ai pas osé te réveiller.

En ébauchant un sourire incertain, je m'assois près de Leroux, qui me lance un regard mauvais avant de se pencher de nouveau sur sa soupe et de continuer à manger. Il termine bientôt son assiette et relève la tête, visiblement contrarié. Je m'attends à l'entendre proférer un sarcasme, mais il se tait. N'étant pas en situation de pouvoir, il hésite à exprimer ses pensées à haute voix, craignant peut-être que Werner ne s'en prenne à lui.

Notre hôte reprend d'ailleurs la parole, excité à l'idée de la séance de spiritisme à venir.

— J'ai hâte de parler à ce bon vieux Jacob. Quand j'étais petit, nous étions très près l'un de l'autre, même si je n'ai pas eu l'occasion de le voir souvent. Mon père le détestait, à cause d'une histoire d'héritage. Jacob avait raflé le magot, et mon père l'accusait d'avoir forcé la mourante à modifier son testament. Je voyais seulement mon oncle lors de grandes réunions familiales. Il paraît que mon grand-père le préférait à ses autres fils, et c'était une autre raison de la jalousie de mon père envers Jacob.

Nous irons visiter la salle des esprits, tout à l'heure, afin que vous soyez familier avec l'environnement lorsque la séance se tiendra. J'avais pensé à demain soir, si monsieur Leroux se sent assez reposé et en forme…

Horwitz scrute le chef spirite pour obtenir son avis sur ce point. L'ex-enseignant s'empresse de répondre :

— J'ai beaucoup d'expérience dans ce domaine, comme vous le savez. Je serai prêt. Pour être franc, j'ai hâte de régler cette affaire pour m'en aller au plus vite d'ici. Si je peux partir bientôt, je pourrai sûrement me débrouiller avec mes associés des Jeux olympiques. J'inventerai une histoire, qu'ils croiront, qu'elle leur plaise ou non.

— Parfait, dit Werner en souriant.

Une lueur de tristesse inattendue traverse son regard et il poursuit :

— Vous savez, j'aurais souhaité vous épargner ces ennuis, mais je me voyais contraint de solliciter votre aide. J'ignore pourquoi je suis à ce point incapable de mener une séance à terme. Comme je vous l'ai déjà dit, mes expériences se soldent par des échecs ou des catastrophes. Par le passé, j'ai même failli détruire la salle des esprits. Ce soir-là, j'avais dû mal canaliser mes énergies : tous les objets posés sur le guéridon avaient explosé !
Une autre fois, j'avais demandé à une charmante vieille dame de m'aider. Madame Guillet avait l'habitude d'évoquer des esprits inoffensifs pour des amies ou des clientes âgées. C'étaient des séances banales, une façon pour elle d'arrondir ses fins de mois. Pour l'occasion, je souhaitais discuter avec un spectre moins conventionnel, moins… poli, que mon oncle Jacob ! En échange, je lui offrais une somme d'argent considérable. La pauvre dame est morte d'une crise cardiaque.

Leroux fronce les sourcils en entendant cette histoire. Il est clair qu'il n'a pas envie de connaître le même sort.

— C'est l'esprit qui a tué la vieille que vous me demandez d'évoquer ?

— Mais non, je viens de le dire, c'est avec Jacob que je veux parler ! Pour Madame Guillet, c'était une autre histoire : elle devait communiquer avec Gézarielle, une sorcière réputée pour sa cruauté et ses pratiques de magie noire. Je me doutais que je courais un danger, car, de son vivant, on avait surnommé Gézarielle « L'araignée mangeuse d'âmes ». J'avais quand même de bonnes raisons de vouloir entrer en communication avec elle. Quand elle a vu cette vieille dame toute gentille qui tentait de la rejoindre, la sorcière n'a pas pu résister. Elle l'a emprisonnée dans sa toile. Je n'oublierai jamais l'expression du visage de madame Guillet. C'était… le masque même de l'épouvante.

Horwitz s'assombrit. Quelques secondes s'écoulent dans une atmosphère tendue. Loïc, tête baissée, n'ose regarder personne. C'est presque drôle de voir ce colosse angoissé par des phénomènes surnaturels contre lesquels il ne peut rien. Leroux appuie son menton sur son poing fermé, dans une attitude qui me rappelle celle du réceptionniste de l'hôtel *Belle-de-jour*. Redoute-t-il l'oncle Jacob ? S'il a été nommé chef spirite, il doit savoir comment se débrouiller, non ? Émergeant de ses souvenirs, Horwitz nous observe l'un après l'autre, puis éclate de rire en se versant un verre de vin.

— Allons, dit-il, c'est de l'histoire ancienne. Mon oncle Jacob n'a rien d'une entité malfaisante, et nous ne courons pas de risque. Cette dame Guillet dont je vous ai parlé était peu expérimentée dans ce domaine. Elle n'avait rien à voir avec un spécialiste de votre trempe, monsieur Leroux. Elle aurait dû refuser mon offre, si elle craignait pour sa vie ; je l'avais prévenue, après tout.

Léonard revient en poussant un chariot débordant de plats divers : salades, brochettes, volailles, légumes, etc. Le valet dépose quelques bûches dans l'âtre, nous salue et se retire.

Imitant Leroux, je me sers sans oublier de me verser un verre de vin, en prenant l'une des nombreuses carafes posées sur la table. Cela me permettra de me détendre un peu.

Je bois une gorgée d'alcool. Loin d'être un spécialiste dans le domaine, je dois pourtant reconnaître que le vin est excellent, subtilement fruité, doux, mais doté d'un caractère certain.

Notre hôte se lance dans une série d'anecdotes au sujet du spiritisme, nous résumant l'histoire de la famille Fox, dont les membres avaient identifié un meurtrier grâce à l'aide des esprits. Horwitz parle aussi de son arrière-grand-père.

Je me demande comment il connaît l'existence de personnes qui ont vécu en France et aux États-Unis. Après tout, il semble avoir grandi dans ce monde surnaturel, pas dans celui d'où je viens. En plus, selon mes souvenirs, Noireterre et tout le reste du pays ont été fondés par une sorte de monstre endormi, trouvé par le grand-père d'Édouard Leroux[3]. Je pose la question sans détours. C'est Leroux qui répond :

— T'as une bonne mémoire, le gamin. Ne me demande pas comment, mais quand Noireterre et le reste du pays se sont formés, ils avaient *déjà* un passé, *déjà* une histoire. Quant à connaître l'histoire de *ton* monde, n'oublie pas que certains d'entre nous se sont déjà aventurés dans ton univers. Ils n'y restent jamais longtemps, sous peine de se transformer en monstres, comme tu le sais, mais assez pour en rapporter des livres et d'autres documents qui peuvent nous être utiles.

Le vin aidant, la conversation se détend, et Werner en vient même à nous amuser avec des histoires absurdes de spiritisme. Véritablement passionné par le sujet et doté d'une curiosité parfois infantile, il a jadis contacté des âmes d'animaux. Depuis ce temps, un chat fantôme hante le manoir, s'étant pris d'affection pour son propriétaire.

— Ne vous surprenez pas si vous sentez un pelage se frotter contre votre jambe, explique-t-il. C'est Safran. Il se peut aussi qu'il vous morde le mollet s'il est de mau-

---

[3]   Voir *Dernier train pour Noireterre*, dans la même collection.

vaise humeur ce jour-là. Je déteste quand il ose faire ça, mais je ne vois aucun moyen de l'en empêcher. Un chat invisible, c'est difficile à dresser.

J'imagine le chat en train de planter ses dents dans la jambe de Leroux et j'ai peine à réprimer un fou rire. L'alcool coule à flots, produisant ses effets, car je me sens de plus en plus joyeux, comme lors de la soirée arrosée de réveille-sens et de philanthrope. Beaucoup plus cordial et détendu, Leroux intervient et raconte certaines séances inusitées, au cours desquelles il a rencontré des esprits farceurs, rébarbatifs ou atteints de démence.

— Il y avait l'esprit de cette nourrice complètement folle ! s'exclame-t-il. Elle ne daignait se manifester que si on l'interrogeait en imitant la voix d'un bébé et en buvant du lait. Elle était devenue complètement gâteuse et répondait à nos questions comme si nous avions quatre ou cinq ans, de façon simpliste, avec une voix haut perchée.

Nous voulions savoir si elle connaissait l'emplacement d'une cassette contenant des bijoux et autres objets précieux, que sa propre mère lui avait léguée après son décès. Il est impossible de vous dire les heures que nous avons perdues en essayant de lui arracher son maudit secret. Finalement, elle a craché le morceau, et le coffret ne contenait que du toc !

Werner éclate de rire et se verse un autre verre de vin. Ses joues s'empourprent sous l'effet de l'alcool. Il félicite Leroux pour son sens de l'humour, allant même jusqu'à dire :

— Vous savez, Édouard, vous devriez boire plus souvent. Vous devenez beaucoup plus sympathique ! Derrière vos airs de matamore, vous dissimulez une personnalité très intéressante.

Je m'attends à voir Leroux se fâcher d'être ainsi critiqué ouvertement, mais l'ex-enseignant se contente de remplir sa coupe, les yeux dans le vague. Il doit être passablement ivre.

Interrogé par l'homme à la canne, Loïc parle un peu de lui-même : il a déjà offert ses services à plusieurs personnages politiques influents. Cet homme de main rêve un jour de prendre sa retraite et de s'acheter un bateau ! Il nous confie qu'il a très peu connu son père marin : l'homme en question est mort en mer. Il n'avait pu emmener le jeune Loïc qu'une seule fois à bord, pour un court voyage, qui avait impressionné son fils. Ce dernier avait d'ailleurs envisagé une carrière comme celle de son père avant de louer ses services de garde du corps et d'homme de main.

Nous devons être assis ici depuis un bon moment déjà, puisque le valet revient en poussant un chariot de desserts. Ils ont l'air succulent, mais je n'ose plus rien manger, ayant déjà trop fait d'abus pendant le repas. Loïc ne se gêne pas pour engloutir des petits fours, une pointe de tarte et un morceau de tiramisu.

Horwitz nous offre aussi le café. J'en prends une ou deux tasses, je ne sais plus. Je perds la notion du temps, je flotte dans une brume bienheureuse grâce au vin. Nous bavardons encore un moment. Werner m'invite à parler de mon expérience d'enseignement à l'école des monstres. Je m'exécute, en ayant l'impression de mal contrôler mon élocution et de dire des stupidités de temps en temps, mais personne ne paraît s'en formaliser. S'ils sont tous dans le même état que moi, sans doute ont-ils perdu une partie de leur sens critique.

Je viens de terminer une phrase lorsque notre hôte se lève soudain, donne une claque du plat de la main sur la table et déclare :

— Je me sens d'attaque pour vous faire visiter la salle des esprits. Vous venez ?

Avons-nous le choix ? Nous suivons notre guide, candélabres à la main. Nos ombres dessinent encore des motifs inquiétants sur les murs, mais je les regarde avec un certain détachement. Je dois sans doute remercier les effets du vin pour ce calme qui m'envahit.

Nous retraversons le hall, nous rendons au bout du couloir et descendons l'escalier vers les caves. Le froid y règne plus qu'en haut. L'une des premières pièces à notre droite sert de « salle des esprits ». De dimensions modestes, elle accueille les séances, si j'en juge par le guéridon recouvert d'une nappe noire qui en occupe le centre. Une planche *oui-ja* y repose. Sur les murs, des voiles noirs ont été suspendus.

Une petite bibliothèque garnit le fond de la pièce. J'y repère un jeu de tarots, plusieurs ouvrages aux titres ésotériques, des feuilles, du papier… Quelques chaises complètent l'ameublement.

— Voilà l'endroit où j'ai l'habitude d'entrer en communication avec les esprits, déclare l'homme à la canne. J'ai voulu que le décor soit à la fois sobre et inspirant. Qu'en dites-vous ?

Personne n'ose le contredire, pas même Leroux, amadoué par le vin. Je retiendrai le truc, si jamais je dois convaincre l'ex-enseignant. Loïc s'appuie contre un mur, ferme les yeux et bâille. Werner s'en aperçoit et se confond aussitôt en excuses.

— Pardonnez-moi de vous avoir gardés si longtemps avec moi. Je mène une existence plutôt solitaire ; quand j'ai l'occasion d'avoir des invités de marque comme vous, j'ai tendance à oublier leur fatigue au profit de mon plaisir personnel. Vous pouvez regagner vos chambres. Demain matin, Léonard viendra vous réveiller pour le petit-déjeuner.

Nous regagnons ensemble le rez-de-chaussée, puis le premier étage. Chacun se sépare en se souhaitant une « bonne nuit » qui sonne faux. Je m'amuse d'entendre Leroux formuler de pareilles politesses à son employé, qu'il rudoie habituellement. Si l'habit fait le moine, la situation fait-elle l'homme ou le patron ?

Je pose le chandelier sur ma table de nuit, me dévêts et me glisse entre les draps glacés en frissonnant. Je ferme les yeux et je sens la chambre tourner, comme si j'étais couché dans un manège. Je n'aurai pas de mal à m'endormir, mais cela aurait peut-être été le cas, même sans le vin. Je repense à Florence, à Jane, mais je n'arrive pas à me concentrer sur leur image. Tout dérive, je suis bercé par les mouvements du manège et je me laisse glisser vers le sommeil.

2 : Il doit y avoir erreur sur le fantôme

Comme prévu, c'est Léonard qui me réveille. J'ouvre les yeux et je le découvre, en livrée, imperturbable. Après son départ, je m'habille, seul dans la chambre glaciale. J'aurais envie de rester couché entre les draps chauds. La pluie qui tombe contre les vitres produit un effet apaisant. Le ciel déborde encore de nuages noirs. Je ne me souviens pas de la dernière fois où j'ai vu le soleil.

Peu importe : si tout se déroule bien, je pourrai quitter le manoir sous peu, en compagnie de Leroux et de Loïc. J'imagine que l'ex-enseignant ne refusera pas de me laisser près d'une gare ou, encore mieux, de me reconduire à Noireterre ou dans les environs, s'il va dans cette direction. Mais j'y pense : il se rendra probablement à Monochrome. Je le suivrai jusque là-bas et je reprendrai le train. Je profiterai de ma présence dans les environs pour rencontrer Bouhier et m'excuser d'avoir manqué le rendez-vous.

S'il m'interroge pour connaître les raisons de mon absence, je m'efforcerai d'inventer une histoire qui se tienne. J'ignore encore quoi, mais j'aurai l'occasion d'y repenser pendant le trajet de retour.

Dans la salle à manger, Horwitz nous attend. Café, rôties, croissants, bagels, céréales, fruits frais, yogourts, rien ne manque à l'appel. Loïc dévore tout avec un appétit démesuré, Leroux engloutit café sur café… Ce n'est peut-être pas une excellente idée d'exposer l'ex-enseignant à ce genre de boisson qui risque de stimuler sa nervosité et son agressivité. Il paraît d'ailleurs maintenant loin de l'homme cordial qu'il était devenu hier. Il n'a pas pris la peine de se raser, et la contrariété se lit de nouveau sur son visage. Comme il s'en prend souvent à Loïc, ce dernier finit par se révolter en lui disant :

— Arrêtez, Leroux ! J'en ai marre de vos insultes. Quand vous me payez, je ferme ma gueule, mais je refuse de les supporter quand je ne travaille pas pour vous.

L'incident risque de dégénérer, mais Werner s'en mêle en priant « ces messieurs de bien vouloir se conduire avec civilité chez lui ». Craignant un autre incident, il meuble alors le silence en parlant de choses et d'autres. Les deux hommes ne l'écoutent pas, boudant chacun de leur côté.

— Monsieur Leroux, demande notre hôte au milieu du repas, avez-vous besoin d'une préparation spécifique pour la séance de ce soir ? Certains spirites exigent de pouvoir se concentrer pendant quelques heures ; d'autres ont besoin de méditer, de lire, d'écouter de la musique. Enfin, en un mot, que vous faut-il ?

— Rien, crache Édouard d'un ton désabusé. Je ne suis pas un poseur comme les autres charlatans, moi. Toutes ces manies ridicules m'ont toujours fait rire, et elles ne changent rien à la réalité : un mauvais spirite a beau méditer cinq heures avant une séance, il demeurera toujours un mauvais spirite. Voilà ce que j'en pense.

— Quoi qu'il en soit, je vous montrerai ma bibliothèque, après le petit-déjeuner. Si vous avez envie de la consulter, ou de vous y reposer aujourd'hui, libre à vous de le faire. L'invitation vaut pour vos deux amis, d'ailleurs.

Le repas s'achève, et notre hôte nous conduit à la bibliothèque. Dans cette grande pièce garnie de livres du plancher au plafond, je repère plusieurs ouvrages de géographie, de physique, d'histoire, d'ésotérisme, ainsi que des romans aux titres curieux : *Journal d'un ogre*, *L'indéchirable incube*, *Mariée en larmes à la mi-carême*, *Les meilleurs souvenirs ont les poumons brisés*, etc. Les livres de géographie portent d'ailleurs sur des aspects étranges de la question : *Les terres hantées*, *À la recherche des continents invisibles*, *Dispositions occultes des formes naturelles*…

Je n'approfondis pas la question. Je reviendrai plus tard, car j'ai envie de prendre l'air, pour l'instant. Je sollicite la permission d'aller me promener à l'extérieur du manoir. Werner accepte, me prévenant :

— Ne va pas trop loin. Je t'accorde ma confiance. Sois-en en digne. Il serait insensé de vouloir fuir maintenant, puisque tu pourras t'en aller dès ce soir, après la séance.

Je le rassure : je n'ai aucune intention de me sauver. Après tout, mon séjour chez lui est de loin plus agréable que mes prétendues vacances à Monochrome. Mes propos suffisent à convaincre Horwitz, et nous convenons de nous retrouver dans la salle à manger vers midi trente.

Une fois dans le couloir, je songe que j'ai oublié de glisser un mot à mon hôte au sujet d'une douche. Tant pis ! Je lui en parlerai plus tard. Si l'occasion ne se présente pas, je serai de retour à Noireterre demain, de toute manière.

Sur ces pensées, je me dirige vers l'extérieur du manoir. Je pousse la lourde porte, me retrouvant près de l'endroit où Leroux a garé la fourgonnette. S'il fait un peu moins froid aujourd'hui, le ciel uniformément blanc n'a pas changé. Il boit toujours les couleurs déjà ternes du paysage, et le poids de ce plafond bas pèse sur mes épaules.

Je m'avance vers le chemin que nous avons parcouru en voiture. Me voilà sur cette route de terre. Je prends une grande respiration et je m'étonne d'entendre mon souffle déchirer le silence. À l'approche d'un prédateur dangereux, la nature se tait parfois de cette manière. Envahi par un curieux pressentiment, je m'immobilise, à l'affût.

Autour de moi, rien ne bouge. Le vent est tombé, depuis hier, et la cime des arbres demeure immobile, figée. Les nuages s'imbriquent tant les uns dans les autres qu'on croirait qu'ils ne forment qu'une immense masse blême sans début ni fin. Je me sens prisonnier d'une morne photographie… et pourtant la même sensation étrange de sentir une présence proche continue à m'habiter, à susciter un curieux malaise en moi.

C'est à ce moment qu'un chuchotement parvient à mes oreilles, provenant de partout et de nulle part à la fois. Je distingue une dizaine de mots, murmurés dans une langue inconnue. Un frisson traverse mon échine et je me raidis, en lançant des regards à la ronde. Toujours rien, seul cet environnement désolé. D'où provient donc cette voix ?

J'aurais envie de fuir, mais… Le silence a repris ses droits, et un curieux désir m'anime soudain : je vais marcher jusqu'aux arbres, situés à quelques mètres du chemin, et entrer dans la forêt. Je me dirige vers l'endroit en question sans me presser. Je sais que… quelqu'un (quelque chose ?) m'attend là-bas. Quelqu'un de griffu. De froid.

J'avance sur le chemin, je vois les arbres, j'ai hâte de quitter la route et de m'enfoncer dans l'herbe jaunie jusqu'à ce que j'atteigne la maison délabrée où *elle* habite. Sur place, je n'aurai pas besoin de l'attendre ou de la voir, car je lui appartiendrai corps et âme. Je n'aurai qu'à me déshabiller, à brûler mes vêtements et à soulever une latte du plancher, sous laquelle je trouverai un couteau. La suite sera simple, à l'image de tous les sacrifices : la peau humaine, c'est fragile. Il suffit d'y plonger une lame à plusieurs reprises pour la déchirer, en faire jaillir le sang et s'écrouler par terre, mort.

À moins d'agir moins vite, de prendre son temps, le temps de sentir l'acier qui coupe les veines, qui fouille la chair en une morsure qui conjugue la glace et le feu. Sûrement, oui, je ne me presserai pas, je lui offrirai ma souffrance pendant qu'elle continuera à m'observer de ses yeux morts, de ses yeux qui ont vu tant de corps se décomposer au fil des années, depuis qu'elle habite là.

J'en ai déjà la certitude : quelque part au fond de moi, je hurlerai, je sentirai une main froide se refermer sur mes pensées et tordre mes souvenirs et mon identité. Je comprendrai que lorsqu'on est seul et perdu dans les ténèbres, il n'y a plus rien à faire, sinon hurler, pleurer toutes les larmes de son corps et prier pour que ça ne dure pas trop longtemps. Ce sera quelque chose comme la solitude de l'enfant caché sous le lit pendant qu'on assassine ses parents et qui sait que, désormais, sa vie ne sera plus que souffrances et désolation.

Ça y est, les arbres ne sont plus qu'à quelques mètres et, dans leurs branches crispées, je crois déjà lire le sort qui m'attend, ce sort vers lequel je marche à la manière d'un petit garçon qui glisserait des lames de rasoir dans une pomme avant de la manger.

Tout à coup, il y a cette respiration, derrière moi, qui me suit, qui se rapproche, qui m'enveloppe, pendant que le chuchotement reprend, m'invitant une nouvelle fois à ne pas fléchir, à entrer dans cette maison d'une certaine manière, en prononçant certaines paroles dont j'ignore le sens, à prendre le manche du couteau et…

C'est comme un choc électrique : une main se pose sur mon épaule et une voix énergique crie :

— Alain ! Écoute-moi !

Étonné, je me retourne. C'est Werner Horwitz, les sourcils froncés. Il s'empresse de

279

réciter une prière étrange et, aussitôt, je sens mes pensées libres de nouveau, affranchies de l'emprise qui les dominait depuis un moment. L'emprise de Gézarielle, car c'est bien elle, n'est-ce pas, dont l'esprit habite cette maison déserte située près d'ici ?

En entendant ma question, l'homme à la canne baisse la tête de manière coupable, et avoue :

— Oui. C'est pour cette raison que j'avais voulu lui parler par l'entremise de la vieille médium dont j'ai parlé hier, au cours du repas. J'aurais voulu négocier avec elle, mais c'est impossible. La forêt a poussé sur des semailles humaines. Chaque arbre est gorgé d'énergie sacrificielle. De son vivant, Gézarielle séduisait les hommes, les entraînait ici et les sacrifiait en s'arrangeant chaque fois pour qu'ils agonisent le plus longtemps possible, afin que son environnement se remplisse de fluide vital, de souffrance humaine, d'énergie intense. C'est, entre autres, à cause de la sorcière que l'environnement du manoir Horwitz est si… occulte.

Elle tente encore de s'approprier les visiteurs qui s'aventurent sur cette route sans protection. Heureusement pour toi, j'ai pensé à temps que tu pourrais t'y aventurer, au lieu de demeurer dans les environs immédiats du château. Sinon, mon pauvre ami, je vois mal comment tu t'en serais tiré. À moins d'être prévenu, nul ne peut échapper à Gézarielle.

Pendant ces explications, nous sommes revenus sur nos pas et nous devisons maintenant près de la fourgonnette. Je retiendrai la leçon, pour le peu de temps qu'il me reste à passer ici. Je suggère d'ailleurs à Werner de prévenir Édouard Leroux et son employé. Mon hôte me promet qu'il n'y manquera pas.

Échaudé par l'événement, je regagne le manoir et me rends dans la bibliothèque. Je prends une pile de livres au hasard et m'assois dans un fauteuil confortable. En feuilletant l'un d'entre eux, je découvre l'histoire de Gézarielle, représentée par une gravure. Elle ressemble étrangement à la sorcière évoquée par les patineurs lors de la projection.

Une atmosphère feutrée se dégage de l'endroit et, un livre à la main, je me surprends à dodeliner de la tête et à fermer les yeux. Cette fois, je ne doute plus des causes de ma fatigue : c'est ce maudit hôtel bleu qui m'a contaminé. Combien de temps encore en subirai-je les effets ? Je l'ignore, mais je n'aime guère l'idée de m'endormir sans arrêt.

Pour lutter contre le sommeil, je tâche de me concentrer sur l'un des livres que j'ai pris, détaillant le cas des landaus fantômes qui apparurent un jour dans le village de l'Anse Perdue :

« *La population, d'abord intriguée par ces landaus noirs d'où montait un carillon funèbre, vécut bientôt dans l'épouvante, car ces objets semaient autour d'eux un pollen de jais qui faisait fleurir la nuit partout. Incapables de quitter l'Anse Perdue, car ils s'enfonçaient aussitôt dans une obscurité qui entraînait une profonde panique chez les plus téméraires, les villageois durent apprendre à vivre dans des ténèbres que même le feu éclairait mal. Entourées d'un halo doré, des apparitions terrifiantes émergeaient parfois de l'opacité, telle cette horloge qui faisait franchir des bonds temporels gigantesques à ceux qui la voyaient, leur faisant revivre leurs pires souvenirs. La couverture des vents, elle, déterrait ce qu'on avait enfoui de plus atroce, jetant à la face des badauds traumatisés les abominations secrètes que des scélérats avaient cru dissimuler pour l'éternité à la face du monde.*

Surgi d'on ne sait où par un matin de givre, un exorciste charismatique ordonna que commence un immense jeûne, suivi d'une cérémonie tenue dans un dépotoir. Peu à peu contaminé par l'atmosphère malsaine de l'endroit, il se mit à réclamer des décapitations en guise de salaire, rythmées par un métronome détraqué qu'un musicien fou utilisait pour diriger un orchestre de mutilés. Alors, Alain Dalenko se leva et quitta le manoir Horwitz pour marcher jusqu'à l'extérieur, trop heureux de pouvoir enfin sacrifier son jeune corps et son âme point trop corrompue à l'appétit insatiable de Gézarielle, qui le guettait au fond de sa baraque pourrie. L'araignée mangeuse d'âmes avait faim, car voilà longtemps qu'elle n'avait pas accueilli de visiteurs.

Pour cette raison, elle scrutait l'avancée du jeune homme sur le chemin de terre, en sachant qu'il se dirigerait bientôt sous le couvert des arbres, puis vers la maison au fond des bois, qu'il prendrait le couteau enterré sous... »

— Mais qu'est-ce que tu fais ici ? s'écrie une voix.

J'ouvre les yeux. Je suis debout au milieu du chemin de terre qui conduit vers la forêt.

Horwitz fronce les sourcils. Mal réveillé, je répète à ma manière la question de mon interlocuteur :

— Mais qu'est-ce que je fais ici ?

Incrédule, Werner me dévisage et reprend :

— Tu es somnambule ?

— Moi ? Non ?

À moins que... Mon hôte me demande de lui raconter mon rêve, et confirme mon impression en disant :

— C'est Gézarielle. Elle a profité de ton assoupissement pour te conduire ici. Tu lui as même facilité la tâche, avec le livre que tu lisais avant de t'endormir. Maintenant qu'elle s'est infiltrée une fois dans ton esprit, elle ne te lâchera plus. Il faudra t'attacher pendant ton sommeil, sinon tu risques de t'enfuir sans le savoir. Prions pour que la séance de ce soir fonctionne comme nous le voulons, afin que tu puisses regagner Noireterre au plus vite et t'éloigner de l'emprise dangereuse de la sorcière.

Encore endormi, je raconte d'une voix mal assurée que l'influence de l'hôtel du quartier bleu provoque en moi des assoupissements réguliers.

— Nous tâcherons d'être vigilants, soupire Horwitz. Elle a dû détecter que tu n'es pas né dans notre monde, que ton esprit est plus malléable que celui des autres, moins immunisé contre les manifestations occultes… Dorénavant, je verrouillerai de l'intérieur la porte d'entrée du manoir. Si tu veux sortir, préviens-moi… mais je te demande d'être prudent. Par deux fois, tu as failli mourir, et je t'assure qu'une visite dans la maison de Gézarielle n'a rien d'une partie de plaisir.

Sur cet avertissement, l'homme à la canne me laisse dans le couloir, près de l'escalier. Je songe encore que j'ai oublié de lui parler de la douche ou du bain !

Que puis-je bien faire ici, en attendant la séance à venir ? Explorer le manoir, peut-être ? Je me sens étourdi, fatigué, sur le bord de m'endormir encore.

Je pourrais me laisser glisser contre le mur et m'asseoir en m'y appuyant, fermer les yeux, juste quelques secondes, à peine le temps de me reposer.

Je commence à m'endormir, chaque pas me coûte plus. Dans un sursaut de conscience, je songe à gagner ma chambre et à placer un dispositif qui me réveillera si jamais je tente d'en sortir, pris d'une crise de « somnambulisme ».

Dans une confusion grandissante, je gagne le premier étage, silencieux. Je referme la porte derrière moi, et j'y appuie une chaise en équilibre instable, lorsqu'une constatation sournoise alarme mon esprit embrumé :

Ton dispositif ne sert à rien ! Gézarielle sera capable de lire dans tes pensées et elle guidera tes gestes pour que tu déplaces la chaise sans la faire tomber, et sans bruit…

Je voudrais réagir, mais il est déjà trop tard. J'ai à peine le temps de me coucher sur le lit, de fermer les paupières et de m'endormir.

C'est un vacarme qui me réveille : la chaise tombe sur le plancher avec fracas, expédiant à quelques mètres les chaussures que j'y avais posées. Je me dresse aussitôt dans mon lit, en proie à la peur.

Pourtant, c'est seulement Léonard, le valet, qui m'invite à rejoindre les autres convives, dans la salle à manger.

Pensif, je m'habille en songeant que, selon toute vraisemblance, Gézarielle n'a pas essayé de profiter de mon sommeil pour me manipuler, cette fois. Je ne me souviens d'aucun rêve.

Une fois attablé avec Loïc, Leroux et Horwitz, je profite d'une question du propriétaire des lieux pour lui parler de mes appréhensions. Leroux me toise, méprisant, un mauvais sourire au coin des lèvres. Il est probable qu'il me trouve peureux et qu'il pense que Gézarielle représente une menace négligeable. Pourtant, il craignait d'évoquer son esprit, non ?

— Les forces de la sorcière ne sont pas illimitées, répond Horwitz. Il est probable que les deux attaques d'aujourd'hui l'ont épuisée… Mais elle recommencera. De toute manière, j'ai prévenu le personnel, de même que Loïc et monsieur Leroux. Si quelqu'un te voit marcher, les yeux dans le vague, il t'interceptera. Les portes sont verrouillées de l'intérieur, je te le répète.

— Mais les fenêtres ? Je pourrais les briser et m'enfuir.

— C'est un risque à prendre… Je ne vois pas comment t'aider mieux : je ne peux malheureusement pas poster un garde permanent à tes côtés, à moins que Loïc veuille le faire.

Le silence de Loïc révèle son peu d'intérêt à me protéger. L'indifférence de mon entourage me vexe. C'est quand même de ma vie qu'il s'agit ! Mais que puis-je faire pour remédier à la situation ? Il est inutile de chercher à m'enfuir, et je n'ai aucun moyen de persuader Loïc, Leroux, Horwitz ou Léonard de m'obéir. Il me faudra être prudent et espérer que la séance qui aura lieu dans quelques heures soit une réussite.

Aucune bouteille de vin ne repose sur la table. Le repas est d'ailleurs frugal. Werner doit souhaiter que le repas soit léger, dans le but de ne pas nuire à la concentration du chef spirite. Ce soir, rien ne rappelle l'ambiance festive de la veille. Après avoir tenté sans succès de lancer une discussion, l'homme à la canne s'est muré peu à peu dans un silence introspectif, imité par les deux autres.

Lorsque Léonard vient porter le plateau de desserts et le café, il paraît surpris de nous trouver aussi méditatifs. Sans commentaires, il nous sert, remet des bûches dans le feu et s'éclipse.

Le rituel du café s'étire sur une quinzaine de minutes, puis, désireux de passer à l'action, Horwitz se lève et, comme la veille, donne un coup sur la table, du plat de la main.

— Vous êtes prêt, monsieur Leroux ?

Pressé d'en finir, Édouard acquiesce. Le propriétaire du manoir sonne le valet, qui nous rejoint. C'est en silence que nous nous dirigeons tous les cinq vers la salle des esprits. Nous y arrivons bientôt. Werner allume une chandelle, qu'il place sur la bibliothèque. Leroux, d'un air grave, nous ordonne de nous tenir par la main, autour du guéridon. Il se place dans l'un des angles de la pièce. Sous l'éclairage tremblotant, nous avons l'air de morts-vivants.

Le chef spirite prend la parole et nous fournit les informations nécessaires :

— Vous garderez le silence. Très important : vous devez vous concentrer sur l'oncle Jacob, sur votre désir d'entrer en communication avec lui. Même si vous ignorez qui il est, vous devez penser à lui. Visualisez son nom. Concentrez-vous sur lui. Laissez « l'idée de l'oncle Jacob » envahir vos pensées…
N'allez surtout pas penser à autre chose : cela détraquerait le processus, qui risquerait d'échouer. Rien, dans notre assemblée, ne doit entraver la séance. Vous êtes prêts ?

Nous hochons la tête. Le silence succède aux paroles de Leroux. Les premières minutes s'écoulent lentement, sans qu'il ne se produise rien de particulier. À force de demeurer immobiles ainsi, une atmosphère bizarre s'installe. Le silence semble s'épaissir, se dilater et remplir bientôt toute la pièce. Je tâche de me conformer aux paroles de mon hôte et de ne penser à rien d'autre qu'à l'oncle Jacob.

Je martèle les syllabes de son nom, en pensée : On-cle-Ja-cob, On-cle-Ja-cob, On-cle-Ja-cob. Il faut se concentrer sur cette unique idée. Ne pas écouter ce côté anarchique et rêveur en moi, qui voudrait jouer à l'esprit buissonnier. On-cle-Ja-cob, On-cle-Ja-cob. Rien que ces mots, rien que ce nom répété à l'infini, rien que ce désir de l'entendre parler par l'entremise de Leroux ou de le voir se manifester d'une autre façon. L'important est d'entrer en communication avec On-cle-Ja-cob, On-cle-Ja-cob.

Je sais l'air se densifier, se remplir d'une présence qui l'étire… On dirait qu'un esprit utilise l'atmosphère comme un vêtement, s'habillant du vide qui nous entoure, le rendant vivant, palpable, l'élargissant. Est-ce mon imagination ? Est-ce réel ?

On-cle-Ja-cob, On-cle-Jacob…

Le visage hagard de Loïc me déconcentre. Dans l'éclairage de la bougie, il ressemble à un soleil pâle orné de traits dessinés par un illustrateur maladroit. Je ferme les yeux. En aucun cas, je ne dois me détourner d'On-cle-Ja-cob, On-cle-Ja-cob…

Quelque chose monte, quelque chose vient de loin, investissant l'espace de plus en plus, l'animant. Maintenant que j'ai les yeux fermés, je sens mieux chaque molécule se modifier autour de moi. Des poils se hérissent sur mes bras, une peur vague commence à m'étreindre.

Ne jamais perdre l'objectif de vue : On-cle-Ja-cob, On-cle-Ja-cob. Il faut que…

La voix de Leroux déchire le silence, nous faisant sursauter :

— Je suis avec vous.

Ou est-ce la voix d'une autre personne ? Elle est curieusement déformée, plus grave, paraissant provenir d'un puits.

— Merci d'avoir accepté notre invitation ! s'écrie Horwitz.

J'ouvre les yeux. Le visage de notre hôte s'illumine d'un large sourire. Werner poursuit :

— Je suis heureux de vous revoir.

— Moi aussi, répond laconiquement Leroux.

Pourtant, aucune émotion ne transparaît dans sa voix, très neutre.

— Oncle Jacob, vous êtes peut-être fatigué, dit Horwitz. Je vais aller d'abord à l'essentiel, et ensuite, si vous le voulez, nous discuterons.

Aucune réponse. L'homme à la canne reprend la parole :

— J'ai découvert l'un des fragments de votre journal intime. Vous me pardonnerez de l'avoir lu. Je l'ai trouvé dans sa cachette, et j'ai pu en prendre connaissance. C'est un signe du destin, je suppose. Dans ces pages, vous parlez d'un arbre qui permet de faire pousser des personnes de notre choix. Vous n'expliquez pas comment le trouver, comment l'identifier, comment l'entretenir.

Si vous vouliez m'en parler plus, je serais comblé !

— Pourquoi l'arbre ? demande Leroux, toujours neutre. La vérité. Ne mens pas. Je le saurais.

— J'ai… Dois-je vraiment le dire en public ?

— Oui.

Werner semble embarrassé.

— Bien… euh…, balbutie-t-il. D'abord, je souhaiterais m'entourer de gens célèbres et intéressants, afin d'animer mes soirées. Ensuite, je rêve depuis longtemps… euh… d'avoir des maîtresses célèbres.

Il se lance soudain :

— Je les veux toutes, je veux connaître leur corps, découvrir le goût de leur bouche, prendre Marthe Brossier dans mes bras, embrasser Rachilde, toucher les seins de Locuste, déshabiller Musidora, faire l'amour avec la Comtesse Bathory, Ann Radcliffe, la Brinvilliers ou Salomé.

Trois coups retentissent, frappés dans les cloisons. Loïc se crispe aussitôt. Une expression indéfinissable traverse les traits de Horwitz.

— Je ne peux pas, répond Leroux.

— Pourquoi ? l'interroge Werner.

— Je n'écris pas.

— Mais voyons, oncle Jacob ! J'ai reconnu votre calligraphie. J'ai trouvé les feuilles cachées sous le tapis, chez vous. Vous ne vous en rappelez pas ?

— *Je ne suis pas l'oncle Jacob.*

Leroux a prononcé ces paroles d'une manière tranquille, mais je ne peux m'empêcher de sentir mes épaules se contracter en les entendant. Si l'esprit qui parle par le biais d'Édouard n'est pas Jacob, qui est-il ? C'est ce que notre hôte s'empresse de lui demander.

— Karl Schonfeld, répond l'inconnu.

— Mais que faites-vous ici ?

— Vous m'avez appelé.

— Non. Nous voulons parler à Jacob Horwitz. Partez, je vous en prie.

— Non.

Sur ces paroles, je vois chanceler le corps de Leroux. L'esprit vient de le quitter. Telle une marionnette dont on a coupé les fils, il va s'effondrer, risquant de blesser sa tête contre le sol. Je me précipite vers lui et le retiens juste à temps. Il est inconscient. Horwitz allume un chandelier. L'éclairage s'intensifie, et je sens diminuer ma peur.

Je secoue Édouard sans obtenir de réaction. Pourtant, son cœur bat toujours. La séance a dû l'épuiser, surtout si un esprit dont il n'avait pas prévu la présence s'est servi de lui en guise d'intermédiaire.

Avec l'aide de Loïc, je prends le corps et le conduis jusqu'à sa chambre, où je l'étends sur son lit. Nous tentons encore de réveiller le dormeur, sans réussir. Horwitz paraît préoccupé. Il arpente la chambre de long en large pendant un long moment, puis s'immobilise.

L'employé de Leroux prend la situation en main : il nous suggère de nous retirer, promettant de veiller sur son employeur et de nous avertir si quelque chose se passe ; il lui suffit d'ailleurs de tirer un cordon suspendu près du lit pour donner l'alarme.

Après quelques moments d'hésitation, Werner accepte. Je quitte la chambre avec lui. Je le suis jusqu'à la bibliothèque. Il prend une carafe et deux verres, dissimulés derrière un énorme livre, et nous verse une généreuse dose d'alcool. Le liquide brûlant m'arrache une quinte de toux.

Préoccupé, Horwitz ne le remarque même pas. Il me dévisage et dit d'un air grave :

— Je ne comprends rien à ce qui s'est passé. Un esprit ne peut pas s'inviter chez les gens de cette façon-là. À moins que Leroux ne soit un médium novice, voire un charlatan peu doué, qui s'est laissé berner par le premier esprit venu.

Je hoche la tête négativement. Je suis sûr que Leroux n'a pas menti. Je vois mal comment il aurait pu obtenir un poste d'une telle importance à la Maison Blême sans détenir de véritables pouvoirs. Convaincu par mes arguments, Werner se rend à mon avis. Alors quoi ? Nous le saurons sans doute seulement quand Leroux se réveillera, s'il est capable de nous fournir des explications.

Je prends une autre gorgée d'alcool, qui brûle ma gorge et ma poitrine. Décidément, j'y ai pris goût, depuis mon escapade dans la brasserie où j'ai connu Jane et la bande de Félix.

Il faudra m'en méfier. J'ai connu un prof alcoolique à Noireterre. Herminia avait fini par se lasser de ses frasques et l'avait expédié dans le caveau des dentistes hurlants, d'où il n'est jamais revenu. Quand je lui avais posé la question, la directrice de l'école s'était contentée d'une réponse vague : « Il est parti d'ici après avoir eu le châtiment qu'il méritait. Ne me parle plus jamais de lui. Ça me met hors de moi ! »

Ce souvenir déplaisant ne m'empêche pas de boire encore. Chaque gorgée en entraîne une autre. Horwitz m'imite, avalant l'alcool à une vitesse étonnante. À ce rythme, nous baignons bientôt dans une atmosphère cotonneuse, et je sens mes épaules se détendre. Je me laisse glisser dans le fauteuil, en promenant mon regard le long des livres, lisant des titres bizarres sans m'en rappeler deux secondes plus tard.

La dernière image dont je me souviens, c'est Werner, les yeux dans le vague, renversant de l'alcool sur son pantalon sans s'en rendre compte. Ensuite, je me suis endormi.

3 : De l'eau en perspective

Toc ! Toc ! Toc !

Trois longs coups viennent d'ébranler les murs du manoir Horwitz. Deux secondes plus tôt, je dormais, je rêvais d'une… d'une très belle femme qui m'invitait à venir la rejoindre sur sa couche. Maintenant réveillé et sur mes gardes, je comprends que c'était une stratégie de Gézarielle, qui tentait encore de m'attirer dans sa maison. Voilà pourquoi je suis debout dans les ténèbres, au milieu du couloir.

Trois autres coups retentissent. Des bruits leur succèdent. Candélabre à la main, Léonard surgit. En m'apercevant, il fronce les sourcils :

— C'est vous qui… ?

Il n'a pas le temps de poursuivre sa phrase, puisque trois autres coups résonnent. Non, ce n'est « pas moi qui… » Leroux et Loïc nous rejoignent bientôt. L'homme de main tremble et se cache derrière son employeur. Sa couardise produit un drôle d'effet, compte tenu de sa silhouette massive et musclée.

Le propriétaire du manoir ne survient pas. Je me rappelle l'avoir vu dans la bibliothèque, avant de m'être endormi. Peut-être a-t-il continué à boire seul ? Si c'est le cas, voilà peut-être la raison pour laquelle les bruits ne l'ont pas réveillé : il se trouve plongé dans un coma éthylique dont il émergera demain.

Le silence reprend ses droits. Seule notre respiration le brise. Tendus, nous nous attendons à une autre manifestation, mais rien n'arrive.

— Il veut nous prévenir, laisse tomber Leroux, menaçant.

Je tente d'en savoir plus, mais l'ex-enseignant refuse de me donner des détails, se contentant de cracher :

— On verra ça demain ! Je retourne me coucher.

— Mais s'il se manifeste encore ?

— Tu ne sais pas de quoi tu parles, le gamin ! Fous-moi la paix et va dans ta chambre.

Sur cette réponse expéditive, il se détourne, suivi de Loïc. J'aurais envie de l'enguirlander, mais le regard que m'a décoché l'homme de main avant de suivre son patron visait à me décourager d'une réaction du genre.

Resté avec moi dans le couloir, le valet Léonard hausse les épaules, avec l'air de ne pas vouloir s'en mêler. Je remonte au premier étage. Je suppose que Gézarielle, fatiguée par l'échec de sa tentative, ne tentera pas de nouvelle attaque cette nuit. Espérons-le…

C'est encore Léonard qui me réveille, toujours flegmatique. J'arrive le premier dans la salle à manger. Je viens de m'asseoir quand Leroux et Loïc paraissent. L'ex-enseignant grogne des paroles incompréhensibles en me voyant. Je suppose que c'est sa manière de me saluer. L'homme de main, lui, ne dit rien.

Peu après, Horwitz nous rejoint. Son visage blême et sa manière de tituber et de grimacer confirment mes hypothèses : il a continué de boire, hier, et il en subit les effets aujourd'hui. Je ressens moi-même un léger mal de tête, sans doute dû à la déshydratation.

Je me verse un verre de jus d'orange. La première gorgée me paraît très acide. Je surprends le regard ironique de Leroux posé sur moi. L'ex-enseignant ne s'est toujours pas rasé et sa barbe lui donne des airs d'ogre colérique. J'aurais le goût de lui dire qu'il me doit peut-être la vie ! Si je ne l'avais pas retenue à temps, hier soir, sa tête frappait le plancher de la salle des esprits.

L'homme à la canne se racle la gorge et dit d'une voix éraillée :

— Monsieur Leroux, après le petit-déjeuner, je compte sur vous pour nous expliquer ce qui s'est passé hier. Nous nous réunirons dans la bibliothèque pour une discussion entre gentlemen.

Édouard grogne :

— À une condition : vous nous laissez partir ensuite. Je commence à en avoir assez de perdre mon temps dans votre baraque, à endurer vos conneries, moi.

Le sourire forcé de Horwitz disparaît, laissant place à une brusque fureur. Son lendemain de veille le rend irritable. Il se lève, donne un coup de poing sur la table et s'exclame :

— Comment, « ma baraque » ? Je vous prie de me parler sur un autre ton, Leroux. Vous êtes prisonnier, ici ! On dirait que vous ne le comprenez pas. Si vous partez sans ma protection, vous tomberez aussitôt sous l'emprise de Gézarielle. Si par miracle vous parveniez à lui échapper, vous vous heurteriez plus loin aux enfouisseurs, vous échoueriez dans les réduits désarticulés, ou vous passeriez le reste de votre vie épinglé entre deux plaques en feu. Le coin est hanté ! Han-té ! Comprenez-vous ?
Je ne vous aiderai à partir que lorsque j'aurai parlé à mon oncle Jacob, pas avant.

Leroux grimace.

— Je pense que vous n'avez pas compris. Tant que l'autre esprit sera ici, ce sera impossible d'entrer en communication avec Jacob. L'*autre* va brouiller le contact ! Ça arrive souvent quand on tente de mettre deux esprits en présence dans le même endroit.

J'interviens :

— C'est sans doute pour ça qu'*il* a frappé trois coups à l'intérieur des murs, cette nuit. Gézarielle essayait encore de m'entraîner vers sa maison. *Il* a dû sentir la présence de la sorcière. *Il* m'aura réveillé pour l'empêcher d'agir sur son territoire.

Édouard approuve. Agacé que j'aie vu clair, il doit néanmoins s'incliner.

— C'est juste, le gamin.

— Mais qui est entré ici ? s'impatiente Horwitz. Et comment a-t-il fait ?

— Il me semblait que vous vouliez en parler seulement après le petit-déjeuner, lâche Édouard, avec une moue arrogante.

— C'est vrai.

Sans ajouter un mot, notre hôte prend un fruit au milieu de la table, se verse du café et se perd dans ses pensées. Le reste du repas se déroule dans cette atmosphère tendue, où chaque personne semble comploter contre la vie des autres. Je suis sans doute le seul à apprécier la présence de l'esprit qui hante désormais le château : il me protégera contre Gézarielle.

Oui, mais à quel prix ? chuchote la voix pernicieuse de ma conscience.

Il est vrai que j'ignore encore tout de la nature du fantôme. Si jusqu'à maintenant je n'ai pas eu l'impression qu'il s'agissait d'une entité malfaisante, je peux me tromper. Il est trop tôt pour porter un jugement à ce sujet.

Après ce repas sans entrain, nous nous dirigeons vers la bibliothèque et nous nous installons au centre de la pièce, nous dévisageant comme des ennemis qui se jaugent avant un combat.

Pressé d'en finir, Leroux rompt le silence sans attendre.

— J'ai réfléchi à toute cette histoire, et mes conclusions sont simples : l'esprit qui hante le manoir en ce moment a profité d'une *brèche* dans la séance pour s'infiltrer dans mes pensées… Et de là, capable de voir le manoir et ses environs par mes yeux, il a pu se glisser dans ses murs.

— C'est donc votre faute ? soupire Horwitz.

— Justement, non, rétorque Édouard d'un ton sec. Depuis le temps que j'évoque les esprits, je sais comment m'y prendre. Cessez de me sous-estimer. L'un d'entre vous est en cause, et je pense avoir identifié la raison précise. Avant la séance, je vous ai demandé de vous concentrer, de ne penser qu'à l'oncle Jacob, n'est-ce pas ? Avez-vous tous suivi mes instructions ?

Horwitz répond « oui » sans hésiter.

Il me regarde. Je dis :

— Je pense que oui. C'était difficile de ne penser qu'à lui, mais j'ai vraiment fait de mon mieux pour…

Leroux me coupe la parole en s'adressant à Loïc :

— Et toi ? Ne raconte pas d'histoires. Juste à voir ta tête, je devine que c'est encore de ta faute. Qu'est-ce qui s'est passé ?

— Ben… Je ne sais pas pourquoi, mais d'évoquer des morts, ça m'a fait penser à mon père. Vous savez, je vous ai parlé de lui l'autre soir, et je n'arrivais pas à me concentrer sur votre oncle Jacob. Je pensais juste à mon père, à son bateau, à la mer, à ses histoires de marin…

Il se défend aussitôt :

— Vous voyez, ça n'a aucun rapport avec l'esprit qui hante le manoir ! Ce n'est pas mon père qui est apparu, alors arrêtez de m'accuser.

— Pas ton père, sans doute, attaque Édouard, mais ton manque de sérieux a sûrement un rapport avec nos problèmes. C'est peut-être un ancien collègue de ton père qui est venu. Il a dit son nom, quand il a parlé. Ça sonnait comme de l'allemand, du genre Karl Schulz ou Scheiffer… Tu t'en rappelles ?

— Non.

— Ce que tu peux être bête ! En plus, je te l'ai répété mille fois : une séance, c'est comme projeter nos pensées sur un écran blanc. L'esprit est attiré par ce qu'il voit… Tu as amené un inconnu ici, et il sera impossible de s'en débarrasser, maintenant. Tu mériterais que… que…

Leroux se tait, incapable de trouver un châtiment assez fort pour exprimer sa colère.

— Vous n'avez pas posé la question au valet, plaide l'homme de main. C'est peut-être lui ! Il faudrait au moins l'interroger…

— Très bien, décide Horwitz en plissant les lèvres.

Il se lève et tire un cordon dissimulé derrière l'une des bibliothèques. Une ou deux minutes s'écoulent dans un silence lourd. Édouard et l'homme à la canne regardent Loïc avec insistance. La colère se lit dans leur regard : Leroux n'a pas envie de passer du temps supplémentaire ici, et Werner craint de ne pas pouvoir contacter son oncle.

Quand Léonard entre dans la pièce en s'inclinant, la tension, loin de diminuer, s'intensifie. Le valet s'en rend compte, puisqu'il se raidit dans une attitude inquiète.

— Monsieur a sonné ? demande-t-il, obséquieux.

— J'ai une question à vous poser, Léonard, et je vous prie d'y répondre sans mentir. Ne vous inquiétez pas, elle n'entraînera aucune conséquence négative pour vous. À maintes reprises, j'ai eu l'occasion de vous féliciter de votre excellent travail ici. Nous devons en fait comprendre un mystère qui nous intrigue.

Je suppose que Horwitz prend ces précautions oratoires afin de ne pas effaroucher son employé et de lui arracher la vérité. Qui sait si une mauvaise réponse de l'homme ne lui vaudrait pas un renvoi immédiat ?

— Ma question est simple, reprend notre hôte. Hier, pendant la séance, êtes-vous parvenu à vous concentrer sur mon oncle Jacob ?

— Oui, répond le valet sans hésiter, d'autant plus que j'ai déjà eu l'occasion de voir et d'épousseter souvent des photos de lui.

— Êtes-vous certain qu'à aucun moment vos pensées n'ont dévié vers quelqu'un d'autre ?

Léonard paraît offensé de l'insistance de Werner. Sans se démonter, il répond avec une pointe d'insolence, que seule sa vertu outragée lui permet d'exprimer sans encourir les foudres de son patron :

— Oui. Je n'ai pensé qu'à l'oncle Jacob, et je répète que le souvenir de ses photographies m'a été utile, dans les circonstances.

— Je vous remercie, Léonard, déclare Horwitz avec un sourire satisfait. Je n'en attendais pas moins de vous. Vos gages s'en ressentiront.

Il donne son congé au valet, qui s'éclipse aussitôt. Fusillé par les regards des deux autres hommes, le pauvre Loïc n'en mène pas large. Il voudrait disparaître dans sa chaise, mais sa corpulence ne l'aide pas à passer inaperçu. Quel sort lui réservent-ils ? J'ai presque envie d'intervenir en faveur de l'homme de main. Il a fait une erreur, soit, mais ne peut-on pas la réparer au lieu de perdre du temps à l'accuser ? Il n'avait rien d'un professionnel du spiritisme, après tout !

J'hésite à exprimer ma pensée, par crainte de détourner sur moi la frustration des deux autres. Loïc se lance le premier, plaidant :

— Je ne voulais nuire à personne, moi ! J'ai toujours eu de la difficulté à me concentrer. Même à l'école, j'étais un mauvais élève parce que je me perdais dans les nuages après deux minutes…

Il n'a pas le temps d'en dire plus. Werner lui intime de se taire.

— De toute façon, il est trop tard pour pleurer. Nous en subirons les conséquences, désormais. Leroux, comment peut-on se débarrasser de l'esprit ?

— Il est ici soit parce qu'il est désœuvré, soit parce qu'il veut quelque chose. J'opterais pour la seconde possibilité. Les esprits sont fantasques et malaisés à comprendre. L'idéal serait de tenir une autre séance dès ce soir, afin de l'interroger.

— Pourquoi pas tout de suite ?

— Pendant la journée, je suis moins réceptif et les fantômes se manifestent peu. Quand pourrons-nous partir d'ici ?

— Je suis désolé d'avoir à vous répondre de cette manière, mais je ne pourrai vous laisser quitter le manoir que lorsque vous aurez réglé le problème. Nous avions un pacte ensemble : vous me permettiez d'entrer en communication avec l'oncle Jacob et, en échange, je vous logeais, je vous nourrissais et je vous autorisais à quitter le manoir sans révéler vos activités illégales.

Votre part du marché n'a pas été respectée. Non seulement je n'ai pas pu m'entretenir avec mon oncle, mais, de plus, votre employé a attiré un esprit indésirable chez moi. S'il s'était agi d'une erreur de Léonard, j'aurais été plus conciliant, mais vous comprendrez que je ne puisse guère me montrer bonasse dans les circonstances actuelles : ce serait nuire à mes propres intérêts.

Contrarié par cette situation imprévue, Leroux se mord la lèvre inférieure.

— Toi, dit-il en pointant Loïc du doigt, t'as intérêt à travailler gratuitement pour mon compte pendant un bout de temps, quand on sortira d'ici.

Ravalant sa fierté, l'homme de main acquiesce d'un signe de la tête. Il n'est pas en position de négocier ou d'étaler son orgueil.

Horwitz se gratte la joue, soupire et laisse tomber d'une voix résignée :

— Il nous faudra donc attendre la séance de ce soir pour connaître les exigences de l'esprit… en espérant qu'elles ne soient pas démesurées, ou qu'il ne se contente pas de vouloir perturber le manoir sans raisons. Le cas échéant, je serais forcé de déménager… et cela entraînerait beaucoup de complications… *pour nous tous*.

Une lueur fugace passe dans le regard de Loïc, aussitôt éteinte. Si je l'ai aperçue, Werner l'a vue, lui aussi… et la façon dont il l'a interprétée lui déplaît, car il se hâte de dire :

— N'essayez jamais de vous en prendre à moi, monsieur. Toute tentative du genre se retournerait contre vous… et cette fois, je ne vous pardonnerais pas cette erreur.

L'avertissement porte sans doute fruit, puisque l'homme de main baisse la tête, gêné d'avoir été pris en faute de manière si flagrante. Je ne me hasarderais pas à tenter quoi que ce soit contre Horwitz : ce manoir semble devoir nous réserver encore beaucoup de surprises.

Nous choisissons de nous séparer et de nous revoir ce midi, autour de la table. Me rappelant enfin de la douche, j'en glisse un mot à Werner. Puisque le séjour chez lui doit se prolonger, aurait-il aussi des vêtements propres à me fournir ?

En entendant ma requête, il retrouve son amabilité, se confondant en excuses au sujet de son « hospitalité maladroite ». Je ne lui en demandais pas tant.

— Léonard te préparera un bain, dit-il. Comme tu l'as constaté, ce manoir est dépourvu de ce qu'on appelle le « confort moderne ». J'ai toujours jugé que des installations électriques dans un décor comme le mien relevaient du mauvais goût. Plutôt que de dénaturer l'endroit où je vis, j'ai préféré renoncer à un bien-être factice dont je me dispense aisément.

Horwitz me suggère d'attendre le valet dans la bibliothèque. Il viendra me prévenir lorsque tout sera prêt.

Je demeure donc seul dans la pièce, promenant mon doigt le long des reliures. Je m'assois en prenant un ouvrage consacré au spiritisme, afin de me familiariser avec ce domaine.

J'en parcours plusieurs chapitres sans apprendre rien de passionnant ou d'utile. Le livre s'attarde surtout à raconter la vie d'Allan Kardec, célèbre spirite du XIXe siècle. Je suis ici depuis une quinzaine de minutes et je commence à m'ennuyer lorsque Léonard paraît enfin.

Il me conduit au bout du couloir et ouvre une porte qui donne sur un corridor. Au fond du passage, dans une pièce chauffée par un petit poêle, une vieille baignoire remplie d'eau chaude m'attend. Sur une chaise, on a posé des vêtements propres et neutres qui devraient me convenir.

Le valet esquisse une révérence. Après m'avoir demandé de tirer le cordon si j'ai besoin de lui, il s'en va en refermant la porte.

C'est avec délices que je me glisse dans l'eau chaude. J'ai l'impression presque instantanée de sentir une partie de mes tracas s'en aller au fond de la baignoire. Je ferme les yeux et j'appuie ma tête contre le bord. Un long soupir m'échappe.

Après quelques secondes, j'ouvre les yeux. Un curieux malaise m'étreint. D'être nu et vulnérable dans ce manoir inconnu m'angoisse. C'est sûrement stupide, puisque je ne suis pas plus à l'abri lorsque je dors la nuit, dans la chambre du premier étage. Malgré tout, je me sens si piégé que je sortirais presque du bain à l'instant.

J'observe le battant immobile, bien fermé… Et je frissonne à la seule idée de le voir bouger.

Je secoue ma tête, luttant contre ces pensées dont je refuse de subir l'emprise. C'en est trop, à la fin ! Le décor a beau être propice aux scènes les plus macabres, ce n'est pas une raison pour devenir pusillanime.

Je sors mon bras droit de la baignoire en regardant la vapeur qui en monte. Décidément, le valet n'a pas lésiné sur l'eau chaude !

Au début, je pensais qu'elle me semblait bouillante par contraste avec la température de la pièce, mais je me dis maintenant qu'il a exagéré…

Beaucoup ! Mais que se passe-t-il donc ? On dirait que la température augmente !

Je me précipite hors de l'eau en voyant des bulles se former à la surface. L'eau bout !!!

Je me dépêche de tirer le cordon et de m'habiller. Léonard arrive peu de temps après et regarde le bain avec la même surprise : l'eau est toujours en ébullition, formant de nouvelles bulles qui tombent sur le plancher. Werner, qu'il a dû alerter, arrive lui aussi. D'une voix blanche, il murmure :

— Leroux ne s'est pas trompé. En pensant à son père marin, Loïc a fait entrer un esprit lié à l'élément liquide…

L'eau s'apaise peu à peu et, au fond, nous apercevons un minuscule requin mort.

En nous voyant réunis autour du guéridon, j'ai l'impression de revivre la séance d'hier. Toujours aussi blêmes sous la flamme dansante de la bougie, nous ne devons pas former un tableau rassurant.

— Le rituel d'évocation devrait durer moins longtemps qu'hier, explique Leroux. L'esprit est tout près d'ici. Il n'attend sûrement que cette occasion pour se manifester. Néanmoins, je vous demanderai encore de ne pas laisser dériver vos pensées. Cette fois, il ne faut songer qu'à cet esprit, qu'à ses actions, qu'à sa venue parmi nous.

Il se tait et commence à se concentrer. Je l'imite en songeant à la scène de la baignoire, ce matin. Nous l'avons tous interprétée comme un avertissement : le spectre tente de nous montrer sa puissance et nous prévient de lui obéir sans chercher à le berner. Mais que veut-il ?

Après quelques minutes, je sens un curieux frôlement au bas de mon pantalon. Ce contact imprévu m'arrache un sursaut et me fait reculer. Mon cœur bat très vite. Je m'écrie :

— Quelque chose m'a touché !

Loïc pousse un glapissement, les yeux exorbités. Aussitôt, Horwitz éclate de rire. Il se penche et soulève quelque chose d'invisible.

— C'est Safran, le chat fantôme, glousse-t-il.

Il dépose la bête dans le couloir et referme la porte derrière lui. Contrarié par ce contretemps, Leroux soupire en me regardant comme si j'étais le dernier des imbéciles. Mais comment pouvais-je savoir que c'était le maudit matou de Horwitz, moi ?

Nous reprenons là où nous en étions, mais il m'est difficile de me concentrer. Je m'attends encore à une surprise désagréable, même en sachant que j'ai eu peur pour rien. Je suis nerveux, tout comme Loïc. Afin de me maîtriser, je prends de grandes respirations qui m'apaisent peu à peu. Alors, je parviens mieux à me concentrer sur le marin.

Au bout d'un moment, Leroux se met à tousser, à s'étouffer. Inquiet, je m'apprête à briser le cercle et à intervenir, lorsque je le vois cracher de l'eau, tel un nageur encore inexpérimenté.

De la même voix grave et traînante que celle de la veille, l'esprit dit, par l'entremise d'Édouard :

— Karl Schonfeld.

Horwitz commence à l'interroger.

— Karl, vous êtes chez moi, dans mon manoir. J'essaie d'entrer en communication avec mon oncle Jacob. Tant que vous serez ici, je ne pourrai pas lui parler.

— Je sais.

— Quel métier exerciez-vous, de votre vivant ?

— Marin.

Je regarde Loïc du coin de l'œil. Il rentre la tête dans ses épaules, gêné de voir sa cul-pabilité se confirmer. Werner et Léonard ne s'en rendent pas compte, trop occupés à observer Leroux.

— Dans quelles circonstances êtes-vous mort, Karl ?

— Noyé.

— Et vous êtes sûr qu'il n'y a rien que je puisse vous offrir, afin que vous partiez d'ici ?

— Peut-être.

— Quoi ? Dites-le. Je ferai tout mon possible pour vous satisfaire. Votre histoire est-elle connue ? Y a-t-il un livre qui en parle ?

— Non. Mutin. Chaloupe. Noyé. L'île.

— Je ne vous comprends pas, Karl. Je veux bien vous aider, mais vous devez être plus clair.

— Fatigué. Je pars dans les murs. À demain.

Comme la veille, Édouard se détend soudain et manque de s'écrouler. Cette fois, Loïc se montre plus rapide que moi et rejoint son employeur à temps. Épuisé par cette séance, Leroux ne se réveille pas malgré nos efforts. Nous sommes contraints de le ramener dans sa chambre. Encore une fois, Loïc demeure à ses côtés pour le veiller.

Nous quittons la pièce, et je m'arrête tout à coup dans le couloir, interdit. Intrigué par mon attitude, Werner me rejoint et constate la cause de mon étonnement : des algues marines ont poussé sur les murs ! Brunes ou vert foncé, elles laissent s'égoutter de l'eau qui a déjà commencé à former une petite mare sur le plancher. Mon hôte demeure pensif pendant quelques moments devant ce spectacle inusité, puis s'éloigne en silence jusqu'à la bibliothèque.

Je le suis. Il a d'abord le réflexe de fouiller dans ses livres afin de dénicher des informations au sujet de l'esprit. Quand il m'expose son projet, je ne peux m'empêcher de lui répéter les propos du fantôme :

— Il a dit qu'aucun livre ne parlait de lui et de la tragédie qui lui est survenue.

— Il peut se tromper, réplique Horwitz. Même si c'est un esprit, il ne sait pas tout. De plus, il cherche peut-être à nous lancer sur une fausse piste. Qui sait s'il ne veut pas éviter qu'on en sache plus à son sujet ?

— Si c'était le cas, il ne nous aurait pas dit son vrai nom.

— Peu importe ! On doit vérifier.

Sans plus m'accorder d'attention, il se met à ouvrir des livres, à consulter leur table des matières, à les feuilleter avec frénésie. Pour m'occuper, je l'imite, mais comme je ne connais ni ces ouvrages ni leur classement, mes tentatives ne donnent aucun résultat. Je finis par me lasser et je m'assois dans un fauteuil sans parler. J'essaie de mettre ce temps à profit en réfléchissant aux propos du spectre.

Horwitz s'acharne. Je sens cependant ses gestes devenir de plus en plus agressifs. La frustration l'envahit. Curieux personnage que ce gentleman souvent impulsif, qui tente de se dominer sans y parvenir tout à fait. Après plusieurs minutes, exaspéré, Werner abandonne.

— Il n'y a rien ! soupire-t-il en se laissant choir dans un fauteuil.

Il se verse un verre d'alcool et poursuit :

— J'ai vérifié dans *L'Histoire des corsaires fantômes*, dans *Les Bateaux de l'épouvante*, *La Mer et les monstres*, *Navires horrifiques*, *Macabres eaux*, même dans le *Condensé des tragédies marines*. Rien !

— Vous savez, dis-je, ça ne m'étonne pas autant que vous. Pendant que vous cherchiez dans votre bibliothèque, j'ai réfléchi à ce qu'il nous a dit ce soir, et j'en suis venu aux conclusions suivantes : Karl est un ancien marin mort noyé. Si on ne parle de lui dans aucun livre, c'est que ce qu'il a vécu est demeuré secret. Ce n'est d'ailleurs pas difficile à comprendre, vu les mots qu'il a prononcés : « mutin », « chaloupe », « noyé » et « l'île ».

— Attends ! s'écrie-t-il en ouvrant les yeux très grand. Tu veux dire que…

— À moins que je ne me trompe, Karl Schonfeld a tenté de se révolter contre son capitaine. On appelle ça une « mutinerie », dans le jargon maritime, non ? Pour le punir, l'équipage l'a abandonné, seul ou avec d'autres complices, dans une chaloupe… Et il s'est noyé.

— Et l'île, elle ?

— Je ne sais pas. Il a pu mourir à proximité d'une île. À moins que son cadavre n'ait échoué là-bas.

— Il veut qu'on repêche son cadavre ? Qu'on lui donne une sépulture décente ? J'ai souvent entendu ce genre d'histoires.

— C'est possible. Il faudrait le lui demander. Son « corps physique » doit déjà être en mauvais état, même si sa mort ne remonte pas à très longtemps.

— Ces détails n'ont peut-être aucune importance pour lui, si la seule chose qui lui importe est d'avoir une sépulture. On ne sait pas les conséquences d'un enterrement en bonne et due forme.

Je suis sceptique, mais qu'en sais-je après tout ? Le monde dans lequel j'évolue depuis deux ans m'a appris à n'écarter aucune possibilité, même celles qui paraissent les plus insensées et les moins vraisemblables.

Une certaine lassitude s'empare de moi. Nous en saurons plus demain, en espérant que l'esprit se montre plus bavard pendant la séance que Leroux conduira probablement…

Je prends congé de mon hôte et me dirige vers ma chambre. Aussitôt couché, je sens mes membres se détendre au point que j'ai l'impression de m'enfoncer dans le matelas. Je ferme les yeux et je m'endors.

4 : Un marin ami des rongeurs

Je me réveille, allongé sur le pont d'un bateau. Incrédule, je me lève et me secoue. Que fais-je ici ? Combien de temps ai-je dormi ?

Je fais quelques pas mal assurés et m'appuie au bastingage. La mer est calme, je ne vois aucune terre à l'horizon, seulement de l'eau à perte de vue. Le même ciel blanc et nuageux la surplombe et l'écrase. Un silence pesant règne sur le navire.

J'appelle, mais on ne me répond pas. Les jambes lourdes, étreint par une sourde angoisse, je commence à marcher vers la poupe, que je distingue plusieurs mètres plus loin. Peut-être y trouverai-je une porte qui conduit vers un couloir ? Je ne suis pas certain d'avoir envie de m'y aventurer, mais je n'ai pas le choix, n'est-ce pas ? Je ne peux pas attendre sur le pont. C'est peut-être aussi risqué que de me déplacer.

Au lieu d'une porte, c'est un panneau d'écoutille que j'aperçois. Il doit conduire à la cale. Je le fais pivoter de mon mieux, car il est très lourd. Quand je libère enfin l'ouverture, je découvre un mur de ténèbres qui, loin de me rassurer, augmente mon inquiétude. Mon cœur se met à s'emballer. Je n'arrive pas à ordonner mes pensées, qui manquent de clarté.

Lorsque la première forme émerge des ténèbres, je suis tellement saisi que je recule précipitamment et que je tombe à genoux. Aussitôt, l'épouvante m'étreint devant cette masse transparente qui s'approche de moi. Elle veut m'entourer, m'enrober, me dévorer…

Je veux fuir, je me lève, fais volte-face, et découvre un homme, debout derrière moi, vêtu de haillons. Son regard mort, sa pâleur et sa chair boursouflée ne me laissent aucun doute : il s'agit d'un noyé. D'un noyé qui vient me chercher ici pour m'entraîner avec lui au fond de l'océan. Il tend sa main molle vers moi et…

Au moment où elle va me toucher, j'ouvre les yeux et me dresse dans mon lit, en sueur, le cœur battant la chamade. Il est sept heures.

Je passe une main glacée sur mon front humide. Les images cauchemardesques s'estompent lentement, domptées par le soulagement de savoir que ce n'était qu'un mauvais rêve. Karl Schonfeld sait qu'il est en mesure de nous imposer ses désirs. Il vient encore de me le prouver d'une manière sans équivoque… Je suis certain qu'il s'est immiscé dans mes rêves pour me précipiter dans ce cauchemar marin…

Je me tourne et me retourne dans le lit sans pouvoir me rendormir. Je ne cesse de revoir le visage décomposé du noyé, de songer à la sensation que doivent produire ses mains quand elles touchent une victime. Mal à l'aise, je préfère me lever, posant les pieds sur le plancher glacé. J'enfile mes vêtements froids.

Ne sachant trop où aller, je me rends à la bibliothèque, où règne une chaleur réconfortante. Je m'installe dans l'un des fauteuils, je ferme les yeux et j'attends.

C'est la main de Léonard qui me réveille.

— Je suis content de trouver monsieur, dit-il. Je le cherchais depuis un moment. Le petit-déjeuner est servi.

Encore embrumé de sommeil, je me lève et rejoins les autres dans la salle à manger. J'arrive au milieu d'une conversation animée entre Leroux et Horwitz.

— Mais alors, pourquoi perdez-vous conscience après les séances ? demande notre hôte au chef spirite.

— Je n'en ai aucune idée. Ça ne m'est jamais arrivé auparavant. Ne pensez pas que je suis un novice. Vous vous tromperiez. Vous savez, *ils* ne font pas de cadeau, à la Maison Blême. Quand on obtient un poste, c'est qu'on le mérite.

— Je n'en doute pas, proteste Werner. Je cherche seulement à comprendre.

— Ce Schonfeld doit être exceptionnel, je ne vois aucune autre raison. Pourtant, en principe, cet esprit ne devrait pas être aussi fort. Selon mes estimations, il n'est pas mort depuis très longtemps. Quand il est entré dans ma tête, je n'ai pas senti qu'il s'agissait d'un esprit millénaire ou très âgé. Ceux-là sont beaucoup plus puissants que les autres, pour des raisons évidentes, mais ce n'est pas le cas de Schonfeld.

— D'où tire-t-il sa force, alors ?

— Je vous l'ai dit : je ne le comprends pas. Il doit y avoir une raison, mais je n'arrive pas à l'identifier… Il est puissant, mais, en même temps, il s'épuise très vite pendant les séances. C'est bizarre.

M'apercevant, Horwitz me salue. Malgré son sourire forcé, je remarque ses traits tirés. Désormais barbus et patibulaires, Leroux et Loïc m'ignorent, en baissant la tête vers leur assiette. Je ne devrais pas m'étonner, puisque je connais Édouard et que je commence à mieux cerner son homme de main. Néanmoins, j'ai eu le temps de constater qu'ils paraissent épuisés, eux aussi.

Soucieux de m'intégrer dans la conversation, Werner m'explique qu'ils discutaient du fantôme. Ce matin, le chef-cuisinier a découvert l'une de ses assistantes, la tête plongée dans une marmite pleine d'eau. Elle s'y est noyée pendant la nuit.

Sans tenir compte de ma stupéfaction, il me demande si j'ai bien dormi, si j'ai subi quelque manifestation surnaturelle cette nuit. Mon cauchemar l'intéresse au plus haut point ; il prétend que les trois autres ont eu des « visites » semblables dans leurs rêves.

— Même ce brave Léonard a subi une visite de Karl… et le cuisinier lui a raconté avoir fait le même rêve. C'est donc clair : le noyé veut nous faire mesurer l'étendue de sa puissance, pour qu'on l'aide.

Le repas se déroule sans apporter de nouvelles précisions. Il faudra attendre la séance du soir pour en savoir plus. Après le petit-déjeuner, je vais prendre l'air à l'extérieur. Werner me demande d'être prudent. Je promets : tant que je demeurerai près du manoir, je ne risque rien.

La journée s'écoule, lente et ennuyeuse. Les distractions n'abondent pas dans le coin. Dans l'après-midi, toutefois, je joue plusieurs parties de billard avec Loïc et Leroux. C'est l'homme de main d'Édouard qui a déniché la table, dans une salle du sous-sol. L'ex-enseignant fume cigare sur cigare, remplissant bientôt la pièce d'un brouillard déplaisant.

— Cette fripouille de Horwitz aurait pu me dire plus tôt qu'il en avait une réserve géante, dit-il en tirant une bouffée, les yeux mi-clos.

Au bout d'un moment, je quitte la pièce. La fumée me donne mal à la tête, me pique les yeux et me fait tousser. Leroux s'en amuse, en me traitant de « gamin ». Je lui signale que fumer n'est pas synonyme de maturité. Il se fâche, nous échangeons quelques insultes, et je finis par m'en aller. Il voudra toujours avoir le dernier mot. C'est impossible de discuter avec lui.

Ce qu'il peut m'énerver, le bonhomme ! Son départ de l'école de Noireterre avait contribué à améliorer mon milieu de travail, et voilà que je dois l'endurer de nouveau.

C'est l'espoir de m'en aller d'ici au plus vite qui m'aide à subir les longues heures qui me séparent du soir. Lorsque le moment de la cérémonie arrive enfin, je ne tiens plus en place, tout comme les trois autres, d'ailleurs. Léonard, lui, demeure toujours impassible. Il est vrai que la présence du spectre, dans le manoir, ne le dérange pas outre mesure, sauf lorsqu'elle trouble son sommeil.

Au bout de quelques minutes de concentration, Karl se manifeste enfin. C'est presque avec soulagement que j'entends sa voix bizarre prononcer :

— Karl Schonfeld.

Werner s'empresse de l'interroger.

— Karl, nous avons compris. Vous êtes mort noyé, près d'une île. J'ai raison ?

— Oui.

— Que voulez-vous ?

— Mon corps. Les cigognes le piquent.

— Les cigognes ? Mais ce ne sont pas des oiseaux carnivores, non ?

Je fronce les sourcils en regardant Horwitz avec insistance. Nous n'avons pas le temps de nous égarer en considérations ornithologiques ! Si l'apparition de Schonfeld est aussi brève qu'hier, il ne faut perdre aucune seconde.

— Les cigognes le piquent. Les cigognes fanées, reprend Karl. Qu'elles arrêtent !

— D'accord, approuve Horwitz. On ira repêcher votre corps, mais il faut nous aider.

— Un petit bateau. Port d'Alkenraüne. Partir. M'appeler sur l'eau. J'expliquerai.

— Mais je ne connais rien à la navigation ou à la manœuvre des navires, moi, proteste Werner.

— Obéissez ! hurle Leroux, dont le visage soudain convulsé nous fait tous sursauter.

Un silence pesant succède à ses paroles. Nous avons intérêt à suivre les ordres de Schonfeld. J'ai l'impression qu'il ne tardera pas à nous prouver sa puissance d'une manière très déplaisante si nous tentons d'ignorer sa demande.

— Très bien, répond Horwitz, soumis. J'engagerai des gens qui…

— Fatigué, l'interrompt Karl. Je retourne dans les murs. Obéissez.

Le corps de Leroux se relâche, et nous nous précipitons vers lui. La suite commence à devenir routinière : nous transportons l'homme inanimé jusqu'à sa chambre, Loïc s'engage à dormir dans la même pièce. Cette fois, cependant, Werner veut se coucher tout de suite.

— Te rends-tu compte du danger que nous courons si nous refusons d'obéir aux ordres de Schonfeld ? signale-t-il. Nous devons satisfaire sa demande sans plus tarder. Dès demain, nous nous rendrons au port d'Alkenraüne. Ses ordres ont été clairs : il nous faut choisir un bateau et partir sur la mer. Nous le recontacterons à ce moment-là. Il nous dira où aller.

— Vous réussirez à convaincre un marin de nous conduire n'importe où sur l'eau ?

— Je lui dirai que nous voulons prendre des photographies pour un magazine indépendant, à petit budget. C'est la seule solution que j'aie envisagé… Sinon, il se demandera pourquoi nous ne voyageons pas en voiture, et je ne vois pas ce que nous pourrions inventer pour le convaincre. Ces gens-là sont méfiants…

Songeur, je regagne ma chambre. Dès que j'en franchis le seuil, je sens mes pensées s'embrouiller en même temps qu'une fatigue pesante m'écrase. Je m'étends sur le lit. Partir vers la mer ? L'idée ne me plaît guère, mais je n'ai pas le temps de m'arrêter sur la question. Mes yeux se ferment et je m'endors déjà.

C'est Léonard qui me réveille. Un regard à ma montre m'apprend qu'il est sept heures. Je me lève en frissonnant dans la chambre glaciale. Je ne me souviens d'aucun rêve, cette nuit. L'esprit a dû comprendre que nous allions suivre ses instructions, car il n'a pas senti le besoin de nous prouver sa puissance une fois de plus.

Dans la salle à manger, chacun d'entre nous est blême et fatigué. La pâleur du visage de Leroux fait encore plus ressortir sa barbe, derrière laquelle il paraît se cacher. Horwitz expédie le repas et le café, puis, d'un ton sans réplique, nous ordonne d'être prêts dans vingt minutes, dans le hall. Personne n'ose protester, mais le regard de Loïc trahit sa frustration.

Je sollicite la permission de me débarbouiller le visage. À cette fin, Léonard m'apporte un broc à eau. Le délai accordé s'écoule vite, et me voilà près de la porte d'entrée.

Déjà prêt, Werner garde un œil rivé sur sa montre, tel un arbitre qui chronométrerait des athlètes. Il paraît évident qu'il ne tolérera aucun retard de Loïc ou de Leroux. Heureusement pour eux, ils arrivent à temps, tout comme le valet, qui nous accompagnera. Il a laissé des instructions aux autres employés du manoir. Si leur discrétion se mesure à leur efficacité, nul doute qu'ils rempliront leur tâche à la perfection.

Dehors, le brouillard nous attend, gommant tout, dissimulant les abominations qui se terrent derrière son voile… pour encore combien de temps ? Léonard referme la porte du manoir. Avec une certaine précipitation, nous nous engouffrons dans la fourgonnette. Édouard démarre le véhicule, qui s'engage vite sur le chemin de terre. La camionnette franchit le mur d'enceinte en ruines presque en bondissant. Me retournant, je vois s'éloigner la masse sombre du manoir Horwitz. Je voudrais me sentir soulagé, mais c'est impossible : le décor dans lequel nous évoluons n'est pas plus rassurant, et j'ignore quel destin nous attend.

Nous roulons bientôt sur le chemin encerclé par la végétation griffue… à l'image de Gézarielle. Werner murmure des litanies dans une langue inconnue, sans doute pour éloigner la sorcière. Précaution peut-être inutile si Schonfeld nous protège. On pourrait croire que les herbes folles qui poussent partout essaient de nous retenir ici afin de mieux nous jeter entre les griffes de Gézarielle. Tentent-elles de nous forcer à sortir de l'habitacle, contraignant Werner à cesser ses prières, nous laissant démunis à l'extérieur ?

Je voudrais me convaincre que c'est un effet de mon imagination, mais je n'en suis pas si sûr. Leroux ne semble guère rassuré, si j'en juge par son attitude. Tendu, crispé, il ne cesse de tourner sa tête pour mieux balayer un champ de vision très large, comme s'il redoutait qu'un monstre ne surgisse à l'extrême droite ou complètement à sa gauche.

Les hautes herbes grattent le dessous du véhicule. Loïc s'efforce de paraître sûr de lui, mais chaque bruit le fait sursauter. J'entends les étranges sons étouffés en provenance du dehors, que je distinguais mal lors de mon arrivée ici. Cette fois, ils sont plus nets : on dirait une horde immatérielle en train de murmurer, tout près de nous, invisible.

Lorsque nous arrivons à la grille qui barre la route, je ne peux m'empêcher de me sentir mal à l'idée que Léonard ouvre la porte du véhicule… en permettant à je ne sais quoi de s'engouffrer à l'intérieur. Le valet doit avoir l'habitude, car c'est à pas assurés qu'il marche jusqu'au cadenas, qu'il déverrouille très vite. Nous passons, il referme la grille derrière nous et reprend place dans la fourgonnette.

Sans lui accorder d'attention, Werner prie toujours, les yeux fermés. L'une des branches vient frapper contre la vite et nous sursautons tous, sauf Léonard et Horwitz. Leroux laisse échapper un juron et continue à conduire, la tête rentrée dans ses épaules.

Le brouillard se fait parfois si épais qu'il est impossible de voir à plus d'un mètre autour de nous. Leroux doit ralentir, et cette idée l'enrage, car elle prolonge la durée du parcours. Parfois, la brume se disperse, nous permettant de mieux avancer dans un décor tout à coup vert et noir. L'herbe et les feuillages me font penser à des émeraudes énormes étalées dans des écrins sombres.

Quand nous retrouvons la route d'asphalte, j'ai presque l'impression de flotter dans les airs, tant la conduite s'avère douce en comparaison de ce que nous venons de connaître. Leroux redresse la tête, plus confiant, et Édouard interrompt ses prières. Il regarde par la fenêtre, contemplant le soleil blême, qui ne parvient pas à transpercer la masse des nuages.

Nous n'avons croisé personne, mais j'imagine que cela ne saurait tarder, puisqu'on se dirige vers un village. Lorsque nous passons devant la sortie d'autoroute que nous avions empruntée, l'autre jour, j'ai l'impression de refermer un livre derrière moi.

Je me trompe sûrement. Après tout, si nous parvenons à exaucer le souhait de Schonfeld, il nous faudra revenir au manoir Horwitz, évoquer l'oncle Jacob, et seulement alors pourrons-nous enfin nous en aller. Moi qui me plaignais de l'école de Noireterre, je me rends maintenant compte que cet environnement, malgré ses défauts, valait mieux que ce que je connais depuis plusieurs jours.

La route s'élargit de plus en plus. Comme je l'avais prévu, nous croisons un premier véhicule : une voiture familiale d'apparence banale. Peu de temps après, j'aperçois un corbillard, qui roule dans la même direction. Un frisson désagréable traverse mon dos. Ce fourgon mortuaire poursuit-il l'automobile que nous avons croisée plus tôt, dans un but inavouable ? Je n'ose pas parler de mes craintes aux autres passagers, de peur de me heurter à leur cynisme ou à leur indifférence.

Le décor change d'ailleurs, me permettant de chasser ces pensées déprimantes. Des maisons commencent à entourer la route, à droite et à gauche. De styles divers, elles ne permettent pas de mieux connaître les habitants d'Alkenraüne : des bungalows et des duplex très modernes côtoient des demeures centenaires et des constructions baroques et futuristes, faites de matériaux indéfinissables.

Après plusieurs kilomètres, nous parvenons à une intersection. Suivant les instructions de Horwitz, Leroux tourne à gauche. Quelques kilomètres plus loin, nous tournons à droite, nous engageant dans une large rue en pente qui conduit au port d'Alkenraüne.

L'endroit est vaste, et plusieurs pêcheurs discutent en jetant leur ligne, assis au bout du quai. Je descends du véhicule, imitant mes compagnons. Édouard émet un soupir de soulagement. Il ne se soucie pas de l'opinion des autres, qui pourraient interpréter son attitude comme un aveu d'angoisse rétrospective.

Sans me soucier davantage de lui, je regarde autour de moi, repérant divers types de bateaux de grosseur variable. Curieux de connaître la suite du programme, je me tourne vers Werner. Sans attendre ma question, il me dit :

— Je vais aller interroger un des agents de sécurité du port.

D'un geste, il me désigne un homme en uniforme vert qui marche de long en large. Lui adressant un signe de la main, il se dirige vers lui. Je les vois discuter un moment. L'agent indique quelque chose sur sa gauche, avant de saluer Horwitz et de continuer sa promenade.

Werner revient vers nous, le visage illuminé.

— Il suffit de nous rendre à la *Taverne des trois rats morts*. C'est à quelques mètres d'ici.

Selon l'agent, nous y trouverons un certain Raymond Perrey, qui loue ses services et son yacht aux touristes. Il n'est pas trop cher, mais un peu porté sur la bouteille. Bah ! Pour autant qu'on se rende à bon port, il peut bien faire ce qui lui plaît.

Nous nous mettons en marche vers l'endroit en question. Nous le repérons bientôt grâce à son enseigne rongée par la rouille. On y lit le nom de l'établissement, inscrit en lettres maladroites.

Pour y entrer, il faut descendre un escalier qui mène à une porte de bois gonflée par l'humidité. Dès que nous sommes à l'intérieur, la fumée et une odeur de renfermé nous assaillent. L'endroit est sombre, peuplé d'ivrognes déjà en état d'ébriété avancée malgré l'heure. Ils parlent fort et articulent avec peine.

Horwitz n'en a cure : il marche droit au bar et s'approche de l'employé qui lave des verres derrière le comptoir. Soupçonnant une source possible d'ennuis, l'homme (dont les bras tatoués s'ornent d'orgueilleux crânes sanglants) fronce les sourcils en le voyant.

— On nous a dit qu'un certain Raymond louait ses services aux touristes, dit Werner.

— On dit bien des choses, répond l'autre en s'essuyant la bouche du revers de la main.

Horwitz ne cherche pas à poursuivre la discussion sur ce terrain. Sans ajouter un mot, il sort un billet de banque de la poche de son pantalon trop propre pour l'endroit. L'argent demeure une demi-seconde sur le comptoir, avant de disparaître presque par magie.

— C'est le grand type, dans le fond, avec une chemise bleue, chuchote le tatoué. S'il vous pose la question, ce n'est pas moi qui vous ai envoyé, compris ?

Werner acquiesce. Nous nous dirigeons vers l'individu. Tendu, Loïc a repris son rôle de garde du corps, prêt à intervenir au moindre incident.

Raymond Perrey est un grand gaillard chauve à barbichette, âgé d'une quarantaine d'années. Il porte un béret rouge triangulaire et boit du vin à même la bouteille. Quand nous arrivons près de sa table, nous le découvrons en grande conversation avec une femme outrageusement maquillée, dont le décolleté dévoile des seins déjà flétris.

— Je te dis, ronchonne-t-il, que je ne peux pas payer ça pour ton cul, Claire ! Passe encore si t'avais amené ta sœur avec toi, mais pour toi toute seule, ce n'est pas assez.

— Ce que tu peux être radin, rétorque l'inconnue. Tu penses que c'est le pied, de devoir se taper des marins qui puent le poisson pourri à longueur de journée ? Tu pourrais au moins m'accorder un petit extra, juste en souvenir de notre enfance ! Tu ne te rappelles pas nos promenades, la nuit, dans le port ? On volait des caisses de crevettes…

— Oh ! arrête-moi la nostalgie, tu veux ?
Ce n'est pas le moment. C'était du tout beau,
mais c'est fini maintenant. Je ne suis plus un
gamin, et tu n'as rien d'une première com-
muniante. On parle de baiser, pas d'enfan-
tillages ! Si tu t'ennuies tant de notre jeunesse
passée, pourquoi veux-tu que je te paie ?

Il est délicat pour nous d'intervenir au
milieu de cette conversation, mais Raymond
prend lui-même l'initiative des présentations
d'une façon plutôt cavalière. Constatant que
nous le dévisageons depuis un moment, il se
tourne vers nous et s'écrie :

— Qu'est-ce que vous voulez ? Z'avez
fini de nous espionner ? Vous venez chercher
Claire ? C'est Mitch qui vous envoie ?

— Non, répond calmement Werner. Nous
voudrions louer votre yacht… et vos services.

— Pour aller où ? Vous allez me payer
d'avance, je vous préviens. J'ai justement
besoin d'argent.

Il se tourne vers Claire :

— C'est bon pour toi. Ils tombent à temps,
ceux-là. On s'entend pour les trois quarts du
prix que tu me demandes, d'accord ? Je ne
peux pas faire mieux. J'ai besoin de retaper
mon rafiot, moi.

Claire accepte de mauvais gré. Raymond
se lève et, s'adressant à Werner :

— Je vous retrouve dans une heure, ça
vous va ?

Horwitz précise que nous ne partirons pas avant la fin de l'après-midi. Par conséquent, nous convenons plutôt de nous revoir à 15 heures 30 en face de la taverne.

— Parfait, conclut le marin. Ça me donnera le temps de m'occuper de Claire, de dégriser et de roupiller un peu.

Nous sortons, laissant Raymond en galante compagnie.

— Ça valait bien le coup de nous faire lever aussi tôt ce matin, grommelle Leroux. J'aurais continué à dormir, moi ! Qu'est-ce qu'on fout, maintenant, jusqu'à l'heure du rendez-vous ?

— Je n'avais pas le choix d'arriver à cette heure, plaide Horwitz. En nous présentant ici plus tard, nous aurions risqué de ne trouver personne. Faites ce que vous voulez, promenez-vous dans Alkenraüne si ça vous plaît. Ma seule exigence, c'est que vous soyez ponctuels cet après-midi.

Werner nous remet un peu d'argent de poche. Sa générosité me surprend, mais elle confirme en même temps que l'homme n'est pas à court de ressources financières. Il nous quitte, s'éloignant en compagnie de Léonard.

Je pense un instant à suivre Leroux et Loïc, mais l'ex-enseignant commence à rudoyer son employé. Découragé par son attitude, je décide de partir seul. Je m'éloigne du port, laissant s'estomper son odeur salée qui charrie des effluves de poisson et de bois humide.

Je remonte la rue à pied et parviens sur l'artère principale d'Alkenraüne. Ce village ressemble à beaucoup d'autres. J'achète une copie du journal local dans un kiosque et je m'installe dans un café, sur une banquette, pour le lire. Un serveur qui dort presque debout vient prendre ma commande et tarde à m'apporter mon allongé : tant mieux, je pourrai prendre mon temps.

Je n'apprends rien de passionnant dans *L'Écho d'Alkenraüne*, mais je me force à lire chaque nouvelle. Ma tasse arrive enfin : l'employé s'est trompé, me préparant un expresso. Je choisis de ne rien dire. Ça ne change pas grand-chose.

Les minutes s'écoulent lentement. Je suis bien, assis sur cette banquette confortable. La discussion futile d'un couple attablé non loin de moi m'amuse. Leurs paroles m'hypnotisent, et une certaine langueur s'empare de moi. Dans un sursaut, j'ouvre les yeux : je cogne des clous ! Malgré l'expresso, je suis en train de m'endormir.

Je peste contre l'hôtel du quartier bleu, mais en vain.

C'est clair : je n'ai pas assez dormi la nuit dernière et je risque de m'écrouler sur la table, inconscient. Que faire ? Prendre une chambre d'hôtel ? Maudits soient ces effets secondaires !

Je m'empresse de régler l'addition et d'entrer dans le premier hôtel venu. C'est dommage que l'argent de poche de Werner serve à une dépense aussi dépourvue d'intérêt... Je demande au réceptionniste de venir me réveiller vers quinze heures, si je suis encore dans la chambre à ce moment-là.

— N'hésite pas à me secouer, c'est important ! lui dis-je.

L'adolescent roux hoche la tête, mais je ne suis pas convaincu par son attitude.

— Ton pourboire sera en conséquence.

Un sourire illumine son visage, découvrant des dents irrégulières et pointues. Grâce à cette promesse, je pourrai me fier à lui. Je monte à l'étage, referme la porte derrière moi et tombe sur un lit recouvert d'une affreuse couette qui représente des trolls montés sur des échasses. Ils jouent au rugby en utilisant des coquillages ovales et fluorescents en guise de ballon.

Le réceptionniste me tire d'un sommeil lourd. Il me dévisage, presque incrédule, debout à côté du lit. Je promets de lui donner son pourboire quand je descendrai. Après m'être aspergé le visage d'eau, dans la salle de bains située à l'étage, je me rends au rez-de-chaussée et paie l'adolescent roux. Je me promène ensuite dans la ville avant de diriger mes pas vers la rue du port et la taverne.

Rien n'a changé depuis ce matin. La même odeur plane sur les lieux, et une activité semblable règne toujours : on porte des caisses, des pêcheurs bavardent, des bruits de moteur retentissent.

En face de la taverne, Loïc, Leroux, Léonard et Horwitz attendent. Je jette un coup d'œil à ma montre. Dans cinq minutes, il sera 15 heures 30.

Loïc passe le temps en inventant des plaisanteries ridicules au sujet de Raymond et Claire, pleines de sous-entendus faciles. Il est d'ailleurs seul à se trouver spirituel : Leroux l'ignore, perdu dans ses pensées ; Werner regarde la mer avec Léonard. De mon côté, je subis l'humour primaire de l'homme de main…

Le marin surgit enfin. À la lumière du jour, il paraît encore plus vieux. Ses cheveux longs et gras pendent dans son dos, semblables à des algues brunâtres. Il jette un gros cigare à nos pieds et nous regarde, les bras croisés.

— Vous allez où ? Je vous avertis, je ne trimballe rien d'illégal. Ou alors, c'est une prime. Et une grosse. J'ai déjà eu suffisamment d'embrouilles avec les autorités du port comme ça. Je n'ai pas besoin d'en rajouter, si vous voyez ce que je veux dire.

Horwitz lui récite sa fable à propos de la revue écologique indépendante. Il affirme que nous devons nous éloigner suffisamment pour ne plus voir le port. Le marin paraît sceptique, mais les billets de banque ont tôt fait de le convaincre.

— Il se peut qu'on vous demande de voyager un peu, ajoute Werner. Tout dépendra du point de vue et de ce qu'on peut photographier.

— Je m'en fous, en autant que vous payez, répond l'homme. Je n'ai pas d'attaches, pas de bonne femme. Rien ne me retient ici… Mais je vous préviens tout de suite : n'essayez pas de me filouter, hein ? Je sais me défendre, et je ne voyage jamais sans mon frère.

Werner s'empresse de le rassurer, mais les propos du marin ne me disent déjà rien qui vaille… Non pas que je redoute quelque escroquerie de sa part, mais je crains que les projets de Horwitz ne se heurtent à un refus sans appel. Une fois en pleine mer, comment parviendra-t-il à expliquer la raison de son voyage ? Si les deux marins sont un tant soit peu superstitieux, ils refuseront de coopérer, et nous devrons revenir bredouilles, à moins que Loïc ne s'en mêle.

Peu préoccupé par ces questions, Horwitz demande à Perrey s'il est prêt à partir.

— Oui, répond l'autre. J'ai des provisions à bord, tout ce qu'il faut. Laissez-moi juste le temps de trouver Michel. Il doit encore rôder dans les environs du bordel de madame

Maude. Je reviendrai ici avec lui quand je l'aurai repéré. Ne bougez pas, surtout. Ça mettrait du retard dans vos affaires… et dans les miennes.

Avec un sourire entendu, il se détourne et s'éloigne sur notre droite, disparaissant bientôt à notre vue. Incapable de se contenir, Loïc lance une plaisanterie grasse. Décidément, il est en forme aujourd'hui.

Pour canaliser son impatience, Werner fait les cent pas, sous l'œil amusé de Léonard. Leroux crache par terre sans arrêt, apparemment intarissable. Il finira par se dessécher, s'il continue ainsi. Je m'apprête à me plonger dans mes pensées pour mieux tuer le temps, quand je vois deux gaillards surgir à l'horizon : Raymond et son frère. Eh bien ! le marin aura été beaucoup plus rapide que je ne le pensais.

Michel est encore plus musclé que Loïc ou Raymond. Vêtu d'un jean délavé, déchiré, rapiécé, il porte un t-shirt trop petit qui moule ses pectoraux. Il broie mes mains entre les siennes quand son frère nous présente l'un à l'autre.

Loïc le dévisage avec suspicion, devinant déjà un rival potentiel chez le nouveau venu. Les deux hommes se scrutent avant de tenter de prouver leur supériorité par des attitudes de guerriers. Ils se prendraient à la gorge que je n'en serais pas surpris outre mesure. La situation ne permettant pas ce genre de jeu de pouvoir, ils se contentent ensuite de s'adresser un sourire faux, plein de sous-entendus.

— Vous avez des bagages ? demande Raymond, qui ne semble pas s'apercevoir de la rivalité naissante entre son frère et l'homme de main.

Nous marchons jusqu'à la fourgonnette en vue d'y prendre le nécessaire. À la suggestion du marin, nous déplaçons ensuite le véhicule pour le garer dans un stationnement obscur et étroit, derrière la maison close de madame Maude. Nous devrons toutefois acquitter un droit de séjour, selon Perrey. Je me demande s'il n'est pas de connivence avec la tenancière et s'il n'obtient pas un pourcentage. Assez raisonnable, le tarif demandé n'effraie pas Werner, qui tend les billets avec une certaine désinvolture. Raymond regrette peut-être de ne pas avoir haussé le montant exigé. Qui sait s'il ne tentera pas d'augmenter le prix de ses services, une fois en mer ?

L'homme s'engouffre dans l'hôtel particulier de madame Maude, afin de la prévenir et de lui remettre l'argent recueilli. Pendant son absence, Michel parade, la tête haute, le torse bombé, repliant ses avant-bras pour faire jouer ses muscles. Heureusement, le spectacle est de courte durée, car Raymond se hâte de revenir, pressé de partir en mer pour toucher son salaire plus vite.

J'aurais dû m'y attendre, mais je suis un peu surpris par le yacht que nous découvrons. À la *Taverne des trois rats morts*, son propriétaire l'avait qualifié de « rafiot », et c'est en effet un terme qui lui correspond. La rouille s'est attaquée au navire de dimensions modestes. La peinture rouge et blanche de la coque s'écaille, révélant des couleurs d'un brun et d'un vert peu engageantes. Une figure de proue bizarre (encore plus sur un yacht) représente une femme nue dont il est impossible de distinguer le visage, effacé par l'usure.

Le marin lit peut-être le scepticisme sur notre visage, puisqu'il se dépêche de préciser, par crainte de perdre l'argent à venir :

— C'est un bon yacht ! Il a l'air vieux, comme ça, mais il est solide. Je m'y connais, vous savez. J'ai pas mal bourlingué pendant ma vie.

Werner sourit sans ajouter un mot. Raymond nous invite à le suivre sur le pont, en empruntant une passerelle de bois qui relie l'avant du bateau au quai. Je monte à bord le dernier, sans valises à traîner.

Le propriétaire du bateau ordonne à son frère de lever l'ancre et de se diriger vers le nord. Michel obéit, s'occupant, entre autres, d'enlever la passerelle. Pendant que le colosse s'active, nous suivons Raymond jusqu'au milieu du pont. Il nous désigne deux cabines : on a dressé deux lits doubles dans la première d'entre elles, et un troisième dans la deuxième.

— Laissez vos bagages ici. Vous voyez qu'il va nous manquer un matelas, note Raymond. On s'arrangera. Il m'arrive de dormir sur le pont… Ou alors je peux toujours utiliser mon sac de couchage et m'étendre dans la cuisine.

Le bruit du moteur retentit, indiquant que nous quittons le port d'Alkenraüne. Nous regagnons le pont, laissant Horwitz et Perrey discuter d'argent ensemble. Le ciel s'assombrit déjà, et les nuages prennent des teintes sombres. Avec une certaine inquiétude, je vois le quai s'éloigner. Bientôt, nous serons seuls en mer. Je ne peux m'empêcher de me demander comment se déroulera le plan prévu par Horwitz.

Ce dernier nous rejoint en compagnie du propriétaire du bateau. Si j'en juge par son sourire, le marin est parvenu à extorquer une jolie somme à Werner. Celui-ci ne s'en formalise pas et feint de prendre des photographies à l'aide d'un appareil qu'il a sorti je ne sais d'où. J'ignore si Raymond est dupe, mais il paraît satisfait et part rejoindre son frère dans la cabine de pilotage. Loïc se laisse glisser sur une chaise et ferme les yeux, comme s'il participait à une croisière touristique. Léonard l'imite. Leroux, lui, marche nerveusement. Pour ma part, je m'appuie au bastingage en regardant la terre devenir de plus en plus petite.

Ne sachant trop que faire et, pour une fois, bien réveillé, je m'approche de Werner. Je l'interroge à voix basse :

— Alors ? Quel est le programme ?

— Dès qu'il fera noir, je demanderai à Leroux de conduire la séance.

— Mais les frères Perrey ? S'ils refusent…

— Ils accepteront. Il le faut, tu comprends ? Cette affaire doit se régler. Je n'en ai parlé à personne, mais, la nuit dernière, j'ai fait un cauchemar que je ne tiens pas à revivre, pour dire le moins… Je n'entrerai pas dans les détails. Disons juste que j'ai vu le cadavre de Karl Schonfeld et qu'il m'a parlé. Il m'a menacé de mourir noyé dans mon sommeil si je ne me dépêchais pas de lui obéir. Je me suis réveillé parce que je m'étouffais ! Je crachais de l'eau sur l'oreiller, de l'eau salée ! Je savais que Schonfeld ne plaisantait pas, mais il m'a donné une nouvelle preuve de son impatience. Si on le contacte aujourd'hui même, il saura que nous faisons l'impossible pour le satisfaire.

J'avoue à Horwitz n'avoir fait aucun rêve semblable au sien.

— Je ne souhaite à personne des cauchemars pareils. J'ai eu mal à la gorge une grande partie de la journée. Je ne sais pas comment il s'y prend, mais je partage l'avis de Leroux : c'est un esprit très puissant. À présent, si tu n'y vois pas d'objection, j'aimerais rester seul et réfléchir.

— Vous n'avez pas apporté un bouquin avec vous ? Le décor n'est pas très inspirant.

En effet, partout, à gauche, à droite, en avant, en arrière, je n'aperçois qu'une masse d'eau sombre. Aucun bateau en vue, rien. Je ne vois pas l'autre rive, et je suppose qu'on ne la distinguera pas avant longtemps. Werner s'apprête à répondre lorsque le moteur s'arrête. Interloqués, nous levons tous la tête en direction de la cabine de pilotage. Raymond en sort et se dirige vers nous. D'un air bravache, il croise les bras sur sa poitrine, dévisage Werner, et dit :

— On s'immobilise. C'est inutile de gaspiller plus d'essence. Vous avez ce que vous vouliez : on ne voit plus les terres, d'ici. Même si on continuait encore sur plusieurs kilomètres, le décor ne changerait pas. Je ne jetterai pas mon argent par les fenêtres. Z'avez eu le temps de prendre vos photos ?

— J'en ai pris quelques-unes, mais on doit demeurer ici au moins jusqu'à demain, ment Horwitz. Je dois faire des clichés à différentes heures de la journée, y compris cette nuit et au petit matin.

Raymond Perrey renifle.

— C'est comme vous voulez. Le montant que vous m'avez donné est suffisant… Mais si vous restez plus longtemps que demain midi, je vous préviens qu'il y aura un supplément, payable d'avance, hein ?

Werner acquiesce. Rassuré, Raymond s'éclipse vers la cabine de pilotage. Le silence se remet à régner autour de nous. La respiration de Loïc devient plus régulière, et il commence à ronfler.

Léonard a posé un chapeau contre son visage. Peut-être dort-il lui aussi. Seul Leroux continue de manifester sa nervosité de façon ostensible. Horwitz répond à ma question avec un certain délai :

— Tu me demandais si j'avais apporté un livre. Je peux te prêter *Les Bateaux de l'épouvante*. C'est une monographie intéressante sur le surnaturel en mer. J'avais commencé à la lire, au manoir, tu t'en souviens ? J'espérais glaner quelque détail sur Karl Schonfeld. Si tu trouves quelque chose, dis-le moi, même si j'en serais étonné.

Il tourne les talons, se rend à sa cabine et fouille dans ses bagages. Le voilà qui revient aussitôt avec le livre.

Je m'installe sur une chaise de plage usée. Malgré ma bonne volonté, je n'arrive pas à me concentrer. Mes pensées dérivent vers Florence. Que devient-elle ? Et Castellan ? Et Herminia ? Quand je pense que c'est à cause de la directrice que je m'ennuie sur le pont de ce bateau aujourd'hui, je fulmine. Si jamais elle se permet de me prendre à parti…

345

Une gravure retient mon attention, dans le livre : elle représente un monstre marin entièrement formé de gouttes d'eau. «*Entité psychique capable d'animer les molécules aqueuses*», affirme la légende. Selon l'ouvrage, elle peut solidifier l'eau et lui conférer des pouvoirs redoutables. J'espère ne pas avoir affaire à elle. On ne mentionne pas qu'elle ait sévi dans les environs d'Alkenraüne…

Incapable de lire, je regarde les images. Elles n'ont rien pour me rassurer : ce ne sont que catastrophes, noyés, bateaux fantômes, monstres marins, poissons incandescents qui surgissent au milieu de la nuit…

Intrigué par une gravure, je me renseigne à son sujet : il s'agit du Diable des mers, une sorte de fantôme démoniaque qui marche sur l'eau. Des marins immobilisés en pleine nuit l'ont vu émerger des ténèbres, sans bruit. Ses yeux rouges signalaient son approche, et il ne fallait à aucun prix le regarder. Ceux qui ont survécu à ses apparitions sont devenus fous.

Je ne peux m'arracher à la fascination que provoque en moi l'image du Diable des mers, debout, nu, sur une vague. Une voix me fait sursauter :

— Il est impressionnant, hein ? demande Horwitz.

Sans s'apercevoir de ma nervosité, il enchaîne :

— Quand j'étais enfant, cette image me fascinait. Je l'avais déjà vue, encadrée chez un brocanteur. Je me réveillais parfois, la nuit, et j'étais certain qu'elle se trouvait sous mon lit, qu'elle était apparue là par enchantement et que le Diable des mers allait sortir de la gravure pour me forcer à le regarder. Je fermais les yeux de toutes mes forces et je m'attendais, d'une seconde à l'autre, à sentir ses mains se poser sur ma peau d'enfant, à sentir ses doigts qui tenteraient de forcer mes paupières, pour les ouvrir, afin que je voie ses yeux rouges qui fouilleraient les miens et me rendraient fou.

— C'est une légende, non ? Je veux dire : ce personnage n'existe pas vraiment ?

Les yeux dans le vague, Werner répond :

— Une légende ? Je sais que tu n'as pas grandi dans notre monde, mais tu devrais déjà savoir que le Diable des mers existe, qu'il parcourt les eaux, chaque nuit, en quête de bateaux perdus au milieu de nulle part.

Une voix avinée retentit :

— Évidemment, qu'il existe ! C'est même la seule chose qui me fout la trouille, quand je pars en mer.

Nous nous retournons, découvrant Michel Perrey, déjà ivre, bouteille d'alcool fort à la main. Son frère titube, derrière lui, arborant un large sourire.

— Le problème avec le Diable des mers, poursuit l'ivrogne, c'est qu'on ne peut pas lui donner une raclée, comprenez ? Un seul regard de lui nous paralyse…

Il se laisse tomber sur le pont et tend la bouteille à Horwitz.

— Z'en voulez ?

Werner accepte. Peut-être tente-t-il de se concilier les faveurs des deux frères, afin de les convaincre plus aisément quand il leur exposera son véritable projet. Il boit une grande gorgée à même le goulot et lâche ce commentaire surprenant :

— C'est du raide, hein ? Vous le faites vous-même ?

Michel Perrey se rengorge, fier de lui.

— De la dynamite ! C'est comme ça que je l'appelle, d'ailleurs. Personne ne résiste à ça. Vous fumez le cannabis, le haschich, l'opium ? J'en ai, du très bon, du très fort. Ce soir, avant de nous coucher, je vous conseille d'en prendre. Si le Diable des mers vient, vous serez tellement sonné qu'il ne pourra rien vous faire.

Et si c'était une stratégie pour tous nous balancer à l'eau et voler notre argent ? souffle une voix inquiète dans mes pensées. *Il suffira aux deux frères de nous droguer et c'en sera fait de nous. Ils retourneront à Alkenraüne, mine de rien, et, si on les interroge, ils affirmeront nous avoir laissé quelque part, dans une ville voisine.*

De toute manière, Horwitz décline l'invitation pour le moment, expliquant qu'il doit conserver sa lucidité. Son patron est un homme exigeant ; les photographies doivent être de qualité. Pour donner le change, Werner se lève, prend quelques clichés.

Les frères Perrey continuent à boire, se moquant des ronflements de Loïc. Ils l'imitent en poussant des gloussements. L'un d'eux, particulièrement aigu, réveille le dormeur, qui fronce les sourcils. Michel et Raymond éclatent de rire. Conscient d'être ridiculisé, l'homme de main hésite, mais un regard de Leroux le calme. Ce n'est pas le moment de courir à notre perte.

— On est fatigué par notre journée, *monsieur* ? articule Michel. C'est peut-être Louise qui vous a trop fatigué... ou Marion. Quelle salope, celle-là, hein ?

Ces paroles font naître un sourire équivoque sur les lèvres de Loïc. Voilà, c'est bien ce que je pensais : l'homme de main a passé la journée au bordel, dans les bras d'une prostituée. Leroux fait mine de ne pas entendre, mais une grimace déforme le bas de son visage.

Les deux marins et le garde du corps se mettent à échanger des propos salaces sans se soucier de notre présence, détaillant les charmes et les talents des filles de madame Maude. On vante les seins de l'une, les cuisses de l'autre, la bouche d'une troisième.

J'essaie de demeurer stoïque, mais ces descriptions finissent par ne pas me laisser indifférent. De fil en aiguille, j'en viens à revoir mentalement le corps dénudé de Florence, dans mon lit, à Noireterre. J'essaie de chasser ces pensées. C'est inutile d'y songer : en ce moment même, elle caresse peut-être cet abruti de Malignac, pendant que je m'ennuie ici. Je les imagine, nus et enlacés. Je la vois trop bien, tête renversée, cheveux en bataille, rouge et haletante pendant qu'il la touche entre les jambes.

Cette pensée m'excite tout en me rendant furieux. Dans l'espoir de me calmer, je me lève et me dirige vers l'arrière du bateau. Ici, au moins, je ne les vois pas, et leur conversation ne me parvient plus.

J'avais pensé reprendre ma tranquillité, mais on dirait que ma solitude ne fait qu'exacerber ces souvenirs. J'ai beau fermer les yeux, m'astreindre au calme, respirer l'air marin, j'ai l'impression de le sentir charrier des odeurs intimes, un parfum érotique et troublant, chargé de mystère et de désir. J'aurais envie de sentir des mains de femme se poser sur moi, je voudrais caresser des courbes, regarder des courtisanes étendues dans des poses impudiques, les sentir, les toucher, les étreindre...

Mon pantalon se tend tellement que j'ai l'impression qu'il va exploser. Je regarde derrière moi : personne. Devant moi, la mer semble prête à me recevoir. Je ferme les yeux, plonge la main dans mon sous-vêtement et commence à me toucher. Je veux jouir dans la mer, y envoyer ma semence comme une offrande.

Je ferme les yeux, les mouvements de ma main se font plus rapides. Je regarde derrière moi : toujours personne. Je baisse mon pantalon. Mes mouvements s'accélèrent, je sens le plaisir monter, lentement, tandis qu'un kaléidoscope d'images fantasmatiques incendie mes pensées. La chaleur s'intensifie, se communique à tout mon corps, je penche la tête vers l'arrière, je sens le vent dans mes cheveux.

Cette main qui me touche n'est plus la mienne, c'est celle de toutes les femmes qui ont joui quelque part sur cette mer, forte de tous les orgasmes qui ont dévasté leur corps, qui les ont fait se courber, le dos arqué comme un défi, leur donnant une allure de vague immense. Le plaisir monte, monte, devient de plus en plus près et…

Ma dernière pensée est pour la mer, que je visualise soudain sous la forme d'une femme nue, ondulante, aux cheveux d'algue et au regard de sel, en train de se lécher les lèvres, alors que je me répands en elle, le corps agité par un spasme qui ne semble pas devoir finir.

Combien de temps s'écoule-t-il ensuite ? Je ne le sais plus. Je sens encore le plaisir en moi, qui s'apaise lentement. J'ai toujours les yeux fermés, et je me fous de Loïc, de Leroux et des autres. Tant pis s'ils arrivent ici, tant pis s'ils me trouvent à moitié nu, les yeux fermés. J'ai donné ma jouissance à la mer et je sens qu'elle a accepté mon cadeau.

Après un certain temps, le rêve s'achève. Je me rhabille et regagne le pont, les jambes tremblantes.

Là-bas, rien n'a changé. Les frères Perrey et Loïc continuent à parler de femmes, mais leurs propos m'indiffèrent. Je me laisse choir sur une chaise de plage et je m'endors.

5 : En route vers l'île

C'est un coup de coude de Leroux qui me réveille. Un instant plus tôt, je dormais, j'étais bien. Maintenant, j'ai mal aux côtes à cause de cet imbécile. A-t-il à ce point besoin de se montrer désagréable ? Il aurait pu me toucher l'épaule, me secouer le bras, n'importe quoi. Mais non ! il faut qu'il me tire du sommeil d'une manière déplaisante. Si j'ai un jour à lui rendre la pareille, qu'il ne vienne pas se plaindre !

Les ténèbres règnent autour de nous, seulement entamées par la lumière de quatre lanternes disposées sur le pont. J'ai dû dormir longtemps. Je regarde ma montre : vingt heures. Constatant que j'ai les yeux ouverts, Horwitz s'approche de moi.

— Nous allons commencer la séance ! dit-il.

— Mais les frères Perrey ? Ils sont où ?

— Ils cuvent leur alcool dans la cabine de pilotage depuis au moins une heure. Ils ne nous dérangeront pas. J'imagine qu'ils dormiront pour la nuit. Selon Leroux, l'heure et l'obscurité sont propices. Il ne faut plus attendre : Schonfeld risquerait de s'impatienter. On n'a qu'à descendre dans la cale par l'écoutille. On tiendra la séance dans la cuisine ; c'est l'endroit le plus vaste. Je l'ai visité pendant que tu dormais.

Je cherche une objection à formuler, mais je ne trouve rien qui permette de m'opposer aux projets de Werner. D'ailleurs, nous sommes venus ici pour ça, non ? Je me lève et suis les autres en silence.

Dans la pièce qui sert aussi de salle à manger, nous nous plaçons autour d'une table banale, assez peu inspirante. Là aussi, la peinture s'écaille. L'heure n'est cependant pas à de telles considérations. Je dois me concentrer, si je ne veux pas évoquer malgré moi l'esprit d'un ébéniste fou en m'attardant trop aux meubles du yacht…

Werner sort un petit chandelier de ses bagages, le pose au milieu de la table et l'allume. Nous nous prenons par la main, et Édouard se place dans l'un des angles de la cuisine. Le chef spirite répète ses instructions et nous ordonne de garder le silence.

Comme lors des séances précédentes, plusieurs minutes s'écoulent sans qu'il ne se produise rien de particulier. Je me concentre sur Karl Schonfeld, sur son nom, sur le peu que je sais de lui. Je souhaite que nous parvenions à accomplir ses désirs.

Tout à coup, du bruit retentit au-dessus de nous. L'esprit a-t-il choisi de se manifester d'une manière différente ? Pourquoi ne parle-t-il pas par la bouche de Leroux ?

Un bruit provient, près de l'écoutille. Soudain, une silhouette massive se découpe dans l'ouverture, suivie d'une seconde. Passé le premier moment de frayeur irrationnelle, je reconnais les frères Perrey. Michel nous foudroie du regard, et Raymond paraît furieux.

— On venait en mer pour prendre des photos, hein ? rugit le propriétaire du bateau. Vous allez nous dire la vérité, maintenant ? Qu'est-ce que vous trafiquez, au juste ? Je savais que vous nous preniez pour des imbéciles et que vous attendiez l'occasion de nous berner.

Michel fait craquer ses jointures et frappe à plusieurs reprises la paume de sa main droite, avec son poing gauche. Werner esquisse un geste apaisant, mais Raymond marche jusqu'à lui et le prend à la gorge.

— T'as intérêt à parler !

Sur le qui-vive, Loïc demeure immobile. Il attend sans doute de voir si les événements se corseront avant d'intervenir. Horwitz s'écrie :

— Attendez, messieurs, je vais tout vous expliquer. Nous pourrons sûrement nous entendre.

Le marin le lâche et le repousse. Il s'immobilise, bras croisés sur la poitrine, attendant des précisions. Aussitôt, Werner raconte une bonne partie de l'affaire, en modifiant certains événements, afin de ne pas nous compromettre. Selon sa version des faits, il nous a engagés à cause de notre réputation de spirites. Leroux est notre chef ; Loïc, son garde du corps ; et moi, son assistant !

— Et celui-là ? demande Michel en pointant Léonard du doigt.

— C'est mon valet.

Allant droit au but, Horwitz raconte comment nous sommes entrés par erreur en contact avec Karl Schonfeld, et explique que nous devons l'aider. Comme je le redoutais, Raymond n'est guère enthousiasmé par l'idée qu'une séance de spiritisme se déroule sur son yacht.

— Il n'en est pas question, gronde-t-il. Jamais je n'accepterai que vous fassiez ça ici. Vous avez déjà joué avec le feu chez vous et ça vous a valu des embrouilles. Je n'ai pas envie que vous attiriez des fantômes sur mon bateau ! Nous allons retourner au port tout de suite, et vous me dédommagerez pour m'avoir menti.

Horwitz veut protester, mais, d'un claquement de doigt, Raymond ordonne à son frère de faire taire l'indésirable. Aussitôt, le colosse assène une violente gifle à Werner. Je surprends un sourire mauvais sur les lèvres de Leroux : Perrey le satisfait par procuration, le vengeant de ce qu'il a subi depuis quelques jours. Constatant l'attitude de son employeur, Loïc l'imite, s'amusant de voir Horwitz en mauvaise posture.

Surpris, mais encouragé par l'antipathie visible des deux hommes envers Werner, Michel veut continuer lorsque de gros coups commencent à ébranler le yacht. Ils semblent provenir de partout et de nulle part à la fois : on sent le fondement du bateau ébranlé, mais aussi les murs, le toit, le pont, les lits dans les cabines... On dirait qu'une horde d'hommes invisibles s'amuse à faire du tapage.

Saisi d'une terreur superstitieuse visible dans ses yeux, Raymond suspend son geste et se fige, telle une statue étrange. Son frère l'imite, tout à coup crispé. Comme moi, Leroux et Loïc ont compris ce qui se passe : Karl Schonfeld intervient en faveur de Horwitz.

Michel se dresse et se met à avancer vers l'écoutille, à pas mécaniques. Semblable à un pantin géant manipulé par un marionnettiste fou, il disparaît à notre vue. Inquiet, son frère se précipite vers lui. Nous le suivons sur le pont. L'homme marche d'un pas décidé en direction du bastingage. Son intention est claire : il veut se jeter à l'eau.

Raymond se place devant lui, tentant de le retenir. L'autre l'écarte d'un brusque revers du bras droit. Le choc violent envoie le propriétaire du bateau rouler sur le plancher. Michel enjambe le parapet et s'apprête à sauter. Personne n'ose bouger. Même Raymond, qui s'est relevé, craint pour sa vie. S'il s'interpose, Michel l'entraînera-t-il avec lui au fond de la mer ?

Contre toute attente, le colosse s'immobilise, puis, perdant sa posture rigide, il se laisse tomber sur le pont en haletant. Aussitôt, son frère se rue vers lui en poussant un cri de soulagement.

— Mais qu'est-ce qui s'est passé ? crie-t-il en étreignant Michel.

Ce dernier respire fort, une main posée sur sa poitrine. Il tousse, crache dans un mouchoir de poche, baisse la tête et murmure :

— C'était l'esprit de Schonfeld. Il… Il était dans ma tête. Il m'a fait promettre qu'on l'aiderait. Il ne nous donnera pas une deuxième chance. Si tu empêches la séance, il va revenir et me maintenir au fond de l'eau jusqu'à ce que je me noie. J'ai même été chanceux qu'il ne me tue pas en guise d'avertissement. Il n'a rien fait parce qu'il est fatigué et qu'il est bien disposé en notre faveur… C'est un marin comme nous, tu comprends, alors ça lui répugne de tuer un collègue, mais il n'hésitera pas à le faire si on ne lui obéit pas.
Il m'a donné des coordonnées, dans ma tête. Les coordonnées d'une île…

Impressionné par les propos de son frère, Raymond nous regarde en grimaçant. Il nous en veut, c'est clair, mais il ne peut rien contre nous. Nous devrons cependant nous méfier de lui quand nous reviendrons à Alkenraüne. Il risque de chercher à se venger et, en principe, Karl Schonfeld ne sera plus là pour nous aider.

Un vent frais s'est levé, qui risque de nous déconcentrer si nous tentons d'évoquer l'esprit sur le pont. Nous regagnons donc la cuisine. Nous nous installons autour de la table, tandis que Leroux reprend sa place, dans l'angle. Les deux frères demeurent en retrait. Édouard les prévient de ne pas nous déranger. Ils peuvent assister à la séance, mais ils ne doivent en aucun cas penser à autre chose qu'à l'esprit que nous évoquons.

— Ce n'est pas difficile, après ce qui vient d'arriver, gronde Michel.

— Taisez-vous, maintenant, exige l'ex-enseignant.

Profitant de la situation, il a donné son ordre de la voix autoritaire qu'il emploie souvent. Forcés de se soumettre, les Perrey acquiescent, et le silence retombe. Je concentre mes pensées sur Schonfeld, comme auparavant. Je commence à devenir habitué de ces séances, où le temps s'écoule d'abord lentement, puis paraît ensuite se figer dans une sorte d'éternité que brise l'apparition lorsqu'elle se manifeste.

Après une attente que je ne saurais mesurer avec exactitude, Karl daigne nous parler, par l'entremise de Leroux :

— Karl Schonfeld.

Werner tente de raffermir sa voix, mais elle tremble lorsqu'il dit :

— Nous avons obéi à votre demande. Nous sommes en mer, j'attends vos instructions.

— L'Île des Cigognes fanées. Allez-y. Ramenez mon corps.

— Ce sont les coordonnées que vous avez données à Michel ?

— Oui.

— On trouvera facilement votre corps sur l'île ?

— Oui. Ensuite partir. M'appeler sur l'eau. J'expliquerai.

— D'accord.

— Fatigué. Je retourne dans les murs. Obéissez vite. Impatient.

Le corps de Leroux se relâche, et nous nous précipitons vers lui. Nous le couchons sur le matelas d'un des lits doubles. Loïc dormira dans la même pièce.

Léonard, Werner, les frères Perrey et moi les laissons et regagnons le pont. Michel se laisse tomber dans une chaise de plage en jurant. Son frère s'éloigne vers la cabine de pilotage. Pendant quelques instants, une atmosphère tendue pèse sur nous. Raymond revient bientôt avec deux bouteilles d'alcool fort et un petit sac.

— Ça nous fera du bien, dit-il en buvant une grande gorgée.

Son frère l'imite, pendant que Raymond nous tend l'autre bouteille. Werner ne se fait pas prier. Il s'en empare aussitôt et boit à même le goulot. Il la repose d'un coup sec sur le pont et s'essuie la bouche sous l'œil impassible de Léonard. Le valet doit connaître son maître ; il est sans doute habitué depuis un bon moment au goût évident de son patron pour l'alcool. Pour l'heure, il se contente de s'asseoir, de fermer les yeux et d'offrir son visage aux caresses du vent.

Horwitz m'offre la bouteille. J'hésite un instant, puis, songeant à Florence et à son soupirant, je m'en empare. Je bois une gorgée et je m'étouffe aussitôt, les larmes aux yeux. Michel devait s'y attendre : il éclate de rire en me pointant du doigt.

Je regarde Raymond. Il me donne l'impression de ne pas partager l'insouciance de son frère. Ce dernier s'est déjà remis de l'incident qui a failli lui coûter la vie. Plus bagarreur, habitué aux situations dangereuses, il envisage sans doute le fantôme comme un adversaire parmi tant d'autres. La seule différence réside dans sa certitude de devoir se soumettre.

Le propriétaire du bateau tente trop d'être joyeux pour parvenir à donner le change. Je le sens nerveux, sa voix me paraît mal assurée. Il boit de grandes rasades d'alcool pour se détendre. Au rythme où il engloutit le liquide, les effets ne tarderont pas à se faire sentir. De son côté, Horwitz n'est pas en reste. Se rendant sans doute compte de son comportement, il m'offre la bouteille.

J'en prends une autre gorgée, plus lentement. Du coin de l'œil, Michel m'observe, espérant profiter d'une autre occasion de s'amuser. Peine perdue : j'ai été prudent et je ne m'étouffe pas. L'alcool me réchauffe la poitrine. Le goût est loin du raffinement ou de la subtilité, mais le résultat s'avère plus qu'efficace.

— Pourquoi il veut que vous rameniez ses ossements, au juste ? demande soudain Raymond.

Heureux de voir le propriétaire du bateau s'intéresser à sa situation, Werner s'empresse de fournir des explications et conclut :

— On ne sait pas ce qui se passe dans l'au-delà, hein ? Peut-être sera-t-il prisonnier d'un portail, d'une zone intermédiaire, tant qu'on n'aura pas donné à son cadavre une sépulture décente. Je ne vois pas d'autres explications… Car, en principe, un pur esprit ne se soucie pas de son ancienne enveloppe physique.

Vous avez constaté à quel point Schonfeld n'est pas bavard. Je n'ai pas pu lui arracher beaucoup d'informations. Un détail me chicote : c'est un homme récemment décédé, selon Leroux. On voit d'ailleurs qu'il a peu d'énergie. Il ne parle jamais longtemps pendant les séances de spiritisme, il s'épuise très rapidement… et pourtant, il est capable d'exploits inconcevables. Vous, Michel, qu'en pensez-vous ? Il est venu visiter votre esprit…

Le colosse ne répond pas tout de suite, occupé à saupoudrer du tabac dans du papier à rouler vert. Il le lèche, l'allume, en tire une bouffée et tend la cigarette à son frère, avant de dire :

— Ça m'a fait une drôle d'impression, mais comme il était plus fort que moi, je n'arrivais à rien savoir sur son compte. Juste les coordonnées de l'île. Ensuite, j'ai dû obéir. C'était comme une partie de bras de fer mental, mais il était beaucoup plus fort que moi, le salaud ! S'il pouvait s'incarner un jour, je me ferais un plaisir de lui casser la gueule.

Michel n'accepte guère d'être vaincu, semble-t-il. S'il en tire une leçon, ce sera sans doute qu'il n'y a pas que des batailles physiques, dans la vie. Les combats mentaux existent et ils sont parfois aussi difficiles à mener.

Raymond tend le joint à Werner, qui n'hésite pas un instant, le portant à ses lèvres. Le silence pèse quelques instants, comme si chacun prenait le temps de réfléchir à Schonfeld. Horwitz m'offre la cigarette de haschisch. Je n'ai jamais eu l'occasion d'essayer ça. Je songe de nouveau à mes réticences : s'il s'agissait d'une stratégie des Perrey pour se débarrasser de nous ?

L'hypothèse ne tient pas la route. Schonfeld veille sur nous, et les deux frères ont eux-mêmes fumé. Je ne risque rien à tenter l'expérience.

Je suis saisi par la fumée qui me pique la gorge et je m'étouffe encore. Michel éclate de rire :

— Ben dis donc, t'es encore pas mal « vert », toi.

Je ne réponds pas. J'attends quelques secondes, prêt à sentir les effets de la drogue, mais rien ne se produit, seulement ce picotement désagréable dans ma gorge. Les autres me pressent de faire circuler le joint.

Si ce n'est que ça, fumer, je préfère continuer à boire. L'alcool de Michel goûte mauvais, mais au moins, il frappe.

Je bois encore. Les trois autres se désintéressent des bouteilles pour mieux se concentrer sur les joints. Le colosse en prépare déjà un second, en parlant d'opium et d'une drogue bizarre qui s'est mise à surgir dans les ports de la région, depuis un bout de temps : l'*effriteur*. Elle se présente sous la forme d'une capsule qui produit des effets très variables d'une personne à l'autre, allant parfois jusqu'à créer des modifications sérieuses au niveau mental ou… physique !

— On l'appelle l'*effriteur* parce qu'on raconte qu'un vieux bonhomme en a pris et que ses doigts sont devenus secs, comme de la cendre, et qu'ils sont tombés par terre.

Ça doit être une histoire à dormir debout, mais qu'est-ce qu'on en sait ?

Je l'interroge :

— Mais qui en prend ? Faut être dingue, non, si ça risque de produire des effets aussi dangereux ?

— S'il te fait perdre une faculté ou un membre, l'*effriteur* le remplace par autre chose, tu comprends ? D'après l'histoire, le vieux n'avait plus de doigts au bout de sa main droite, mais il était capable de lire les pensées. Beaucoup de gens en donneraient autant pour avoir ce don-là.

Sceptique, je ne réponds pas. Drôle de dilemme.

— Il faut une bonne dose de courage pour tenter l'expérience, mais j'en connais qui n'ont rien à perdre, ajoute Raymond.

Horwitz m'offre le joint, que je refuse poliment.

— Ça ne me fait rien.

— Il faut fumer plus, inhaler, m'explique Werner.

— Merci, mais je passe mon tour. Vous fumez souvent, vous ?

— Bah… Ça m'arrive à l'occasion, surtout quand je voyage. Ça m'aide à être réceptif.

Il interroge ensuite Raymond :

— C'est loin, l'île de Schonfeld ?

— Pas trop, non.

D'un geste un peu vague, le marin tend son index vers sa gauche, avant d'ajouter :

— Ça doit être l'une des centaines de petites îles qui pullulent, dans ce coin-là. En partant demain matin, nous arriverons au milieu de l'après-midi. On pourrait voyager cette nuit, mais ce ne serait pas prudent.

Les frères Perrey deviennent tout à coup loquaces, racontant maints souvenirs d'aventures marines, de rencontres inusitées. On ne sait trop s'ils inventent au fur et à mesure, s'ils amplifient des événements réels.

Peu importe, les histoires de Michel sont particulièrement étonnantes, racontées dans un langage cru mais coloré. Je ferme les yeux et me laisse bercer par les images qu'elles suscitent.

Peu à peu, les paroles deviennent indistinctes et je m'endors.

Le bruit du moteur me réveille. Comme un enfant, je me frotte les yeux à l'aide de mes poings fermés. Ma vision est encore embrouillée, mais je distingue la lumière du soleil levant.

Ils sont matinaux, les frères Perrey ! Sans doute veulent-ils arriver à l'Île des Cigognes fanées avant la nuit. Je me demande d'ailleurs pourquoi elle porte ce nom bizarre. Schonfeld a évoqué des cigognes qui piquaient son corps. Il souhaitait « qu'elles arrêtent », selon ses propres termes. Peut-être se trompe-t-il. Il doit les confondre avec d'autres oiseaux, des charognards, probablement.

Je suis seul sur le pont. Je me lève, courbaturé par la position dans laquelle j'ai dormi. Mes os craquent. Je me sens comme un biscuit sec prêt à tomber en miettes. L'image du vieillard dont les doigts se sont effrités revient à ma mémoire. Je ne serais presque pas surpris de subir le même sort, mais j'écarte cette pensée absurde.

Je me dirige vers les cabines. Avec un peu de chance, je pourrai peut-être me rendormir. Je me sens très fatigué. Une sorte de suie mentale s'étale sur mes pensées. Je n'ai qu'une envie : celle de me replonger dans le sommeil.

Hormis les deux frères, tous semblent dormir. Je m'étends et tente d'ignorer le bruit du moteur. D'ailleurs, il provoque une sorte de ronronnement répétitif, hypnotique, qui finit par m'apaiser. À moins que ce ne soit l'hôtel bleu qui me pousse à dormir, dormir, dormir…

Cette fois, c'est Léonard qui me réveille, toujours poli. Je regarde ma montre : quinze heures ! Bon sang ! si on ne prenait pas la peine de me réveiller chaque jour, je pourrais presque entrer en état d'hibernation. Cette idée ne me rassure pas. Il faudra que je consulte un médecin, dès mon retour à Noire-terre. Peut-être sera-t-il capable d'y voir clair. Il doit exister un traitement, un médicament qui puisse m'aider à demeurer conscient, à lutter contre le sommeil.

Je me rends sur le pont et j'ai la surprise de sentir une immense bouffée de chaleur me monter au visage. Le plancher est brûlant sous mes pieds nus. C'est alors que je la vois à l'horizon. *L'Île des Cigognes fanées*. Rien ne la distingue des autres îles.

— D'après Michel, nous y serons dans une quinzaine de minutes, explique Werner, qui s'accoude au bastingage en me regardant.

La faim commence à me tourmenter. Je m'informe à ce sujet. Selon Horwitz, je trouverai le nécessaire dans la salle à manger. Je m'y rends donc, découvrant du pain, des confitures, un peu de café. Rien d'extraordinaire, mais ça suffira à me sustenter pour le moment.

Je prends mon temps, me réveillant peu à peu. C'est Michel qui a dû se charger de préparer le café. À l'instar de son alcool, il est très fort, raide et corsé. Néanmoins, il me donne un coup de fouet salutaire. Après un moment, les battements de mon cœur s'accélèrent ; je me sens nerveux. Est-ce à cause de l'île, dont nous approchons ? Est-ce seulement la caféine ?

Je remonte sur le pont. Nous sommes très près du but, à présent. Nous aborderons dans une ou deux minutes. Le bateau ralentit, ralentit… puis s'immobilise. Les frères Perrey arrivent, portant une chaloupe.

— On y va avec vous, grince Raymond avec un sourire bizarre. On ne sait pas. Il y a peut-être un trésor caché.

Michel ricane :

— Ou alors des sauvageonnes. On pourrait en rapporter un lot pour madame Maude. Elle serait contente.

Plaisante-t-il ? Il me tourne le dos, fait glisser la chaloupe jusqu'à la ligne de flottaison et y descend, suivi par Raymond. Nous l'imitons tous, nous entassant dans l'espace étroit. Pendant qu'ils rament vers l'île, je regarde attentivement. Personne en vue, aucun signe de vie. À quelques mètres de la plage, de bizarres arbres tropicaux se dressent.

La chaleur continue de nous assaillir, et Leroux ne cesse d'éponger son front à l'aide d'un carreau de tissu. J'aurais dû penser à me munir d'un objet semblable. La chaloupe s'arrête enfin, et nous en débarquons, curieux de découvrir l'endroit. Je m'attends à y voir une multitude de cigognes mortes, mais rien ne trouble l'aspect lisse du sable fin et brûlant.

Nous avançons, d'abord prudents, redoutant quelque mauvaise surprise, mais l'endroit paraît vraiment inhabité. Lorsque nous entrons enfin sous le couvert de la forêt, la fraîcheur qui y règne nous réconforte.

— Où trouver le corps ? grogne Leroux. On peut passer des heures à chercher. Est-ce qu'on va devoir creuser chaque foutu centimètre de cette île ?

Je réfléchis à haute voix :

— Si on ne le trouve pas, on n'aura qu'à poser la question à Schonfeld.

— Je voudrais foutre le camp d'ici avant la nuit, répond l'ex-enseignant. J'en ai ma claque de cette histoire qui s'éternise.

Nous ne répondons pas, nous contentant de progresser parmi la végétation de plus en plus dense. Sans machettes, nous en sommes réduits à écarter les branchages de notre mieux. Des images de vieux films d'aventures s'imposent à mon esprit. J'imagine un immense serpent, prêt à se laisser tomber pour étrangler l'un de nous, voire un nid de guêpes, une tarentule géante, n'importe quoi…

Tout à coup, la forêt devient clairsemée, et nous débouchons sur une plaine sablonneuse qui s'étend sur environ deux kilomètres. Elle est déserte, si l'on excepte une étrange plante hexagonale qui se trouve au milieu.

Elle possède des tiges épineuses, semblables à celles des cactus. Étroit et recourbé, le haut du végétal se termine par une boule dotée d'une pointe semblable à un bec d'oiseau.

Leroux jubile :

— Le voilà, l'emplacement ! Il a dit que la cigogne fanée le piquait ! La plante a des épines, elle ressemble à une cigogne ! Le corps doit être là-dedans…

Je m'étonne de cette idée, mais Michel se précipite déjà vers la plante.

6 : Qu'est-ce qu'une cigogne fanée ?

Dès qu'il se trouve à quelques mètres d'elle, la plante s'ouvre en deux, propulsant une liane qui s'empare de l'imprudent à une vitesse fulgurante. Aussitôt, le végétal se referme, avec sa proie. Pendant cinq secondes, on entend les hurlements de la victime, puis plus rien.

Raymond a voulu se précipiter pour aider son frère, mais nous le retenons. S'il approche de la plante, il se fera dévorer, lui aussi, c'est évident. Loïc le gifle même pour le persuader de se raisonner. Il n'y a plus rien à faire.

Tombé à genoux sur le sol, le marin crie le nom de Michel, mais celui-ci ne répond plus. Il s'interrompt soudain lorsque la plante se rouvre, crachant les ossements blanchis. Il ouvre des yeux incrédules et pousse un cri d'animal blessé, un cri qui provient de très loin en lui. Ensuite, hoquetant, il se met à pleurer, marmonnant le nom de son frère en une litanie incessante.

Édouard s'impatiente devant ce comportement et ordonne à Loïc de le faire taire. Je m'interpose :

— Nous aurons besoin de Raymond si on veut revenir à Alkenraüne. Personne d'entre nous ne sait conduire un yacht. Voulez-vous passer le reste de votre vie ici en espérant qu'un autre bateau vienne vous chercher ?

Ces paroles calment Leroux. Je me penche près du marin, qui continue à pleurer. Ses épaules tressautent et il paraît incapable de bouger.

— Vous faites ce que vous voulez, décide Édouard, mais moi, je vais à la recherche du cadavre tout de suite. Je n'ai pas envie de perdre mon temps sur cette île. Le plus tôt on se tirera d'ici, le mieux ça vaudra.

Accompagné par l'homme de main, il s'éloigne vers le bout de la plaine, délimité par une dune. Je les vois la gravir et disparaître de l'autre côté, désormais cachés à ma vue. Léonard et Horwitz sont demeurés près de moi. Nous tâchons de réconforter Raymond, toujours en état de choc. Il est difficile de trouver les mots justes, de savoir comment le calmer. Après tout, il vit une tragédie en ce moment…

Peu à peu, cependant, les larmes se tarissent et s'arrêtent. L'homme demeure immobile, presque paralysé. Le vent se lève, caressant son visage, jouant avec ses cheveux, comme s'il cherchait à le consoler. Une poussière fine s'élève de la dune et, portée par l'air, se dirige vers nous. Elle a quelque chose de magique. On jurerait vraiment que l'île prend soin de l'homme endeuillé...

Léonard se dirige vers la dune, prenant soin de ne pas s'approcher de la plante carnivore. Il est à quelques mètres de nous lorsque le pollen se dépose dans ses cheveux et sur son visage, qui se couvre de feuilles instantanément. Les joues se déchirent, laissant couler des flots de sang, vite dissimulés par des couches minces et vertes qui se superposent.

Les vêtements du valet se déchirent à toute vitesse... Ses jambes grossissent, deviennent brunes et noueuses, son corps se tord, en proie à une danse bizarre. Il commence à crier d'une voix de plus en plus grave, qui s'éteint tout à coup, alors que sa tête tombe de son tronc, remplacée par de grandes feuilles triangulaires. Des racines percent la plante des pieds et s'enfoncent dans le sol, telles des taupes affolées.

Nous n'en regardons pas plus : pétrifiés par le spectacle, nous nous enfuyons vers la forêt, afin d'éviter le sort que vient de subir Léonard. Werner et moi tenons le marin par la main, qui se laisse entraîner sans mot dire.

En me retournant pour juger de la progression du pollen, je constate que le vent diminue d'intensité et que le pollen tombe par terre, avalé par le sable. Je n'oserais cependant pas me hasarder à retourner là-bas.

Mais où sommes-nous donc ? En moins de dix minutes, deux d'entre nous sont déjà morts, victimes des pièges de cette île. Nous décidons de regagner la plage. Ce sera plus prudent, et nous pourrons nous réfugier à l'intérieur du yacht, s'il le faut.

Alors que nous nous asseyons sur le sable, je me demande si Leroux et Loïc ont été victimes du pollen. Cherchent-ils encore le cadavre de Schonfeld, ignorant le danger qui les guette ? La seule manière de le savoir serait de partir à leur recherche. Je ne suis pas certain de vouloir prendre ce risque. Cependant, si nous n'obéissons pas à Karl, il risque de se venger dès la nuit venue. Alors, rien ne l'empêchera de nous guider vers la plante carnivore ou vers le pollen, à la manière dont Gézarielle tentait de m'attirer dans sa maison, près du manoir Horwitz.

Je fais part de mes pensées à Horwitz. Il ne répond pas tout de suite, réfléchissant, avant de décider :

— On devrait les attendre encore au moins une demi-heure. S'il ne sont pas revenus à ce moment-là, on partira à leur recherche, mais en restant groupés. C'est le meilleur moyen d'être moins vulnérables.

Il nous suffira de longer la plaine sur l'un de ses côtés et de gravir la dune en étant prudents. L'un d'entre nous devrait idéalement servir d'éclaireur… afin de nous assurer que le pollen est bien retombé. Il est préférable qu'une personne meure plutôt que trois…

Après avoir prononcé ces paroles, il se tait, se retranchant dans un mutisme dont je préfère ne pas le tirer. Sans doute pense-t-il à la situation, à un moyen d'évaluer ou d'éviter les pièges dont l'île semble fourmiller. Luttant contre la chaleur, j'essaie d'imiter Horwitz, me plongeant dans mes pensées, sans parvenir à les ordonner. Quelque chose cloche, mais je n'arrive pas à trouver quoi. Je tourne et retourne la question dans mon esprit dans l'espoir d'identifier ce qui ne cadre pas…

Je tente de me remémorer les propos de Karl Schonfeld, d'établir le bilan de chacune des séances au cours desquelles il nous a parlé par l'entremise de Leroux.

Première séance : Schonfeld se fait passer pour l'oncle Jacob afin de connaître les projets de Horwitz. Nous n'apprenons rien à son sujet, sauf son nom.

Deuxième séance : Nous obtenons des renseignements sur Schonfeld. Il prétend s'être noyé. L'eau a poussé son corps jusqu'à une île, si je me souviens bien.

Au moment où je songe à la troisième séance, j'identifie en partie ce qui cloche. L'esprit a prétendu que des « cigognes fanées » piquaient son corps. Or, la plante que Leroux a prise pour ladite cigogne était seule... et n'était pas fanée. À la recherche d'un « signe », d'un endroit évident où trouver le corps de Karl, Leroux ne s'est pas arrêté au pluriel qu'avait employé l'esprit, ni à l'état de la plante.

Rien ne prouve d'ailleurs que les cigognes en question ne soient pas de vrais oiseaux. Je n'en ai vu aucun depuis mon arrivée ici, mais si nous en apercevons, nous saurons où trouver le cadavre de Schonfeld. Sinon, il faudra chercher plusieurs objets qui ressemblent à une cigogne ou qui s'apparentent à sa symbolique...

Je songe un instant aux cigognes. Ne dit-on pas aux enfants qu'elles apportent les bébés ? Quel lien cette histoire peut-elle entretenir avec Schonfeld ? Peut-être aucun.

Éludant la question, je me remémore la quatrième et dernière séance. En plus d'avoir révélé les coordonnées de l'île à Michel, Schonfeld a dit que nous trouverions facilement son corps et qu'il s'impatientait. Or... Nous n'avons toujours pas repéré le cadavre. Ce ne sont peut-être que de menues contradictions, mais elles m'intriguent néanmoins.

Plusieurs minutes se sont écoulées pendant que j'ai tenté d'ordonner ces considérations. Leroux n'apparaît toujours pas, et le délai prescrit par Werner expirera bientôt.

Rompant le silence, j'expose le résultat de mes cogitations à Horwitz. À côté de nous, les yeux dans le vague, Perrey est toujours aussi absent. Je me demande s'il m'entend. Werner s'intéresse à mes théories. Il regarde à la ronde… Aucun oiseau en vue.

Nous attendons encore en silence quelques minutes, puis Horwitz se lève et déclare qu'il faut y aller.

— Je suis aussi inquiet que toi, Alain, dit-il d'une voix incertaine. J'aime autant affronter cette île que la colère de Schonfeld. Depuis le rêve dont je t'ai parlé hier, je sais de quoi il est capable, et je n'ai pas envie de me noyer lentement de l'intérieur. C'était une sensation horrible, très douloureuse.

Sans enthousiasme, j'obéis. Je m'apprête à aider Raymond, mais il se dresse par lui-même, le visage en sueur. Il nous entend donc, même s'il ne nous adresse aucun regard et ne parle pas. Nous nous dirigeons tous les trois vers la forêt qui conduit à la plaine. Dans le ciel, le soleil commence déjà à descendre.

Entendant un bruit à quelques mètres de nous, je me raidis, prêt à m'enfuir, lorsque je reconnais la voix de Leroux.

— Je me demande où sont passés ces imbéciles. Ils devaient nous attendre ici. J'espère qu'il ne leur est pas arrivé malheur. Pas que je tienne à eux, mais comme le gamin me le faisait remarquer, je n'ai pas envie d'attendre des secours ici. Ça pourrait être long, et l'environnement n'est pas…

Nous apercevant, il se tait. Il sait que nous l'avons entendu, mais cette certitude n'a pas l'air de le troubler outre mesure.

— Ah ! vous voilà ! s'écrie-t-il. Il était temps. Pourquoi vous êtes-vous sauvés comme ça ? Vous avez trouvé le corps de Schonfeld ?

Werner répond par la négative, parlant du pollen qui a tué Léonard. Sans égards pour le valet, Édouard commente :

— C'était donc ça, l'arbre moche que j'ai vu, au milieu de la plaine ? Je me demandais ce que c'était que cette connerie et comment ça avait pu pousser aussi vite. Faudra décidément se méfier du coin.

— Qu'est-ce qu'il y avait au-delà de la dune ? demande Horwitz, sans se formaliser du manque de respect de Leroux.

L'ex-enseignant répond :

— Il faut marcher pendant un bout de temps. Ensuite, on arrive dans un village bizarre. Il n'y avait pas un chat là, d'ailleurs. C'étaient juste des sortes de huttes en paille, qui formaient un grand cercle. On n'a pas osé entrer à l'intérieur du cercle, mais on en a fait le tour attentivement, au cas où le corps de Schonfeld se serait trouvé derrière l'une des cabanes… Rien. Ensuite, un peu plus loin, il y avait une source. L'eau était excellente. Et du gazon lacrymal.

— Hein ? Le gazon lacrymal dont parle Feilbas dans son ouvrage sur les concoctions savantes ? s'emballe Horwitz.

Je ne comprends rien à ses propos, mais Leroux semble être au courant :

— Oui. Il suffit de marcher là-dessus pour se mettre à chialer comme un môme. Ça prend aux tripes et on pleure stupidement, sans être capable de s'arrêter ou de s'en aller. On resterait là des heures, jusqu'à en crever. Heureusement, Loïc était resté en retrait, au cas où. Comme je n'étais pas trop loin, il a pu me tirer de ma léthargie en me lançant une chaussure en pleine gueule. En temps normal, je lui en voudrais un peu, mais dans ces circonstances… Vous comprendrez qu'après ça, on est revenus. Le coin n'était pas trop rassurant, et on se disait que c'était bête de risquer notre vie, alors que vous aviez peut-être déjà trouvé le corps de Schonfeld.

Il se tait, plaçant ses poings sur ses hanches, puis demande à Horwitz :

— Pourquoi vous êtes-vous maquillé ?

Werner fronce les sourcils.

— Que voulez-vous dire ?

— Ben oui, quoi, ces dessins rituels sur votre joue droite. Ça me paraît un peu con, quoi ! Vous voulez vous concilier les faveurs des habitants ?

— Il doit se prendre pour un cannibale, ricane Loïc.

— Mais je ne suis pas maquillé, proteste Horwitz, avec raison.

— Ah ! Tiens… C'est vrai. J'ai cru… Enfin, peu importe. Le soleil a dû me taper trop longtemps sur le crâne. Je pense qu'on devrait aller plus à fond dans l'île. Le fantôme a dit qu'on trouverait son cadavre facilement. Ce n'est pas la peine de chercher. Il suffit de marcher jusqu'à ce qu'on l'aperçoive. Il n'a aucune raison de mentir, ce n'est pas dans son intérêt.

Le raisonnement me paraît censé. Nous nous remettons en marche jusqu'à la plaine. Nous ne craignons plus le pollen, puisque Loïc et Leroux ont parcouru l'endroit avant de nous rejoindre. Nous franchissons donc la plaine, avant de gravir la dune. De l'autre côté, je découvre un paysage de sable, désertique et silencieux. Il y règne un calme plat et, beaucoup plus loin, je distingue des formes vagues. Il s'agit sans doute du village dont Leroux a parlé.

Nous progressons sans dire un mot. Même s'il décline, le soleil continue de nous cuire sur place. Je me sens assoiffé, et à la seule pensée de la source qu'a mentionnée Leroux, je salive presque. Depuis un bout de temps, j'ai l'impression d'avoir la bouche en carton.

Lorsque nous arrivons en vue du village, je suis saisi par l'aura d'étrangeté qui en émane. La disposition de ces huttes a quelque chose d'occulte, comme si ce cercle servait au village à se protéger contre une intrusion du monde extérieur. Peut-être n'est-ce qu'une impression, mais elle est suffisamment forte pour m'étonner. Un dialogue entre Horwitz et Leroux s'engage alors :

— Il faudrait au moins visiter l'une des huttes, marmonne Horwitz. Qui sait si elles ne servent pas à entreposer les morts ?

— Et qui aurait mis le cadavre de Schonfeld là ? proteste Leroux. Il aura marché tout seul jusqu'à la cabane, je suppose ? Ça n'a pas de sens. Je vous fais remarquer qu'en principe, on aurait dû le trouver sur la plage. On n'a même pas songé à faire le tour de l'île en longeant la mer. Il faudrait peut-être rebrousser chemin. C'est l'ambiance de ce maudit endroit qui fausse notre raisonnement. C'était la première chose à faire, de toute évidence.

— Vous avez sans doute raison, mais, tant qu'à être ici, autant regarder dans l'une de ces huttes.

— Mais allez-y vous-même, si vous y tenez tant.

Horwitz décoche un regard vexé à Leroux. Pour prouver son courage, il entre dans le cercle. Rien ne se passe. Avant de sortir de notre champ de vision, il contourne l'une des huttes. Je suppose qu'il entre ensuite à l'intérieur.

Tout à coup, le village entier disparaît.

— Les plantes des fraudes végétales ! tonne Édouard.

Je me souviens avoir lu un article à ce sujet, dans une revue, voilà quelques jours. Il s'agissait de plantes éphémères capables d'imiter des commerces, des banques, n'importe quoi. À l'état sauvage, elles font des sauts dans l'espace-temps chaque deux heures, faute de quoi elles se décomposent. En principe, Werner se trouve donc *ailleurs* et dans une autre époque en ce moment. Les chances que nous le revoyions un jour demeurent minimes.

Stupéfaits devant le vide qui s'étend devant nous, nous demeurons silencieux. À ce rythme, nous ne tiendrons pas longtemps.

— Rebroussons chemin, décide Leroux. On va longer la plage et on trouvera bien ce foutu cadavre.

Nous obéissons. Raymond marche comme un somnambule. Édouard le rudoie sans que le marin ne réagisse. J'espère qu'il aura repris ses sens bientôt, car je vois mal comment nous pourrons regagner Alkenraüne sans son aide.

— Il m'énerve, avec ses ailes, lâche tout à coup l'ex-enseignant.

— Ses ailes ?

— Mais oui ! dans son dos. J'aurais le goût de les arracher. Ça produit un battement énervant, tu sais, comme les mouches qui tapent par terre. Ne viens pas me dire que ça ne te dérange pas.

— Moi, ça m'agace, commente Loïc.

Je nie :

— Mais il n'a pas d'ailes, voyons, monsieur Leroux.

— Ah ! gamin, ta mauvaise foi m'exaspère. Regarde… Oh ! Elles ont disparu. Eh ben !

Sans approfondir la question, il se remet en marche. Son attitude commence à m'inquiéter : il prétendait d'abord que Horwitz était maquillé ; il dit maintenant que Raymond a des ailes. Ces hallucinations ont beau être brèves, elles peuvent néanmoins s'aggraver. La durée de la seconde a d'ailleurs été un peu plus longue que la première.

Nous revoilà au bord de la mer. Loïc chantonne une mélodie répétitive, sans s'apercevoir que Leroux ne l'apprécie pas. Notre groupe entreprend de faire le tour de l'île, en restant sur la plage.

Rythmées par la musique improvisée de l'homme de main, des vagues paresseuses viennent s'échouer sur le sable. Raymond avance d'un air hébété. Aucun cadavre en vue, pour l'instant. J'ai beau froncer les sourcils et tenter de voir plus loin, je ne distingue toujours rien. Ce corps devait être facile à trouver, non ?

Tout à coup, Leroux s'immobilise et se met à abreuver d'insultes son employé.

— T'as pas fini de chantonner comme un demeuré ? Tu commences à sérieusement m'emmerder, mon gars.

Loïc le dévisage avec une grimace irrespectueuse.

— Ta gueule, laisse-t-il tomber.

Il se remet aussitôt à chanter. Édouard hésite sur la conduite à tenir. Il a envie de s'en prendre à l'homme de main, de l'obliger à se montrer plus poli, mais, constatant le manque de soumission de Loïc, il craint aussi de subir ses représailles s'il est trop exigeant.

Leroux se tait donc, la mâchoire crispée, l'œil mauvais. Comble de malchance pour lui, Raymond entreprend également de chantonner, accompagnant Loïc dans un duo bizarre. Les notes traînantes et funèbres qu'ils émettent ont un je-ne-sais-quoi de troublant qui me mettent mal à l'aise. Une ambiance lourde pèse sur l'île et sur notre groupe. Le ciel s'assombrit. Bientôt, nous serons plongés dans les ténèbres. Poursuivre notre exploration en quête du cadavre sera inutile, puisque nous ne verrons plus rien. Pire encore, nous risquons d'être pris dans l'obscurité, à la merci de n'importe quelle menace.

Il faut le dire à Leroux. Tant pis s'il me critique, je regagnerai seul le yacht. Si Schonfeld tient à ce que nous trouvions son corps, il lui suffit de nous indiquer où il est. Je ne peux pas croire qu'il pousse la mauvaise foi jusqu'à nous forcer à errer dans l'obscurité, cherchant son squelette à tâtons !

Je m'apprête à me prononcer sur la question lorsque Loïc et Raymond s'interrompent simultanément. La même voix se met alors à émerger de leur gorge, une voix rauque, lente et monotone, qui s'exprime dans une langue inconnue. Les poils de mes bras se hérissent et je sens le bout de mes doigts se glacer.

Leroux s'est arrêté et, dans l'éclairage du jour mourant, il me paraît blême, ébranlé. Loïc et Raymond poursuivent leur discours incompréhensible, qui s'étire sur une ou deux minutes encore, puis s'éteint. Le silence règne de nouveau. Je hasarde d'une voix blanche :

— Je pense qu'il vaudrait mieux faire demi-tour.

D'un signe de tête, Édouard approuve. L'homme de main et le marin nous suivront-ils ? Il semble que oui, puisqu'ils se tournent dans la direction du yacht et se mettent à avancer devant nous. Je préfère cela : je ne me sentirais guère rassuré de les savoir derrière moi.

Dans la lumière qui diminue, le décor à notre droite prend des allures sinistres. Les contours des arbres deviennent indistincts, révélant des crocs, des têtes cornues, des silhouettes anguleuses, toutes en griffes et en ronces. Afin de ne pas laisser ces fantasmagories s'emparer de moi, je concentre mon attention sur l'eau, à ma gauche. Malgré mes tentatives de me rassurer, je m'attends presque à voir une forme inquiétante émerger des ténèbres qui s'installent.

Lorsque j'aperçois enfin la chaloupe et le yacht, je pousse un soupir de soulagement. Leroux se détend aussi, à côté de moi. Nos deux acolytes s'immobilisent et se tournent vers nous. Ai-je rêvé ? Il me semble avoir vu une lueur rouge incendier leur regard, l'espace d'une demi-seconde.

Je regarde Édouard. Il ne paraît pas avoir surpris ce feu. En revanche, il pointe Loïc du doigt en s'esclaffant :

— Mon vieux Loïc, ta peau est en train de pourrir.

Je porte aussitôt mon regard sur l'employé : rien ne permet à Édouard d'affirmer une pareille nouvelle. Le chef spirite doit encore être en train d'halluciner.

L'homme de main roule des yeux terrifiés et baisse son regard sur ses bras. Il pousse un cri de rage et se précipite sur son employeur, qu'il plaque contre le sol. Les mains rivées autour de son cou, il veut l'étrangler. Je cherche à m'interposer, mais Loïc me repousse avec fureur. Ce geste permet cependant à Édouard de se dégager et d'écarter l'autre.

— C'est toi qui pourris ! hurle Loïc. Ta gueule tombe en morceaux… C'est… C'est dégueulasse ! Je vais finir de l'arracher pour voir ce qu'il y a derrière.

Il se jette aussitôt sur Leroux, les doigts crispés comme des serres. Tout à coup, une idée s'impose à mon esprit, en un éclair : leurs hallucinations sont causées par l'eau de source qu'ils ont bue, un peu plus tôt. En effet, ils sont les seuls à imaginer des faits et des objets qui n'existent pas. Je hurle :

— C'est l'eau ! C'est l'eau qui vous fait voir des illusions !

L'homme de main se tourne vers moi, la colère fixée au fond des prunelles, mais avant qu'il ne m'attaque, ses épaules s'affaissent et il me fixe, déconcerté.

— L'eau ? dit-il.

— J'aurais dû m'en douter, tempête Leroux. On va passer notre temps à avoir des visions… Réfugions-nous sur le yacht pendant qu'on le peut encore.

Nous montons dans la chaloupe, nous empressant de ramer jusqu'au bateau. Nous nous hissons sur le pont, rassurés de mettre une certaine distance entre l'île et notre groupe.

— Il faut absolument contacter Schonfeld, décide le chef spirite. Il pourra nous dire quoi faire, qu'on s'en aille enfin.

— Qu'on s'en aille enfin, répète Raymond d'une voix enfantine.

Édouard se tourne vers lui.

— Pensez-vous être capable de piloter le navire ?

— Oui, laisse tomber l'autre.

Cette première preuve que sa conscience n'est pas tout à fait éteinte me rassure. Nous nous rendons à la cuisine, où j'allume la chandelle. Loïc, Raymond et moi nous plaçons en cercle, les bras très tendus pour mieux entourer la table, vu notre petit nombre. Pressé de commencer, Édouard résume ses recommandations habituelles et se poste dans l'angle.

Le silence… La concentration… Karl Schon-feld, Karl Schon-feld, Karl Schon-feld… Ne penser qu'à ce nom, qu'à ce marin mort dont nous voulons servir la volonté pour partir enfin d'ici… Karl Schon-feld, Karl Schonfeld…

— Je suis Karl Schonfeld, déclare Leroux.

En l'absence de Werner, je décide de prendre le contrôle des opérations. Raymond n'a pas la capacité de le faire, et je n'ai pas envie de laisser Loïc gâcher le peu de temps que durent habituellement nos entretiens avec l'esprit.

— On ne trouve pas votre corps.

— C'est normal, articule Édouard d'une voix changée, mon corps est disparu depuis plusieurs jours.

— Mais alors…

— Vous ne comprenez pas ? L'Île des Cigognes fanées m'a forcé à vous faire venir ici. Elle est vieille de centaines d'années et elle doit se nourrir. Pour se nourrir, il lui faut des vies et des âmes humaines... et la seule façon d'en obtenir, c'est d'attirer ici des hommes et des femmes.

Quand je me suis noyé, elle a aspiré ma vie... et m'a forcé à lui ramener des victimes. C'est pour cette raison que vous me trouviez si puissant ! C'était elle qui me soutenait et qui m'a aidé à vous convaincre en employant des méthodes de choc.

Maintenant qu'elle a mangé, elle se sent mieux... mais bientôt, elle aura encore faim. Ne perdez plus votre temps à chercher mon corps. Il n'existe plus. Votre destin, maintenant, c'est d'attendre qu'elle vienne vous dévorer, et elle peut prendre beaucoup de formes.

Le seul moyen de quitter l'île, c'est d'en deviner les gardiens, mais je doute que vous y parveniez jamais... Adieu...

Sur ces paroles, le corps de Leroux s'effondre. Personne ne le retient, et l'ex-enseignant se heurte au plancher. Une étoile de sang s'étend sur son front. Nous sommes tous glacés par la révélation que nous venons d'entendre.

D'un pas de somnambule, Raymond prend le chandelier, se rend sur le pont et marche jusqu'à la cabine de pilotage. Je le suis, précédé par Loïc. Le marin va-t-il tenter de démarrer le moteur et de quitter l'île, en dépit de l'avertissement de Schonfeld ?

Il se raidit tout à coup, pose le chandelier et continue sa marche jusqu'au bastingage. Avec effroi, je devine la suite trop prévisible : cette fois, il ne se contentera pas de l'enjamber avant de retomber sur le pont, comme son frère l'a fait. Non, il se jettera dans l'eau et gardera sa tête immergée jusqu'à ce qu'il se noie.

Les mains tremblantes, Loïc le regarde faire. Raymond Perrey se tourne une dernière fois vers nous, et, dans la lueur de la flamme dansante, nous avons le temps de voir son regard paniqué avant qu'il ne disparaisse à notre vue dans un grand éclaboussement.

L'avertissement est trop clair : il ne faut pas tenter de nous en aller. Nous resterons ici et subirons notre sort… à moins de deviner qui sont les gardiens de l'île. Mais comment puis-je le savoir ? Nous n'avons vu personne. À moins qu'il ne faille s'éloigner de la plage et explorer les environs. Leroux a évoqué un gazon lacrymal. Probablement faut-il le franchir et aller plus loin.

Derrière moi, Loïc se met à crier, terrifié par l'idée de connaître un sort pareil. Il se rue vers la chaloupe et s'y installe, commençant à ramer à toute vitesse vers l'île. Le cœur battant, je ne comprends rien à son attitude. Il se jette dans la gueule du loup… mais je ne suis pas plus en sûreté ici.

Une main squelettique se pose sur mon épaule. Je sursaute, me retournant, je découvre un cadavre qui…

Non ! C'est Leroux, Leroux qui s'est relevé et a marché jusqu'à moi. Il balbutie :

— Faut fuir, le gamin… Faut fuir.

Fuir ? Mais où ? Nous n'avons même plus de chaloupe, même si on peut nager jusqu'à l'île… Mais je ne serais pas étonné que l'eau soit infestée de… de… d'êtres bizarres.

Nous entendons alors un bruit en provenance des cabines, sous nos pieds. Un bruit grinçant, ressemblant à un morceau de métal qu'on frotte contre un tableau d'école. Complètement paniqués, sans plus réfléchir, Leroux et moi plongeons dans l'eau froide et nageons, nageons, nageons… Je sens… Je sens des substances visqueuses me frôler. Elles prodiguent des caresses bizarres et métalliques, comme s'il s'agissait de lames molles, capables de se durcir au moment où on ne s'y attend pas pour percer la chair et la vider de son sang.

Je suis si énervé que je continue à nager après avoir atteint le sable, mettant un temps à comprendre que je griffe le sol. Je me relève en titubant, heurte Leroux qui se met à m'insulter. Il hallucine visiblement, me traitant de vampire. Je m'éloigne de lui, car il est si furieux qu'il pourrait me tuer.

C'est à ce moment qu'à la lueur de la lune, je vois surgir Loïc, le regard fou, les mains

tordues. Il tient un os très pointu et en menace Édouard.

— Toi ! Toi ! Tu veux me brûler dans ton
fourneau, crie-t-il. Je ne te laisserai pas faire !
Non ! Non !

Il enfonce son couteau improvisé dans la
poitrine de Leroux, qui tombe à genoux en
tenant l'extrémité de l'arme entre ses doigts.
Édouard s'écroule ensuite sur la plage et ne
bouge plus, poignardé à mort. Loïc se tourne
ensuite vers moi. Hirsute, bavant, il me
réserve le même sort.

Épouvanté, je me mets à courir vers la
forêt, où j'espère le semer. Mais s'il est possédé par l'île, elle saura le diriger vers moi et
je n'aurai aucun moyen de me cacher.

Alain ! crie une voix dans ma tête, *trouve
les gardiens de l'île et elle te laissera partir. C'est
le pacte ! Trouve les gardiens, trouve les gardiens !*

Les gardiens ! Mais j'ignore qui ils sont…
Je suis sûr que je dispose des indices nécessaires, mais mes pensées déraillent, je ne
pense qu'à fuir, j'entends Loïc haleter derrière moi et hurler des menaces. J'atteins enfin
la forêt. Les branches me griffent le visage,
me fouettent, me meurtrissent… J'ai l'impression qu'elles s'animent, qu'elles tentent
de me retenir, de m'attacher pour me livrer,
impuissant, à la fureur de Loïc.

Je parviens à la plaine en un temps record.
Au centre se dresse toujours l'étrange végé-

tal épineux, et je reconnais aussi l'autre arbre... Je me précipite vers la droite pour m'éloigner de ces deux menaces. Je cours jusqu'à la dune, que je franchis en trébuchant. Un rapide coup d'œil derrière moi me confirme que Loïc me talonne de près, animé par une énergie inexplicable. Il est en forme, et je le suis moins que lui. Je commence à haleter, les poumons me brûlent, j'ai mal aux genoux, j'aurais presque envie de me laisser tomber par terre, de fermer les yeux et d'attendre le premier coup.

J'aurais dû... J'aurais dû me laisser noyer, comme Raymond. Ce sort-là aurait été préférable au mien. Je serais au fond de l'eau, immobile comme une sentinelle.

Immobile comme une sentinelle. L'eau... Les noyés...

L'Île des Cigognes fanées... Si les cigognes portent la vie, les bébés... Les cigognes fanées portent la mort... Et quelle est la mort la plus probable, dans la mer ? La noyade. Les noyés ! Les noyés sont les gardiens de l'île !

La réponse à l'énigme vient à peine de s'imprimer comme une évidence criante dans mon esprit que je trébuche sur une racine ou un morceau de bois. Entraîné par la vitesse de ma course, je bascule tête première vers le sol...

Mon crâne se heurte à quelque chose de dur, une roche peut-être... Je vois des étoiles

partout, j'ai l'impression d'exploser. Avant
de perdre conscience, j'ai juste le temps d'entendre la respiration de Loïc qui se rue sur
moi.

Conclusion

Herminia fronce les sourcils et s'appuie contre le dos de sa chaise.

— Tu admettras que c'est assez confus, dit-elle.

— Je le sais, mais je ne me souviens pas beaucoup du reste, lui dis-je. J'ai de vagues souvenirs… Il me semble me rappeler de mains qui me transportaient, qui me maintenaient à flot et m'empêchaient de me noyer. On aurait dit qu'une armée sous-marine me servait de radeau. Ils m'ont conduit dans la mer jusqu'au port d'Alkenraüne, où un marin m'a trouvé.

— Et tu penses…?

— Oui. Ce sont les noyés, les noyés de l'Île des Cigognes fanées qui m'ont reconduit jusque-là.

Elle plisse les lèvres, perplexe. Que dire de plus ? Je suis vivant, non ? Et pour rien au monde, je ne tenterais de retourner là-bas. D'ailleurs, comment le pourrais-je ? J'ignore les coordonnées de l'île.

Nous avons fouillé des bouquins sans trouver aucune mention de l'endroit en question.

Herminia a téléphoné, s'est renseignée auprès de diverses personnes : en vain. Est-ce parce qu'il y a trop d'îles semblables dans les environs ? Ou alors existe-t-elle sous un autre nom ? Ou… se trouve-t-elle soustraite aux yeux des voyageurs par une sorte de bulle opaque qui se crève selon la volonté de l'île ?

Je l'ignore et je ne veux pas le savoir. Que la directrice y aille, elle, si elle veut tant le savoir !

Elle me donne mon congé, non sans m'avoir dit qu'elle ne me tiendra pas rigueur d'avoir déserté les Jeux olympiques. Je pense que c'est la moindre des choses, mais je n'ose pas le lui dire. Elle exige aussi que je garde cette histoire pour moi.

— Il est des forces qu'il vaut mieux ne pas réveiller, explique-t-elle. En parler, c'est déjà les appeler.

Je ne parviens pas à en vouloir à Herminia. J'ai appris qu'elle avait proposé le poste de juge à Dumont avant de me l'offrir. Le gros blond avait refusé, flairant les ennuis. La directrice s'était alors adressée à moi, affirmant qu'elle en parlerait à Dumont si je refusais, pour mieux me convaincre. Ses manigances n'auront servi à rien : elle n'aura pas son argent ; ni moi, mon congé prolongé. Je recommencerai à enseigner cet automne…

Je regagne ma chambre. Il fait froid. Je suis seul : comme je m'en doutais, Malignac a profité de mon absence pour faire du charme à Florence, et ses tentatives ont réussi… Épuisé, je me laisse tomber sur le lit. On dirait que la maladie du sommeil contractée à l'hôtel bleu a résisté aux épreuves que j'ai vécues. Ou alors peut-être suis-je seulement très fatigué. Je serai fixé à ce sujet d'ici quelques jours.

Je repense à un détail important qui découle d'un épisode que j'ai omis de préciser à Herminia, ne souhaitant pas aborder cet aspect de ma vie privée avec elle : le moment où j'ai offert mon plaisir à la mer, à bord du yacht. J'ignore si ce cadeau improvisé a quelque chose à voir avec le fait que j'aie survécu à mon séjour dans l'Île des Cigognes fanées, mais… Mais je crois me souvenir d'une image étrange, d'une image qui ne veut pas quitter ma mémoire. Ai-je rêvé ? Était-ce vrai ?

Alors que les noyés m'escortaient jusqu'au port d'Alkenraïine, me portant à la surface de l'eau sur leurs mains tendues, j'ai senti des lèvres poser un baiser sur mon front. Ouvrant les yeux, en proie à la fièvre, j'ai aperçu un visage à travers un voile blanc. Je suis sûr d'avoir reconnu la femme-mer que j'avais visualisée au moment du plaisir, sur le bateau de Perrey : j'ai reconnu ses cheveux d'algue et son regard de sel, alors qu'elle se léchait les lèvres après m'avoir embrassé.

Et alors… l'ai-je imaginé ou ai-je vraiment entendu sa voix chuchoter à mon oreille :

« Je suis mer, je suis femme, mouvante et toujours renouvelée, imprévisible, houleuse ou douce, capable de donner la vie comme la mort. J'ai tous les dons, mais les marins l'ignorent trop souvent… Je te remercie de ton cadeau, Alain. Les hommes ne pensent que rarement à m'en donner de semblables. C'est pour cette raison que je t'ai offert un présent, moi aussi, en te soufflant la réponse à l'énigme de l'île au dernier moment… »

Table des matières

Première partie : Ferme les yeux quand la nuit t'aveugle
1. Un matin coincé entre deux nuits 9
2. On récompense toujours les mauvais professeurs 25
3. Prochaine station : Monochrome...........49
4. La danse des lézards au restaurant......................................67
5. Effets pervers de la philanthropie 91
6. Le dandy technologique 119
7. Quand Castellan s'emballe, les pleutres se sentent mal......................143
8. L'impossible révolte du juge triste......165
9. En route vers le banquet déconseillé...191
10. La longueur des bras est parfois utile 219

Seconde partie : Quand s'échouera la dernière vague
1. La salle des esprits....................................251
2. Il doit y avoir erreur sur le fantôme....273
3. De l'eau en perspective 295
4. Un marin ami des rongeurs....................317
5. En route vers l'île 351
6. Qu'est-ce qu'une cigogne fanée ?........373
Conclusion...397

Note sur l'auteur

Frédérick Durand a remporté le Prix Solaris 1998 pour sa nouvelle « Nocturne » (parue en août 1998 dans la revue *Solaris* – cette nouvelle a également été finaliste du Prix Aurora 1999).

L'Île des Cigognes fanées, le septième roman publié de ce jeune auteur, reprend le personnage d'Alain Dalenko, protagoniste du roman *Dernier train pour Noireterre*, publié dans la même collection.

L'auteur a été directeur littéraire de la revue *Imagine*, et il a collaboré à ce périodique de 1993 à 1998. Il détient un doctorat en littérature québécoise. Il a enseigné à l'Université du Québec à Trois-Rivières et au Collège Laflèche.

Dans la même collection

Camille Bouchard :
— *Les Enfants de chienne* (roman d'espionnage)

François Canniccioni :
— *Que ma blessure soit mortelle !* (roman policier)
— *Les Larmes du Renard* (roman policier)

Laurent Chabin :
— *L'homme à la hache* (roman policier)

France Ducasse :
— *Les Enfants de la Tragédie* (roman portant sur la mythologie)

Frédérick Durand :
— *Dernier train pour Noireterre* (roman fantastique)
— *Au rendez-vous des courtisans glacés* (roman fantastique)
— *L'Île des Cigognes fanées* (roman fantastique)

Louise Lévesque :
— *Virgo intacta, tome I: Arianne* (roman policier)
— *Virgo intacta, tome II: Estéban* (roman policier)

Paul (Ferron) Marchand :
— *Françoise Capelle ne sera pas recluse* (récit historique)

Achevé d'imprimer
sur les presses de AGMV-Marquis
en août 2004